Nick Hornby

尼克·霍恩比 | 作品

Funny Girl

[英] 尼克·霍恩比..............................著

赵挺..............................译

妙女郎

上海译文出版社

献给阿曼达,怀着爱与感激,一如既往。
献给罗杰·吉勒特和乔治娅·加勒特。

试　戏

　　她本无意成为选美皇后,但是没办法,就是运气好。这不,眼看着马上就要当选了。

　　列队展示和正式宣布中间有几分钟的空闲,参加选美比赛的姑娘们身边都围着亲朋好友。大家纷纷向她们道贺祝福。现场自发形成的一个个小型谈话圈,让芭芭拉想起凯瑟琳轮转烟花①:身着靓丽水红色或蓝色泳衣的女孩站在中间,外圈围着一群穿深褐色或黑色雨衣的亲友。这是七月的一天,天气阴冷潮湿,南岸浴场上全是参赛者肤色斑驳、长短不一的胳膊和大腿。她们看上去活像肉店橱窗里吊挂着的火鸡。只有在黑池②这种地方,才能赢得这种档次的选美比赛。

芭芭拉并没有邀请任何朋友到场,而她父亲又不愿走过来陪她,所以她只得一个人伫立在原地。她父亲坐在远处一把躺椅上,假装在读《每日快报》③。不过就算他过来,父女二人也只能构成寒碜的、失掉半边的凯瑟琳轮转烟花。但芭芭拉还是希望身边有人陪着。最后她还是朝父亲走去,但是脱离其他参赛女孩,让芭芭拉觉得羞愧尴尬,而不是光鲜优雅。何况还要从吹着挑逗口哨的大批观众跟前走过,所以走到她父亲所在的浴场浅水端,她已经难遏心中的怒气。

"你干吗呀,爸爸?"她咬牙切齿地问道。

那些原本坐在父亲身旁的人,主要是一些老年游客,一下子来了精神。是一个选美女孩!居然来到他们跟前!还在数落自己父亲!

"哦,你好,宝贝。"

"你为什么不过去看我?"

父亲望着她,好像她要求他去任命廷巴克图市长。

"你难道没发现其他人的亲属都在做什么吗?"

"我看见了。只不过我觉得有点不合适。对我来说不合适。"

"你为什么可以与众不同?"

---

① 一种旋转燃烧的烟花,图案是插着尖刀的轮子,以基督教圣女凯瑟琳命名。
② 也称作布莱克浦,英国中部城市,度假胜地。
③ 英国的一份全国性通俗小报。

"我一个单身男人，在一群衣着暴露的小姑娘中间，会把持不住的。到时人们会把我关进去。"

乔治·帕克今年四十七岁，不知为什么早早地发福，显出老态。自从芭芭拉母亲和她的税务经理跑了后，他已经单身十多年了。芭芭拉发现，他现在只要一和其他女孩接触，就会强烈觉得自己要把持不住。

"你干吗要把持不住?"芭芭拉问道，"你不能就站在那儿，只和你女儿聊聊天?"

"你赢得了这次选美比赛，对吧?"父亲问她。

芭芭拉本想红红脸，以示羞怯，却没做到。附近那些能听见他们对话的游客早已放下织毛衣、看报纸等各种伪装，张着大嘴、兴致勃勃地听他们说话。

"噢，我不知道。恐怕不是我吧。"她对父亲说。

其实她早已知道结果了。市长刚才走到她跟前，在她耳边低声向她道贺，还不自然地拍了拍她的屁股。

"得了吧。你比其他姑娘不知道漂亮多少倍。甩她们好几条大街。"

不知道因为什么，哪怕在今天的选美比赛这种场合，她出众的秀色都令父亲感到不快。他一贯不喜欢她向外界展示外表，即使有时在亲朋好友跟前装疯卖傻逗他们发笑，他也不喜欢，因为那也是一种对外展示。没办法，选美比赛从头至尾就是要展示，她本以为父亲今天会原谅她，可惜还是事与愿违。就算参加选美大赛，也要让自己表现得比其他女孩丑一点，这样才合乎规矩，她父亲估计会这样说。

芭芭拉故意装作一副表情，好像在听父亲说以自己为荣之类的话，免得让那些张大嘴巴听他们谈话的外人犯疑。

"摊上一个瞎了眼的爸爸，真是有意思，"她故意说给一旁的游客听，"但愿每个女孩都有个瞎眼的爸爸。"

她即兴说出的这些话，其实并不十分应景，但由于她说的时候故意板着脸，所以说完后引来一阵夸张的大笑。人们的笑声，有时是源于好奇，有时是觉得应该要笑。虽然芭芭拉对此心里明白，但是对于不明就里的人来说，还是觉得莫名其妙。

"我可不瞎，"乔治煞有介事地答道，"不信我来让他们瞧瞧。"

他故意转过脸来，故意朝着周围好奇的游客睁大眼睛。

"你快别这样，老爸，"芭芭拉道，"你别把人吓着，瞎子还转眼珠子。"

"你……"她父亲放肆地指着一位画着绿色眼影的女士说道，"你用的是绿色眼影。"

这位坐在邻座躺椅上的老妇人迟疑地鼓起掌来，仿佛乔治真的瞬间被治好了终身顽疾，或者正在变一个巧妙的戏法。

"我要真是瞎子，怎么会知道？"

芭芭拉能看出来，乔治现在开始有点来劲了。以往他偶尔也玩玩这种假戏真做的把戏。这时要不是市长走到麦克风前，清了清喉咙准备发言，乔治估计还会继续演下去。

这次是玛丽姑妈建议芭芭拉参加黑池选美大赛，玛丽姑妈是她父亲的姐姐。一个周六的下午，玛丽姑妈外出时，顺路来芭芭拉家喝茶，在聊天时无意中谈到这次选美比赛。玛丽姑妈当时灵机一动，问芭芭拉干吗对这种选美比赛从不去试试。芭芭拉的父亲在旁边故作惊讶状，好像玛丽姑妈的提议令人茅塞顿开。芭芭拉乍一听到这个建议有些困惑不解，但很快就看出来这是父亲和姑妈设的一个局。她推断，他俩是这么谋划的：只要芭芭拉参加选美比赛，赢得桂冠，就会打消去伦敦闯荡的念头,既然已经成为当地的名人,还有什么值得再去追求的呢?或许那时她可以再去全英选美大赛碰碰运气,就算一无所获,说不定也能收获一场姻缘,嫁给某个达官贵人。嫁人也是选美方案的一部分,芭芭拉深信这一点。玛丽姑妈非常瞧不上艾登,她觉得芭芭拉能嫁得更好,或嫁给某个更有钱的人,而选美小姐往往受这些人青睐。多蒂·哈里森在选美大赛中不过得了个区区第三名,就嫁给了一个拥有七家地毯店的地毯大亨。

芭芭拉对自己心知肚明,她连一天的选美皇后都不想当,年度选美皇后她也不稀罕。她对选美这种事压根不感兴趣。她一门心思想上电视,成为一个喜剧女星。选美皇后从来就不能逗人发笑,不管是黑池级别的选美皇后,还是白金汉宫级别的。不过她还是听从玛丽姑妈的安排,因为多萝西·拉莫尔①当年曾是新奥尔良小姐,索菲亚·罗兰②更是获得过意大利小姐亚军(芭芭拉一直盼望见到一张比索菲亚·罗兰更美的女星照片)。她自己一直向着这个方向努力,渴望过上自己选择的生活。她需要做点事情,无论是什么事。她明白自己这样,父亲也许会难过。不过首先她得让父亲看到,她对自己选择的生活乐在其中。为此她倾尽全力:她参加过校园戏剧的面试,获得一些跑龙套的角色;她还在剧院侧翼的坐席上目睹过那些毫无天分却颇受戏剧老师青睐的女孩子在台上如何忘记台词,最后胡言乱语地说一通;她参加过黑池冬季花园的合唱演出。一次她和当地业余剧团一个演员聊天时,对方告诉她剧团接下来将排演《樱桃园》,但这部戏"没有适合你的角色"。这人问芭芭拉愿不愿意干点

---

① 多萝西·拉莫尔(1914—1996),美国女影星,1931 年选美获得"新奥尔良小姐"称号。
② 索菲亚·罗兰(1934—),意大利著名女星,奥斯卡和戛纳双料影后。

卖票、制作海报之类的杂活。芭芭拉对那些事全无兴趣。她盼望能碰到一个喜剧剧本，并自信自己能将角色演绎得比剧本写得更加有趣。

她希望自己能活得快乐些，当然她现在也不能说不快乐。她也希望自己不要那么特立独行。她在学校里的那些朋友以及黑池百货公司化妆品柜台的女同事，都不像她这样，总想着拼命挣扎着从黑池这个小地方逃出来。有时她一想到和那些人过同样的生活，就感到痛苦。可是成天想着上电视是不是也有点太天真了？她总是像两岁孩子似的喊着"大家快来看我！大家快来看我！"结果是有人来看她了，不过都是各个年龄段的男人，而且看她的眼神也不是她希望的那种。他们的目光只落在她的金发、胸部和大腿上，除此之外不看别的。于是她决定参加选美比赛，并摘得桂冠。但即便如此，她还是从父亲的眼神中明白这一切没什么大不了的。她为此感到痛心。

轮到市长致辞时，他并不想直截了当地宣布结果。他不是那种人。市长先是感谢现场观众的光临，然后又毫无必要地调侃普雷斯特足球队在足总杯决赛中屈居亚军，接着又拿他妻子开了个恶心的玩笑，说她之所以没参加今年的选美比赛是因为患了拇囊炎。市长说眼前这些粉黛佳丽——他就爱用这些艳俗的陈词滥调——给他担任市长的这座城市增辉添彩，他自己也倍感荣耀。虽然大家都心知肚明，参加选美比赛的大多数姑娘不过是从利兹、曼彻斯特或奥尔德姆来的游客，但市长的这番话还是获得热烈的掌声。市长说起来似乎没完没了，芭芭拉已经不耐烦了。穷极无聊之下，她想估算一下今天现场来了多少人。她于是开始数每排躺椅上有多少人头，再乘以躺椅的排数。最后她没有算出总人数，因为她看见一个戴着防雨帽、没有牙的老太太时走神了。这个老太太由于没有牙,只能反复咀嚼着三明治。这一幕让芭芭拉在原本摇摇欲坠的梦想上又平添一个新的梦想:她要保护好自己的牙齿,可不能像她家那些亲戚那样,刚到五十岁牙齿就坏了。她正想得出神,突然听见自己的名字,看见其他女孩子装模作样朝她微笑、祝贺。

她自己什么感觉都没有,或者可以说暂时失去知觉,顶多还剩余一点反胃的感觉。如果她现在能承认过去的所想所做全是错的,承认她其实不必离开父亲和家乡,承认现在就是梦想成真时刻,那么今后的人生就可以吃老本了。她不敢再这样瞎想下去,再这么想,她会觉得自己简直是个太爱作的小妮子。这时市长夫人走过来,将选美小姐的绶带披在她身上。她朝市长夫人露出笑容。而当市长放肆地亲她双唇时,她甚至还能挤出一点笑容。可当父亲走过来搂住她时,她再也控制不住眼泪。她用泪水向父亲诉说,她其实和过去没有分别。一个小小的黑池小姐桂冠,和她的雄心壮志比起来,简直还不如对一个饱受水痘折磨的人挠痒痒。

她还从未穿着泳衣哭泣过,更别提现在已经是成年人了。泳衣和哭泣完全不搭界。泳衣永远和阳光、沙子、戏水时的尖叫还有男孩子逡巡的目光联系在一起。被风吹得冰冷的泪水顺着脖颈流进胸前的乳沟,这种感觉怪怪的。市长夫人搂住她。

“我没事,”芭芭拉说,“真的,我就是有点多愁善感。”

“信不信由你,但我确实完全理解你现在的心情,”市长夫人道,“我和我丈夫当年就是相识在选美比赛上。那时还是战前。他还是个市政委员。”

“您当年也是黑池小姐?”芭芭拉问。

她想尽量用一种故作惊讶的语气来问,但并不敢肯定是否达到了这种效果。市长和市长夫人都是大块头,市长身材魁梧,虽然显得有些刻意,不过倒是可以展现出威严。而市长夫人的大块头则彻头彻尾是个可怕的失误。这个中缘由可能是丈夫对妻子的身材漠不关心,而妻子对丈夫身材十分在意。

"信不信由你。"

这两个女人对视着。生活中经常出现这样的情景,谈话两方都无话可说。不过市长这时走了过来,又挑起话题。

"你现在看我夫人的样子,一定想不到她过去也是黑池小姐。"市长道。他就是这样的人,总要把话说破才行。

他妻子将眼珠朝他转过来。

"我已经说过两遍'信不信由你'。我承认自己现在已经看不出当年的风采,但你这个人说话总是不给人留面子。"

"我没有听见你说'信不信由你'。"

"我说了,还说了两遍。对吧,宝贝?"

芭芭拉点点头。她想帮助这个可怜的女人,又不想自己被扯进这对夫妻的谈话,所以只能帮到这个分上。

"当年我们都是奶油坯子。"市长继续说道。

"你可算不上什么英俊小生。"他妻子说。

"我确实长得不够帅,不过你嫁给我也不是相中我长得帅啊。"

他妻子听了他这番话,想了想没再吭声,算是默认了。

"不过你那时的全部资本就是美貌,"市长说,"你真的很漂亮。"他又转过身对芭芭拉说:"你知道吗,这里的浴场是全世界最大的露天浴场。选美比赛是本地的一大盛景,所以你完全有理由感到陶醉。"

芭芭拉点点头,边抽鼻子边微笑着。她不知道该怎样接市长话茬。因为在她看来,情形正好和市长描述的截然相反:今天的场合比她原本担心的还要寒酸。

"那个该死的叫露西的女人,"芭芭拉父亲说,"总是有一大堆事情。"

市长和市长夫人一脸茫然,但芭芭拉知道父亲在说谁。她觉得父亲看穿了自己的心思,不过这样一来令情形更糟糕。

芭芭拉第一次看《我爱露西》,就喜欢上了里面的女主演露西尔·鲍尔①。她现在的想法和做法都来自这部经典情景喜剧。每个星期日,芭芭拉的世界都会暂停半小时。她父亲知道,她在看这个节目时最好不要和她说话,就连翻报纸发出的窸窣声也不要有,免得打扰到她。芭芭拉还喜欢其他滑稽剧明星:托尼·汉考克②,比尔科中士③,莫克姆和怀斯。但这些喜剧明星,她就是想模仿也行不通,因为他们清一色是男性。不管是叫托尼、欧尼还是埃里夫……在这种类型的片场里,没有叫露西或芭芭拉的,滑稽剧没有女星。

"这不过是一档电视节目罢了。"她父亲过去总这么说。不过他这话一般说在她看电视之前或者之后,从不在她正在看的时候说。"这是美式节目,里面没有我们英式幽默。"

"英式幽默……你是指英国特有的幽默吗?"

"就是 BBC 里面的那种。"

"我同意你的看法。"

她现在不愿意在谈话中嘲弄父亲,倒不是因为父亲开窍了,而是

① 露西尔·鲍尔(1911—1989),美国女喜剧演员,模特。
② 托尼·汉考克(1924—1968),英国喜剧男演员。
③ 1950 年代流行于英国的一部偶像电视剧剧中人。

11

她对这一套已经厌倦了。假如她今后不得不在黑池这种小地方生活,她打算和父亲的谈话就采取现在这种策略。

"她演得一点儿也不好笑,至少从开头看是这样。"父亲说。

"她可是如今最红的电视女笑星。"芭芭拉说。

"可是你看她时也没笑啊。"父亲道。

她在看的时候确实没笑,因为这些电视剧芭芭拉都是重看。重看是为了放慢节奏,记住里面的细节。要是每周放七天,她会每天都看的。可惜没有这样的好事,所以她只能在放的时候聚精会神,力求看出更多门道。

"你不是也一样?电视上播足球比分时,你不是也让我闭嘴吗?"芭芭拉对父亲说。

"那还不是因为彩票,"父亲说,"一场比赛的结果就可能改变我们的生活。"

其实芭芭拉现在和她父亲一样,有些神神叨叨,只不过她迷恋的不是彩票,而是电视剧《我爱露西》。说不定这部电视剧里露西的某个表情或某句台词也会改变她的生活,甚至改变她父亲的生活。其实露西已经改变了芭芭拉的人生,只不过不是以一种正面的方式:这部电视剧已经让芭芭拉变得和周围人(家人、朋友以及其他上班的女孩)不太一样。有时她觉得自己都有点走火入魔。她看电视喜剧时郑重其事的样子,让人觉得她有点怪。所以她现在也不和别人聊这些事。

一位晚报的摄影记者走过来,做了个自我介绍,并带芭芭拉来到跳板处。

"你是莱昂·菲利普斯吧?"芭芭拉父亲问他,"我这不是在做梦吧?"

芭芭拉父亲在报纸上见过莱昂·菲利普斯的名字,所以看见他本人就像见到明星似的。老天,芭芭拉心想,他居然问我为什么想离开这个小地方。

"你想不到吧,芭芭拉,菲利普斯先生这次是只身来这儿的。"

"叫我莱昂就可以了。"

"噢,是吗,谢谢。"不过乔治看上去有些不快,觉得刚才对莱昂·菲利普斯的恭维落空了。

"是啊,他现在还没到前呼后拥的程度吧。"芭芭拉道。

"通常都是我一个人,有时有个小伙子做我的助手,"莱昂说,"今天对黑池来说是个大日子,我要是不亲自来,只让助手来,那一定是疯了。"

他示意芭芭拉再靠后点。

"说茄子,"芭芭拉父亲道,"是不是只有我们这些业余者拍照时才会说茄子?"

"不,我们自己有时也这么说。不过我有时也喊'棋子',换种说法。"

乔治听完大笑,摇着头表示不可思议。芭芭拉能看出来,她父亲现在正在兴头上。

"你还没有男朋友吧?"莱昂问芭芭拉。

"她哪有时间谈恋爱,莱昂。"乔治说。说完这话,他停顿片刻,觉得和莱昂这么聊天是不是走得过近、过早。"现在是度假时节,所以来给芭芭拉助威的亲朋好友不多。玛丽姑妈也来不了。她去马恩岛玩半个月,这是她七年来首次度假。虽然只是一次拖车旅行,但是怎么说呢,过过和平常不一样的日子就是一种休息。"

13

"你应该把这些话都记下来，莱昂，"芭芭拉说，"拖车旅行，马恩岛，过和平常不相同的日子是休息。玛丽姑妈只和杰克叔叔一起去吗，爸爸？孩子们也去吗？"

"莱昂不用知道得那么细。"父亲说。

"她现在在哪儿上班？"莱昂对着芭芭拉问道。

"她在黑池百货大楼化妆品部上班，"她父亲替她说道，"艾登在男士服饰部，他俩就这样认识的。"

"嗯，她以后在那儿待的时间不会太多。"摄影记者说。

"是吗？"乔治道。

"这么多年来我一直负责拍摄黑池选美小姐的照片。今后她要去医院、秀场、各种慈善庆典……她将肩负各种重任。这将是忙碌的一年。我们将经常见面，芭芭拉，所以你将不得不适应我这副丑陋的尊容。"

"噢，天呐，"芭芭拉父亲惊叹道，"你听到了吗，芭芭拉？"

医院？慈善庆典？一年？她当初怎么想来着？玛丽姑妈当初说的是商店各种开业典礼，圣诞节的烟火演出。当初她没想过如果她选择主动消失，别人会如何失望；她也没想过她居然要在黑池小姐这个位子上坐三百六十四天。不过现在她是彻底明白了，自己连一个小时的黑池小姐也不愿意当。

"她这是要去哪儿？"莱昂问。

"你要去哪儿？"父亲问。

十五分钟后，亚军希拉·杰金森，一个大高个、红头发、呆头呆脑的来自斯凯尔默斯代尔的女孩戴上了选美小姐的桂冠。此时芭芭拉正和父亲坐在回家的出租车上。下周她将前往伦敦。

2

　　和父亲道别并不是件易事。芭芭拉知道，他害怕孤零零一个人留在家里。不过这也无法阻止她坐在前往伦敦的火车上。她现在感到心情烦闷，又不知道这烦闷之情到底来自悲伤恐惧，还是来自对自己冷酷无情的自责。她这辈子还从未有过像现在这种时刻，随时准备打退堂鼓。对她来说，和艾登分手倒不是件难事。艾登好像也如释重负,甚至还告诉她,假如她今后留在黑池,反而会给他生活带来麻烦。(艾登第二年春天就结婚成家了,并且在此后的十五年里给芭芭拉惹了许多麻烦。)

如果一个人胸无大志,在伦敦生活倒也不是什么难事。芭芭拉一开始在尤斯顿车站附近找到一个提供食宿的地方,从积蓄中拿出钱付了三天的食宿费用。接着她去了劳动就业局,找了一份工作,是在位于肯辛顿大街的德里·汤姆百货公司做营业员,还是在化妆品柜台。如果你的全部需求是过一种降格的过去生活,伦敦可以慷慨地给与你。伦敦不在乎你来自哪里,只要你能忍受那些烟草店售货员和公共汽车售票员嘲笑你的口音。无论你说什么,这些家伙都会把你的话重复一遍:"二便士!""皮卡呆利!""一伯茶!"①有时他们还怂恿其他乘客或顾客加入到嘲笑的狂欢中。

后来一个叫玛乔丽的女孩和她在伯爵宫附近合租了一个双人间。这个女孩在女鞋部上班,这里离百货公司也更近些。不过她当初答应和玛乔丽合租时,没想到两人会共处一室。

芭芭拉现在心里愈发升起一种近似宗教的神圣感:露西尔·鲍尔现在令她走火入魔,她觉得自己俨然是一个为了雄心壮志而不惜殉道的烈士。她们住处厨房的窗户俯瞰铁道线。每当有火车驶过,煤烟的粉尘从窗户缝渗进来,落在屋内地板上。芭芭拉在伦敦挣的那点钱全花在吃住行上面。玛乔丽和芭芭拉一样孤单,平时也是哪里都不去。两个女孩整天待在一起,饿了就吃罐头和面包。她们连六便士的煤气炉都用不起。因为住处没有电视机,芭芭拉也看不着露西尔演的电视剧。所以每到星期天下午,芭芭拉就特别想家。不

---

① 原文为 Toopence(应为 Two pence,两便士),Piccadelleh(应为 Piccadilly,皮卡迪利),Coopa tea(应为 A cup of tea,一杯茶)。伦敦人嘲笑芭芭拉口音,此处音译处理。

过她也会自我安慰，如果自己现在在黑池，一定朝思暮想来伦敦了。但这些想法只会让芭芭拉觉得自己是个在哪里都待不住的人。她有时在职业介绍所外的橱窗前驻足浏览，但好像没有招聘女喜剧电视演员的广告。有时晚上她躺在床上默默地哭泣，怨自己太傻了，当初怎么尽想着美事。

玛乔丽建议芭芭拉买《舞台》杂志，关注上面的广告。有很多原先在德里·汤姆百货公司上班的女孩子，休息时间翻看《舞台》杂志，最后都飞走了。

"她们当中有没有我听说过的？"芭芭拉问。

"有个叫玛吉·纳什的现在比较出名，"玛乔丽说，"你以前肯定听过我们谈论过这个人。"

芭芭拉摇摇头。她现在眼巴巴盼望能打探到有关别人从百货公司直接通往演艺界的秘密通道，无论这个人是谁。

"玛吉·纳什曾经被人发现在三楼男厕所和一个顾客乱搞，她还供认偷过衬衫。不过她每期《舞台》都买。"

芭芭拉对玛吉·纳什这些负面传闻丝毫不以为意，于是她也每个星期四到肯辛顿大街的报刊亭买《舞台》。不过这本杂志里面很多内容她都看不懂。里面刊登的那些通知、告示像是用代码写的。

下 周 诚 聘

沙夫茨伯里——《好人克莱顿》。肯尼斯·摩尔，米利森特·马丁，乔治·本森，戴维·凯南，迪莉丝·沃特琳，安娜·巴里，尤利斯·布莱克，格林·沃斯尼普，帕特里夏·兰伯特（德尔丰/刘易斯/阿诺德)。

下周到底要诚聘谁？肯定不会是肯尼斯·摩尔、米利森特·马丁这种大腕明星。他们这些人心里有数,肯定知道自己一定会出现在伦敦西区的舞台剧里。是不是要招聘芭芭拉这样的年轻女孩呢？如果这种神秘的招聘启事确实和像她这样的女孩有关,那她到底该和谁联系？这些招聘启事上没有标明日期、时间和工作说明。许多演出好像都需要 soubrette①,但芭芭拉不认识 soubrette 这个词,也不知道它是什么意思。芭芭拉手头没有字典,也不知道离自己最近的图书馆在哪里。如果这个词不是英语,那最好还是别碰这类工作,除非自己到了饥不择食的程度。

报纸背面那些招聘广告就写得直白多了,她什么字典都不用查也能看懂。老邦德街的大使俱乐部要招聘聪明伶俐、长相好看的女服务员,迪恩街内尔·格温酒吧需要歌舞演员和舞女,但同时注明只考虑"时髦靓女"！伦敦沃德街"干杯！威士忌"夜总会需要猫女,并且身高不得低于五英尺六英寸。芭芭拉怀疑他们不仅仅对身高有要求,不过她也没兴趣做进一步的了解。

芭芭拉内心讨厌掂量自己是否长得好看,够不够得上猫女、女招待、歌舞女郎的标准。但是她也害怕自己不像在黑池那种小地方显得那么可爱,或者说在伦敦她的姿色不显得那么突出。有一天在员工餐厅,她掰着手指数了数周围有多少女孩长相能对她构成威胁。一共有七个。一顿午餐的工夫,单单在德里·汤姆百货公司,就能发现七个光鲜艳丽的尤物。那到下一顿午餐时呢,在塞尔夫莱杰和哈

————————————

① 法语词,尤指喜剧中风流机灵的侍女一类角色。

18

罗德百货公司化妆品部,或者著名的陆海军俱乐部呢,又该有多少漂亮女孩?

但芭芭拉心里坚信,那些地方的女孩子没有一个像她这样想逗别人发笑。当滑稽女星是她唯一的梦想,不管那些女孩子怀着什么梦想——芭芭拉也不清楚她们为实现梦想的决心有多大——但可以肯定她们的梦想和自己的不一样。要想逗别人发笑,就得玩斗鸡眼、伸舌头,说一些疯疯癫癫、愚蠢弱智的话。而上述无论哪种行为,都是那些涂着口红,对年老平凡之徒投以尖刻蔑视目光的女孩子不屑做的。不过光想当滑稽女星并不能给她带来竞争力,至少在此时此地不行。在化妆品柜台玩斗鸡眼没多大用处,"干杯! 威士忌"夜总会估计也不希望招聘来的猫女有这等本事。

芭芭拉觉得在德里·汤姆百货公司上班的漂亮女孩像是鱼缸里美丽的热带鱼,上上下下游来游去,宁静的生活外表之下隐藏着失落。在她们的世界里,没有地方可去,也没有东西可看,能看的已经看过无数遍了。这些女孩子都在等待男人,等待男人拿一个鱼网将她们从鱼缸里捞出来带回家,再放进一个更小的鱼缸。当然不是所有女孩子都在等着找男人。有的女孩子已经有了意中人,但是她们也要继续等。有的在等待她们相中的男人下定决心,还有少数的幸运儿等待她已经下定决心的男友去挣足结婚的钱。

芭芭拉不在等男人。她压根没有这个想法。但她现在也搞不清楚自己在等待什么。坐在开往伦敦的火车上,她告诉自己两年内都不会考虑回家乡。但现在才过两个月,她已经感觉心中的斗志和热情正在消逝。她现在只剩一个愿望,就是能在周日看电视。这都是工作造成的,工作、罐头汤、玛乔丽的气息,都让她快忘记怎样成为露西。她现在只想在电视上看到露西。

"你知道谁有电视吗?"一天晚上她问玛乔丽。

"这个我还真不知道。"玛乔丽说。这是周五的晚上,玛乔丽正在往煤气灯旁的旋转衣架上晾袜子。"不过大多数女孩子过的都是我们这样的日子。"

"肯定有人住在家里。"芭芭拉说。

"是的,"玛乔丽说,"你可以和她们交朋友,和她们一起去看电影,去跳舞,然后某一天她们或许会邀请你去她们家喝周日下午茶,到时你就能看上电视了。"

"这赶得上交一个男朋友了。"

"交男朋友是和他们外出看电影,跳舞,然后回来就在门厅搞起来……"

"好了,"芭芭拉阴郁地答道,"我明白了。"

"其实还有一种最快捷的看电视方法,就是结识一位绅士男友。这种人很难找到,但确实存在。"

"你的意思是,找一个有钱的有妇之夫?"

"是你自己说要找一台电视,又不是找一场永恒的爱情。这些人在外面都有不为人所知的公寓,就算没有公寓,他们也有钱去酒店开房。好一点的酒店客房都配电视。"

这么说起来,芭芭拉其实也在等待男人。她当然是在等。她凭什么相信自己可以不仰仗别人就能成就一番事业?她为什么总觉得自己和别人不同?光抱怨是解决不了问题的。要想抱怨,凡事都能找出抱怨的理由。所以她要么将这些抱怨藏在心里,要么也尽力去找个男人。可是不管这男人是谁,他十有八九不想整晚听她抱怨世界对她是如何不公。她看中的男人肯定不是那样的人。所以她的生活需要改变。她遇见的人不能总是公共汽车售票员或售货员。机会肯定是有的,但肯定不在百货公司的化妆品部,也不会在内尔·格温酒吧。

"你是怎么知道这些事的?"她问玛乔丽。在芭芭拉眼里,玛乔丽不像是那种有一大把绅士男友的女孩。

"我以前在大衣皮装部有个朋友,"玛乔丽说,"那个部门的好几个女孩子都有绅士男友。而鞋业部的女孩子肯定不会撞到这种好事。"

"为什么这么肯定?"

"其实你自己肯定能看出来。"

"看出来什么?"

"为什么我们这样的女孩子会在鞋业部? 因为我们长得就不像那种想给自己找个绅士男友的女孩子。"

芭芭拉本想对玛乔丽说别瞎扯了,但她脑海里闪现出几张面孔,证明了玛乔丽说的是有道理的。所有长相好看的女孩子都被分配在化妆品柜台和女装部。这说明百货公司有一套筛选机制,只不过从没有人说罢了。

"你能想办法去香水部上几天班吗?"

"为什么去香水部?"

"化妆品部不行,男人不会来这儿买唇膏和睫毛膏,对吧?"

玛乔丽的这个判断无疑还是对的。芭芭拉都记不起上次来她柜台买东西的男人是什么时候了。

"但男人会来买香水作为礼物。他们买香水时会变得很轻佻。他们要你把香水试喷在手腕上,然后趁机举起你的手使劲闻。"

芭芭拉回忆起以前在老家黑池百货公司时,确实有这种现象,但并不多见,而且购买者并不怀着揩油的心理。小地方的人更规矩些。

如果丈夫搞出点绯闻,妻子很快就会发现。

"听着,"玛乔丽说,"绅士男友一般对年轻人谈恋爱那套死缠烂打不感兴趣,关于这点我觉得有必要提前和你说一下。"

芭芭拉有些惊讶。"那他们对什么感兴趣？如果他们对……嗯你知道,那种事不感兴趣。"

"噢,他们只对那种事感兴趣,但对之前的死缠烂打没兴趣。"

"我还是没听明白。"

"他们不喜欢求欢时追女孩子,觉得那是小孩子的把戏。"

"但是绅士可是要……"

"绅士和绅士男友的区别,就好比公学和公立学校的差别一样大。两者意思正好相反。你不是处女了吧?"

"当然不是。"芭芭拉说。

其实她自己对这个问题也稀里糊涂。黑池选美大赛前,她和艾登亲热过几回。当时她已经打定主意,要身无羁绊地前往伦敦。艾登那时也已经对她不抱希望。所以她也不确定自己在艾登心中是什么地位。

"这些都只是给你提个醒。希望没把你搞糊涂。"

"谢谢。"

玛乔丽看着芭芭拉,对她在谈话中表现出的无动于衷有些恼怒。

"你是不是对自己长相颇为自信?"

"没有。来伦敦之前可能是像你说的。但是这儿情况和老家不一样,标准也不一样。化妆品柜台和女装部那些姑娘,更别提肯辛顿大街上的女孩了……"

"你是指那些小妖精?"玛乔丽说,"你不用怕她们。不过还好,你身上还没有沾染她们那种习气。不过男人们才不管呢,他们会觉得你很可笑。"

"噢,谢谢。"芭芭拉道。

"你有点像塞布丽娜。"

芭芭拉差点没朝玛乔丽翻白眼。她最讨厌塞布丽娜了。这个女孩只会站在《亚瑟·阿斯基①剧场》的镜头前痴笑,展示豪乳。她和她的所作所为正是芭芭拉竭力避免的。

"你身材好,要胸有胸,要腰有腰,头发、大腿、眼睛都好看……如果用一把切肉刀杀死你,就能获得你身上一半的东西,我会毫不犹豫一刀一刀把你剁成碎块,把你身上的血放干。"

"谢谢。"芭芭拉说。

芭芭拉觉得要把玛乔丽这番话当作恭维话来听,而不是看作通往她黑暗内心的恐怖一瞥。但一想到玛乔丽仅仅为了她拥有的一点点优势,就生发杀死她的念头,还要将她分尸放血,芭芭拉就不寒而栗。这种脱口而出的话里,往往隐含着芭芭拉不想看见的真实。

"你不应该把晚上时间花在看我熨烫内衣上。你应该去参加选美比赛。"

"别逗了,"芭芭拉说,"参加选美比赛对我还有什么意义?"

第二天芭芭拉和一个她认识的香水柜台的姑娘临时换了下午的班,想看看在香水柜台结识绅士男友到底容不容易。试验的结果令人震惊:在这儿就好比打开一盏灯,公开宣示你在找绅士男友。芭芭拉庆幸自己少女时代没有摸到这盏灯的开关,否则当年在黑池她就会陷入到各种麻烦中,比如和那位拥有七家地毯连锁店的已婚男

---

① 亚瑟·阿斯基(1900—1982),英国喜剧演员。

23

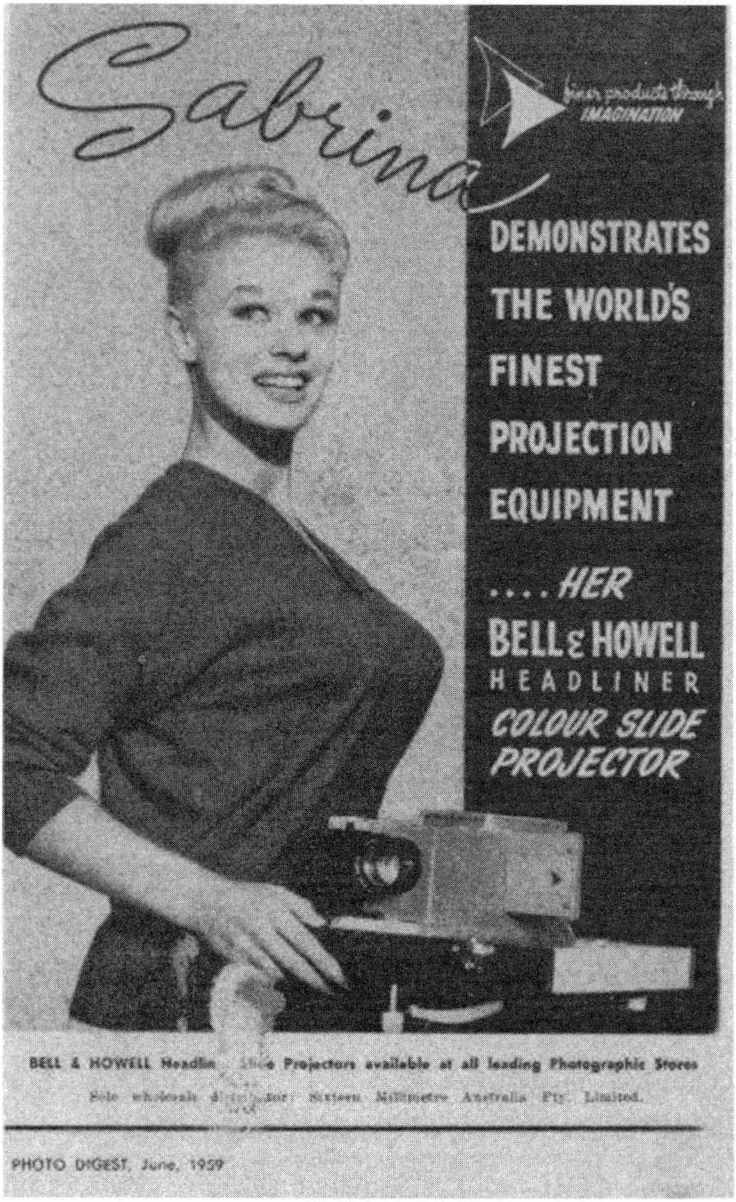

塞布丽娜的 Bell & Howell 彩色幻灯机广告

人扯上瓜葛,或者和在冬季花园表演歌剧的有妇之夫擦出火花。

瓦伦丁·罗斯不算是芭芭拉故意引上钩的。她原本打算当面拒绝他,但转念一想,又决定先交往一段时间。他至少比芭芭拉大十五岁,身上有股烟斗和煤焦油肥皂味。他第一次出现在香水柜台时,手上戴着婚戒,但几分钟之后回来时——显然是为了再好好看一看芭芭拉——婚戒已经不见了。直到第三次光临香水柜台,他才和芭芭拉说话。

"呃,"他一副没话找话的样子,"你经常出去玩吗?"

"哦,你知道,我还没办法想出去就出去。"

"出去逛逛挺不错的,"他说,"你从哪里来的? 让我来猜猜看。我最擅长猜这个。我觉得你家是北边的,但具体是北边什么地方,不太好说。是约克郡吗?"

"兰开夏郡,黑池。"

罗斯边说边觍着脸盯着芭芭拉的胸部。

"塞布丽娜就来自黑池,对吧?"

"我不知道谁是塞布丽娜。"芭芭拉说。

"是吗? 我还以为你会以她为荣呢。"

"这倒是没影的事,"芭芭拉说,"我们都没听说过她。"

"不过她长得确实像你。"瓦伦丁·罗斯说。

"你说这话可是辱没她了。"

罗斯讪笑着,继续纠缠芭芭拉。他对和芭芭拉谈话其实并没兴趣。他感兴趣的是芭芭拉拥有的塞布丽娜式美貌。

"噢,塞布丽娜原来是黑池小姐,"芭芭拉看着罗斯,故作吃惊的样子,不过这只是一句应景的话罢了,"你一般喜欢去哪里玩?"

"我正想问你呢,你来说地方吧。"

芭芭拉恨不得踢自己一脚。要是在家乡，那些不三不四的小伙子和她用这种腔调说话，她早就掴他们的耳光了。但是在这儿却不行。她现在正在引诱对方上钩。但是玛乔丽警告过她，不要让男人们陷入死缠烂打的境地。不过好在罗斯也不是风月场上会察言观色的老手，对芭芭拉转瞬即逝的清高自负并未察觉。

"让我来看看，"罗斯一副耐心的样子，"我倒是有个提议。"

"我就知道你有主意。"芭芭拉说。

芭芭拉这些话完全是言不由衷。她长这么大，一直不缺来自男人的关注和兴趣，但她一直将他们拒之门外。现在她却要一反常态，压抑以往类似情况下惯常的反应。

"你信我就对了。你从中也能挣到钱。我要是没想法，也不会来找你。"

芭芭拉对这种厚着脸皮的坦白倒也不反感，还朝罗斯笑了笑。

"我要请一位朋友吃饭。他是我的一个客户。他会带一位女友一起来，并提议我也带一位女士作陪。"

要是在过去，芭芭拉一定会提起他刚才戴戒指的事，揭穿他的把戏。但现在她有些学乖了。

"听起来不错。"

虽然她现在距离一台电视机还很遥远，但毕竟已经开了个头。

玛乔丽建议芭芭拉从上班的百货公司借一身衣服去赴约。公司里其他女孩都是这么做的。于是芭芭拉在午餐时间拿一个包上楼去找女装部的一位销售女孩，从她那里借走一件时髦的低领口齐膝红色外套。在出门之前，她觉得要花点心思打扮一下，于是涂了点口红，并故意露出一点大腿。这些又花了她一点时间。

"你这身打扮真是棒极了!"玛乔丽说。芭芭拉朝她笑了笑。

瓦伦丁·罗斯在"街谈巷议"夜总会订了一桌,坐在那儿可以看见马特·门罗的表演。马特·门罗是玛丽姑妈最喜欢的歌手。在夜总会门口,芭芭拉还看到其他大牌明星的海报,有"至上女子"乐队,海伦·夏皮罗,"悬崖与阴影"乐队。它们都曾在这里演出过,深受上班女孩的喜爱。在芭芭拉眼里,马特·门罗来自另一个时代,那个她从黑池逃离的时代。她被引到座位时,发现自己算得上今晚夜总会里最年轻的。

罗斯已经在舞台边的一张四人桌前恭候多时了。其他两位客人还没到。罗斯没问芭芭拉,直接点了杜本内开胃酒和柠檬水。他们聊了聊工作、伦敦生活和夜总会。过了一会儿,罗斯抬头笑了起来。

"希德尼!"

希德尼是个留着小胡子、身材矮小的秃顶男人。他似乎不太乐意见到瓦伦丁。这时芭芭拉发现瓦伦丁的脸色变得有些复杂,先是挂着笑容,后来笑容消失,再接着眼睛由于惊讶而迅速睁大,最后笑容又回到脸上,但已不复先前的温情和愉悦。

"奥德丽!"瓦伦丁朝另一个人打招呼。

奥德丽是名身材高大的女子,穿着一件不太合身、颜色过于发紫的长衫。芭芭拉猜测,奥德丽是希德尼的妻子。芭芭拉观察了一下形势,发现情况有点不对劲。希德尼肯定原本以为今晚的聚会是正常性质的(应该带家里的正室出来),但瓦伦丁带的却是芭芭拉,这分明表明今晚聚会完全是另外一种性质:带其他女士,但不是家里的太太。过去希德尼和瓦伦丁肯定这两种性质的聚会都张罗过,但今晚却弄拧巴了。有钱的已婚男人生活过得既复杂又具欺骗性。他们之间谈话使用一套晦涩的代码。芭芭拉不知道这种事对他们来说是

"街谈巷议"夜总会

不是家常便饭。也许情况就是如此。在"街谈巷议"夜总会的桌旁坐着好多年龄差距很大的女人,彼此虎视眈眈地盯着对方。

"我和瓦伦丁有点生意上的事,要去酒吧那边谈谈!"希德尼说,"抱歉耽误你们五分钟时间。"

瓦伦丁起身朝两位女士点点头,尾随希德尼而去。希德尼怒气冲冲地迈着重重的步伐离开了。显然这次误会造成了很严重的后果。希德尼的正室已经看出芭芭拉的身份,以及她和瓦伦丁的关系。她很可能推测类似今晚的聚会已经发生过好多次,只不过她自己也未被邀请罢了。如果瓦伦丁反应快一点,他本可以谎称芭芭拉是他的表妹,或者女秘书,甚至是他的假释审查官。可他却什么也没做,任由希德尼将他拽走,挨一顿训,同时也让两个女人形成各种的看法。

奥德丽重重地坐到芭芭拉的对面,盯着她看。

"他成家了,你知道吗?"她终于开口说道。

芭芭拉觉得自己还沉浸在马特·门罗的歌声里,而奥德丽刚才的话丝毫没有减少她听歌的兴致。所以她望着奥德丽立刻大笑起来,笑声里带着讥讽。

"和谁成家?"她故意问道,"那我可要杀了那个女人。"她又大笑起来,分明是想向奥德丽表明她对这则消息毫不在意。

"他已经结婚了,"奥德丽还在喋喋不休地往下说,"他娶了琼。我见过他妻子。他俩结婚多年,有好几个孩子,什么都有了。孩子也都大了。儿子十六岁,女儿在上护理学院。"

"是吗?"芭芭拉说,"那他肯定没有为孩子的成长付出过什么。过去这两年,他没在家里住过一晚。"

"没在家里?"奥德丽说,"你们同居了?"

"噢,没那么不堪,"芭芭拉说,"我们打算六月结婚。不过如果情况真像你所说的,那他得先处理一些事情。"说完这话,她又第三次大笑起来,边笑还边晃动脑袋,以表示这件事情的荒谬。瓦伦丁!结过婚了!还有孩子!

"你见过他的孩子们?"

"呃,"奥德丽说,"那倒没有。"观察到一丝怀疑从奥德丽脸上浮现,这令芭芭拉颇为受用。"不过我和琼谈过她的孩子们。希德尼和我也有两个十几岁大的孩子。"

"哈,"芭芭拉说,"吹吧。我们大家都可以吹。我能吹十五个孩子出来。叭,叭,叭,叭……"

她故意把生孩子比作吹泡泡,不过十五个也未免太离谱了。她要再这么胡扯下去,就会显得像个神经病。于是她停下来。

"反正五个肯定有。"她又说道。

"你什么意思?"

"吹出来的和亲眼见到的是两回事,对吧?"

"你的意思是,两个孩子是琼编出来的?"

"坦白地说,我怀疑琼这个人都是子虚乌有。"

"琼怎么可能是编出来的?我见过她本人。"

"见过是见过,但你不知道他们到底是什么关系。有时他们这些男人晚上单独外出不想带我们,你知道我是什么意思。这样做就安全了。反正我是这么认为的。"

"你是说琼也是那种……"

"不,不。瓦伦丁只是想找个人陪着而已。"

"可是琼并不是年轻小姑娘。"奥德丽说。

"也许瓦伦丁就喜欢和同龄人一起度良宵呢。"

奥德丽陷入沉思，脑海里想象着这个让她蒙在鼓里的复杂骗局，接着又摇了摇头。

"我不相信，"她说，"那样该有多荒谬！"

这时希德尼和瓦伦丁回到桌前。两人又亲热得像一对好伙伴。

"我应该正式地介绍你们两位认识一下，"瓦伦丁说，"奥德丽，这是芭芭拉。她在我公司上班，又是马特·门罗的狂热歌迷，琼今天下午身体不舒服，我就……"

希德尼妻子望着芭芭拉，表情先是困惑，然后变得愤慨。

"很高兴见到你，奥德丽。"芭芭拉说完就去取大衣，扬长而去。

和奥德丽聊天的几分钟时间，对芭芭拉来说是一种奇特的享受。她仿佛置身一场自编自演的喜剧短剧中。她的表演差强人意，因为毕竟剧情单薄了一些。可当她排队上厕所时，刚才身上那股兴奋劲渐渐消失。伦敦生活的阴郁心情又向她袭来。自从和玛乔丽聊天后，芭芭拉就告诫自己目标要明确，哪怕不那么光彩：自己要么继续在化妆品柜台上班，要么勾搭瓦伦丁·罗斯这样的男人。他们可以令她离自己心中的目标近一些。可是和瓦伦丁·罗斯交往之后，芭芭拉觉得自己愚蠢而轻贱。明天她一定回化妆品柜台。她现在想大哭一场，甚至动了回家的念头。她觉得自己受够了。如果回家，就嫁给那个地毯店老板，给他生一堆孩子，最后他带着其他女人去夜总会。她这辈子就那样了，蹉跎老去，最后希望下辈子运气会好些。

在离开"街谈巷议"夜总会时，她碰见了布莱恩。

她当时正沿着楼梯朝门口走去，差点和他撞个满怀。布莱恩客气地和她打招呼，她却粗暴地让他别挡道。布莱恩惊愕万分。

"你不记得我啦？"

"是又怎么样。"芭芭拉答道，并对自己的回答感到快意。他这个人当然不值得她记住。他虽然长得还算帅气，一身西装看上去也价格不菲，但年龄其实比瓦伦丁·罗斯还要大。而且关于他的一切都不靠谱。

"我俩是在亚瑟·阿斯基那部电影拍摄的第一晚认识的，你在里面出演一个角色。"

"我从来没演过任何电影。"

"噢，"他说，"对不起，你原来不是塞布丽娜？"

"是的，是的，我不是那个该死的塞布丽娜。见鬼，塞布丽娜岁数比我大。没错，我们是来自同一个地方，她的胸也很大，但你们这些男人只要抬起眼皮看看女人脖子上方，就能把我俩分开。"

布莱恩咯咯地笑起来。

"真对不起，"他说，"不过我很高兴你不是她。那部电影拍得不怎么样。她在里面演得糟透了。你这是要去哪里？"

"回家。"

"你现在不能回家，马特·门罗的表演还没开始呢。"

"我干吗不能回家？"

"因为你应该留下来和我喝一杯。我想了解关于你的一切。"

"我一猜你就会来这一手。"

她现在对眼前这个男人说话丝毫不留情面，因为她不想从他身上得到什么。她现在觉得所有男人都令人作呕。

"我不是你想象的那种人。"他说道。

"我可没想你是哪种人。"

"我结婚了，婚姻很幸福。"他说。

正说着他身边突然冒出一个面带微笑、颇有魅力的女人。这个女人年纪比布莱恩略小，但绝不是那种见不得人的年龄差距。

"瞧，她来了，"布莱恩说，"这位是我太太。"

"你好。"布莱恩太太向芭芭拉打招呼。她好像对芭芭拉并不气恼，只是希望得到介绍。

"我全名叫布莱恩·迪本汉姆，"他说，"我妻子叫帕特西。"

"你好，"帕特西向芭芭拉打招呼，"你长得真漂亮。"

芭芭拉在心里盘算着这两人在搞什么鬼。她隐隐觉得这对夫妻一起跳出来撩她。芭芭拉找不到一个合适的词来形容他们的行为。

"我正在劝她去和我们喝一杯。"布莱恩在一旁说。

"我瞧出来了，"帕特西说，她上上下下打量着芭芭拉，"她正是你要找的人。她长得像塞布丽娜。"

"我猜她不喜欢人们这样评价她。"

"我的确不喜欢，"芭芭拉说，"我也不喜欢一个男人当着他妻子的面和我调情。"

"调情"这个词用在这里或许是最稳妥的。虽然她在这里用了这个词，但并不表明她在控诉他们的行为。她只是想故意装作一副口无遮拦的样子。她觉得这两人也希望她变成那样子。

布莱恩和帕特西大笑起来。

"噢，我可不是想和你调情，"他说，"这和性无关，但可能比性还肮脏。我想从你身上赚钱。我是一名剧院经纪人。"

芭芭拉拿起大衣走回夜总会衣帽间。好戏才刚刚开始。

3

在布莱恩的坚持下,芭芭拉没有回到德里·汤姆百货公司。

"我应该提前两个星期告知他们要离职。"

所以现在她只能以请病假作借口去布莱恩办公室,否则她抽不出任何时间。

"为什么?"

"为什么?"

"为什么会这样?"

"因为……"芭芭拉实在想不出一个既不违反规定又可以请假的理由,"另外,我现在的房租还没着落。"

"我会给你找工作的。"

"我现在就需要钱。"

"我可以预支你几个星期的薪水,一个月都可以。你现在一周挣多少钱,有二十镑吗?我可不想让你每月为了区区八十镑而推掉我这边的工作。"

芭芭拉现在一个星期根本挣不到二十镑。就算过了试用期,她也只能挣到十二镑。

"我不知道你会给我找到什么工作。我这辈子从来没做过演员。"

"这正是你的优势,亲爱的。千万不要有什么经验,甚至连表演经历都不要有。我本来不想再在你跟前提塞布丽娜。但你或许知道,她不完全是多萝西·图汀那类演员。亲爱的,你什么都不需要做,只需站在那儿,人们就会朝你扔钱。赚的钱我们一起分。说句实在话,世界上没有比这更容易的买卖了。"

"听起来也像是那种最古老的买卖。"①

"别这么愤世嫉俗好不好,亲爱的。我就是干这一行的。听着,你知道在戏剧中,有一类角色叫 soubrette?"

芭芭拉叹了口气,转了转眼珠子。她恨不得离开布莱恩办公室直接去图书馆查一下 soubrette 一词到底什么意思。

"你就是活脱脱一个 soubrette。别人巴不得想成为 soubrette,你却不想做。人们会付你很多钱让你保持现在这个样子。你只要照我的意思去做,我们今后会过得很开心的。"

"那你到底要我做什么?"

"我想要你去见各种人,他们会告诉你做什么。笑起来,走起来,胸挺起来,屁股翘起来。就是这种事情。我们很快就会联系一家电影公司和你签合同。到时还没等你反应过来,七十岁以下所有男人都会在自家陋室的墙壁上挂一张你的比基尼泳装照。"

"只要他们让我演,我穿什么都行。"

"你的意思是,你现在想去演了吗?"

———————————

① 即皮肉生意。

35

"我想当一名演喜剧的女演员,"芭芭拉说,"我想当露西尔·鲍尔那样的演员。"

布莱恩这辈子最恨想成为演员这个念头。像芭芭拉这种有脸蛋、有身材的女孩子,有一半不满足于仅仅出现在挂历上,或在各种开幕式上当花瓶。她们宁愿在 BBC 的电视剧中演一个只有三句台词的未婚妈妈这种小角色。布莱恩无法理解她们为什么这么热爱表演。不过他还是和制片人或剧组经纪人签合同,让这些女孩去试镜。只要被连续拒绝几次,她们通常都会变老实了。

"据我所知,露西尔·鲍尔当初走上这条路也不是刻意选择的。她岁数越来越大,人们不再让她在爱情剧里担任主角,她只好演这类滑稽搞怪的角色。你离沦落到那种地步还有很多年。很可能还有几十年。你现在正身处大好时光。"

"我还是想去试试镜。"

"我跟你说,你其实根本无需试镜。你先从模特做起,然后想演什么电影就能演什么电影。"

这种话布莱恩以前不知道讲过多少遍,可那些女孩从来不听。

"只要不让我张嘴,什么电影我都愿意演。"

"我不可能永远给你提供资助。"

"那你的意思是,我要是演那种开口戏,你就会一直资助我?"

"我可没那么说。"

"还是送我去试试镜吧。"

布莱恩耸耸肩。他们两人日后打交道的时间还多着呢。

第二天上午,芭芭拉对玛乔丽说她不去上班了,因为昨晚在夜总会遇见一位男士,他愿意出钱让她辞职。

"什么样的男人?"玛乔丽问,"你除了知道他家住在哪里,还知道别的吗?你别看我只是一名卖鞋的售货员,但你可以跟他说,我什么都能做。"

"他是一名影视经纪人。"

"你见过他的执业证明之类的东西了吗?"

"没有,但是我相信他。"

"为什么?"

"因为今天我刚去过他的办公室。他有一个秘书,一张写字台……"

"人们总是这么干。"

"干什么?"

"雇几个秘书,买几张写字台,然后拿这些玩意蒙人。我都怀疑你今天要是再回去看一眼,写字台都不一定还在原处。"

"他房间里还有文件柜。"

"你太天真了,芭芭拉。"

"可是他能从我身上骗到什么呢?"

"我不想把话说得那么直白。"

"你觉得他们雇用秘书,买桌子和文件柜就是为了勾引几个女孩子?这也太麻烦了。"

玛乔丽什么也没说,但芭芭拉很自然能从她的话里得出这个结论。

"他给你钱了吗?"

"还没呢。但他答应给。"

"那你有没有为他做过赚钱的事?"

"没有。"

"哦，亲爱的。"

"有什么问题吗？"

"我觉得不好。如果他现在付钱给你，天知道他在图什么。"

要不是布莱恩没过多久就让她去一个剧组试镜，芭芭拉就真怀疑自己是否上当受骗了。她的住处没有电话，所以只能拿着一堆三便士的硬币去街角公用电话亭打电话。假如布莱恩没本事帮她忙，那就让秘书直说好了，这样她就犯不着再往投币孔里塞硬币了。

布莱恩为芭芭拉安排的第一次试戏是一部名叫《闺房》的滑稽剧。这是一部关于……怎么说呢，反正内容并不重要。戏里全是那些穿着内衣的年轻女孩和好色的丈夫被糟糠无趣的妻子们捉奸在床。这部剧主要内容就是讲男女一旦成婚，就不再有性。芭芭拉发现英国很多喜剧走的都是类似的套路。通常还没演多久，观众就能猜到结局，这让芭芭拉很郁闷。

这部戏现在正在查令十字街对面的一家戏剧俱乐部里上演。制片人告诉布莱恩，张伯伦爵士办公室可能会禁止这部戏在正规剧院上演。

"岂有此理！张伯伦爵士才不会干这种事呢。不过也许他们就想引人们往那方面去想。"

"他们干吗要这么做？"

"你看过剧本，"布莱恩说，"剧本奇烂无比。正常情况下在伦敦西区上演两个晚上就会撑不下去。要是用这个伎俩，就可以多卖些票给那些傻瓜，让那些家伙以为这部戏比较出格。"

"可这部戏一点都不滑稽。"

"和滑稽压根不沾边，"布莱恩说，"但它号称是一部喜剧。而你告诉我，你想演喜剧。"

芭芭拉明白,自己现在正在遭受报应。布莱恩先给你介绍几个糟糕透顶的工作,然后你就不得不穿着泳装在智力竞赛节目中充当花瓶了。他的计谋就得逞了。

在试戏前一天晚上,芭芭拉又读了一遍剧本。剧本比她想象得还要烂。她觉得自己当初肯定是饥不择食,才会答应出演这部戏。

她在戏中名字叫波莉,是男主角的妻子,性格严肃乏味,总是推三阻四,不愿意和丈夫同房。芭芭拉坐在一家昏暗肮脏的小戏剧俱乐部的桌子旁,听导演给她讲戏。导演是一名六十多岁的男子,疲态毕现,银白色头发泛着尼古丁的焦黄。芭芭拉开始背台词,她对自己的台词功夫有一定把握,不过有时舌头也打结。

"我们不能在这里做。我是你妻子,我们不能在楼上做这种事。"

可是她刚一开口,导演就开始摇头。

"你没搞错吧,这真的是你吗?"

芭芭拉这辈子还从未和某个导演同处一室。她父亲要是知道这件事,一定会吹嘘一番,说自己女儿在伦敦社交圈如何大出风头。

芭芭拉又试了一遍。其实和上一遍相比,她并没有做任何改变,因为她压根没明白导演刚才的话是什么意思。

"你看,这回才是你自己。"

"我自己什么?"

"就是这个,"导演对着她的嘴点点头,"口音。"

"但关键问题不应该是口音,而应该是我说话的神态。"

"在剧场里演出,关键是口音。"

导演叹了口气,揉了揉眼睛。

"我今年六十三岁了,"他说,"当年我是布里斯托尔老维克剧院有史以来第二年轻的导演。现在这个剧本是我见过的最烂的。很遗憾,你在我职业生涯最低谷和我相遇。今后我在事业上估计也好不到哪里去。人们会原谅我对这部戏不上心。我猜你也是这么想的。其实我对这部戏还是在意的。可我要是选你进剧组,就等于宣告我彻底放弃这部戏了。你能明白吗?"

芭芭拉不明白,她也如实回答。

"你为什么要抗拒?"

"我没有抗拒啊。"

"我是说在戏里。你一直在抗拒。我来剧组之前,我以为阿尔伯特·芬尼,汤姆·康特奈,理查德·伯顿都在,大牌云集。来了之后才发现,一个人都没有。这部戏名叫《闺房》,你在演的时候,一直在抗拒。你讲话听起来像卖了一辈子薯片的大妈。你肯定让制片人想怎么玩就怎么玩。可是我要对观众负责。我知道我现在基本完了,是个过气人物。但我还是很重视戏剧。"

芭芭拉听了这番话,气得浑身发抖。但是出于某些模糊的想法,她不想被他发现。

"不管怎样,你来试演总是件好事。"

芭芭拉想记住这个男人。她觉得自己今后可能再也遇不到他,因为他又老又衰,和废物差不多,而她不是。她需要留下他的名字,有朝一日要是有机会,她会狠狠在他手上踩一脚,让他跌落悬崖,给他苟延残喘的职业生涯画上句号。

"不好意思,"她声音甜美地说,"我还不知道您的名字。"

"噢,抱歉,真是失礼。我叫朱利安·斯科尔斯。"

他伸出一只软乎乎的手,但芭芭拉并没有接过去。她这点自尊还是有的。

芭芭拉又去找布莱恩，在他面前忍不住哭了起来。布莱恩叹了口气，摇了摇头，在写字台抽屉里翻了翻，最后翻出一个红色文件夹，上面用大写字母写着《发音培训课程》。这玩意看上去有点像伊莫·安德鲁斯在《这就是生活》里奉若圭臬的那本书。

《发音培训课程》第三课黑胶

"这书看看对你没有坏处，"布莱恩说道，"我给很多女演员都推荐过这本书。你只要一读，就知道这本书有多好。迈克尔·阿斯佩尔，还有简·麦特卡尔夫，好，脑，朗，考①之类的。她现在发音漂亮极了。"

芭芭拉父亲是简·麦特卡尔夫的拥趸。她在广播上说的那一口BBC风格的英语，估计全英国，无论南方人还是北方人，都听不懂。

"我这辈子都不要说她那种口音。"

"你发音倒不必跟她完全一样。只要……有一点儿……和现在稍微有点不同。就看你自己了。如果你实在不想改口音，那我只能把你杀掉，扒掉你的衣服，在你身上喷上金粉，把你供起来了。你让

---

① 原文为 How Now Brown Cow，类似练发音的绕口令，四个单词的元音都是 /au/。

41

我操碎了心，亲爱的。别的女孩子做梦都想拥有你具备的优势，而你自己却对此熟视无睹。"

"那些都没有用。难道我真的成不了滑稽女星，没有这方面的潜质吗？"

"这事我说了不算，芭芭拉，得他们说了算。"

芭芭拉翻了翻《发音培训课程》，她的梦想是成为演员，而表演的精髓就是变成另一个人，可是如果她还没成为演员就已经变成另一个人该怎么办？

"你看我们刚才光忙着说那些了，"布莱恩说，"我想现在是不是该和来自黑池的芭芭拉一刀两断的时候了？"

布莱恩现在已经在考虑芭芭拉的下一步职业规划了。其实BBC那些制片人并不关心她叫芭芭拉还是不叫芭芭拉。但是塞布丽娜曾经有个化名叫诺玛·斯凯斯，所以他们也得有所行动。

"我们刚才不是一直在探讨这个话题吗？"

"不，我们刚才谈的是你的黑池口音，没有讨论芭芭拉这个名字。"

"那你希望我做什么？"

"反正你不能再叫芭芭拉了。"

"你是认真的吗？"

"当然，认真得要命。"

"如果对你来说都一样，我可以不用芭芭拉这个名字。"

"这有点事关重大，当然没到要命的程度。但具有警示意义。"

"你想让我改名字？"

"要是效果不好，你还可以随时改回来。"

"噢，谢谢。"

其实她自己现在早就恨不得不再是芭芭拉了。芭芭拉是个失败的符号，她不想再失败。用什么名字对她来说无所谓。就算名字、口音都改了，她也还是她自己。她整个人就是一团蓝色火焰。这团火焰如果找不到出口，会将自己烧光。

"那你给我想好一个名字了吗？"

"还没有呢。在起名字上，我可不如希特勒有本事。我们一起来想一个吧。"

芭芭拉从《复仇者》里选了一个光荣凯西，从看过的电影里选了格尼斯、薇薇安、伊芙内，甚至从电视剧里选了露西的名字。但她这些提议都被布莱恩否决了。最后他们用的是布莱恩最初建议的那个名字：苏菲·斯卓。芭芭拉知道，苏菲这个名字听起来洋气。

"为什么选斯卓这个姓？"

"桑迪·斯卓，苏菲·斯卓，听起来很酷。"

"为什么不叫苏菲·辛普森？"

"名字还是越短越好。"

"那还不如叫史密斯呢。"

"斯卓这个名字有什么不好吗？"

"那你为什么喜欢这个名字？"

"我是个幸福的已婚男人。"

"这话你以前说过了。"

"不过就算我是个幸福的已婚男人，有时也不免想要在草垛上打个滚，①体验一下那些婚姻不幸福的男人的感觉。"

苏菲·斯卓皱了皱鼻子。

---

① 斯卓（straw）义为干草，布莱恩此句有性暗示意味。

43

"听起来有点毛骨悚然啊。"

"噢,完全不要害怕。我可不想成为负面新闻的主角。不过干这一行有时确实毛骨悚然。"

第二天布莱恩就为苏菲·斯卓在一个肥皂广告里找到一个试镜的机会,扮演的角色是一个年轻的家庭主妇。

苏菲知道,布莱恩这么做是在加紧给她泼冷水。但她还是花了一个晚上时间用玛乔丽的录音机听了布莱恩给她的发音磁带,并尽力模仿简·麦特卡尔夫的口音。但这次试镜更失败,她还没张嘴就被叫停。肥皂商正好坐在导演身边,他笑着摇摇头。

"对不起,苏菲,"导演说,"你这次不行。"

"我能知道为什么吗?"

肥皂商对着导演耳语一番,导演耸耸肩。

"他说你完全不符合人们心中家庭主妇的形象。你长得太漂亮了,身材完全不符合。"

"我身材有什么问题吗?"

肥皂商人笑起来。"一点问题没有,"他说,"这才是问题。我们想找一个长相普通一点的。"

苏菲想起黑池市长那个词,奶油坯子。

"我可以是最近刚刚结婚。"她说。话一出口,她就为自己这种饥不择食的态度感到恶心。她本应该转身就走,掀翻桌子,朝他们啐一口;而她却还在央求他们。

"亲爱的,这部戏是为了推销肥皂。我们没有时间向观众解释你结婚多久了,是在哪儿结识你的丈夫,以及你婚后是如何保持体型的。"

"不过还是感谢你来试演,今后如果有更合适的机会,我一定会想起你的。"导演说。

"什么样的机会?"

"噢,你心里清楚。名酒广告,像仙鹿酒、杜本内酒这样的,香烟广告也可以。反正和你现在试的这个角色完全相反。"

"我和肥皂完全相反?"

"不,不,我知道你可爱清纯。我的意思是你和那种居家风格完全相反,对吧?"

"我和居家风格相反?"

"你到底结婚了没有,苏菲?"

"嗯,没有。但我可以假扮成结过婚的样子。这不过是一个两分钟的肥皂广告而已。"

"我走啦。"那位肥皂商说。

导演笑了笑,轻轻地摇了摇头。

等到了外面没有人的地方,那个肥皂商邀请苏菲出去吃饭。当然他手上戴着婚戒。

苏菲失业已经快三个星期了。她试遍了伦敦西区的表演工作室、俱乐部和剧院。她对人们说自己什么都能演,家庭主妇、教师、女警察、秘书,可是无一例外全部以失败告终。甚至有一次她试演一个脱衣舞女的角色也失败了,虽然见过她的人或多或少都觉得她像脱衣舞女,从外表看她也像脱衣舞女。人们拒绝她的理由现在也千奇百怪,越来越具羞辱性。而布莱恩那里也没剩多少工作机会供她去试了。他给苏菲推荐的那些工作,只是证明了他当初的判断是正确的,即她不适合干演员这一行。如果有一天她真去那种恶劣的小剧场演脱衣舞女,她就没法指责布莱恩为她所做这些工作上的安排动机龌龊,因为那和在下流场所直接跳脱衣舞也没什么区别。

"肯定有适合我的机会的。"

"我这儿的剧本里,有年轻女孩角色的,现在只剩下《喜剧剧场》了。"

《喜剧剧场》是 BBC 专门播放新拍喜剧的一档节目。这个栏目每集三十分钟,播放一部情节独立的喜剧。如果评论界反应良好,BBC 也觉得满意,单集剧也会扩展成连续剧。《斯泰普托父子》最初就在《喜剧剧场》播出,后来拍成了连续剧。

"我愿意去拍《喜剧剧场》里的片子。"苏菲说。

"是吗,我也觉得你会接这种片子。"

"有机会干吗不接?"

"这回是个主角。"

"不是主角我也愿意。总比那些女秘书之类的角色要强。"

"这个角色和你本人不太搭。"

布莱恩从案头小山一样的资料中翻出一个剧本,大声朗读起来。

"西瑟莉谈吐文雅,娇小可爱,受过高等教育,是个牧师的女儿。她根本没做好婚后生活的准备,就连打一个鸡蛋也手忙脚乱。还要继续读下去吗?"

"就是给我写的。我打鸡蛋也笨手笨脚。剧情是关于什么?"

"是关于……呃,其实也不太多。真的。关于婚姻。她嫁了人,然后两人将一切弄得一团糟,不过最后磕磕绊绊也熬过来了。片名叫《新婚燕尔?》。"

"这个片名自带问号还是你加的?"

"片名本身就有问号。"

"难道你不觉得人们见到片名带标点符号一点也不可乐吗?"

"我也觉得标点符号是败笔。问题是这个编剧很厉害。你听过广播剧《笨战友》吗?"

"我爱听《笨战友》。"

她自从离开家后就再没听过这部广播剧了。现在提起这部剧,勾起了她强烈的思乡之情。在家时,每个周日午餐时她都和父亲一起听这部剧的重播。在所有的电视剧和广播剧中,惟有这部剧是她和父亲都觉得挺有意思的。为了听这部剧,他们特地将刷碗时间调到下午一点半,在半个钟头时间里,他们可以边刷碗边听广播,这样刷碗就显得比吃饭更愉快。那时他们简直是全英国最幸福的家庭,如果两个人也可以称作家庭的话。虽然父女俩都不会做什么菜,但一边用布里洛刷①刷盘子,一边哈哈大笑地听广播,倒也其乐融融。《笨战友》讲的是一群年轻人服完兵役后,在同一家工厂上班的故事。在工厂里,他们还沿用当年在军队时的身份角色,懦弱无能的上尉还是他们的首领,他也是工厂老板的儿子。大嗓门、傻呵呵的准尉副官在工厂里是工头。工厂里的工人们都在混日子,做白日梦,相互之间也尔虞我诈,剑拔弩张。这部剧里没有一个女角,芭芭拉的父亲就是冲着这点去的,芭芭拉对这点也觉得无所谓,甚至这也是她喜欢这部剧的原因。因为在喜剧连续剧里,大多数女角都让她看得难受。她搞不清那些女演员到底在演什么,而《笨战友》好在还能让人明白每集在讲什么。这部剧里有疯癫的玩笑、搞怪的口音以及复杂的骗局,不过幸好大多数角色都是芭芭拉喜欢的,虽然他们当中没有一个北方佬。

---

① 一种细毛刷子,使用时皂粉自动流出。

"《笨战友》的编剧是托尼·霍尔姆斯和比尔·戈迪纳,制片人是丹尼斯·麦克斯韦尔-毕肖普,"苏菲故意用极标准的 BBC 口音说,"史密斯上尉由克利弗·理查德森饰演,斯帕基是——"

"好了,好了,"布莱恩说,"要是在广播里,你能做到每场戏都这么说话吗?"

苏菲觉得自己应该可以。为什么不行呢?其他女孩子做梦都想和猫王、洛克·赫德森这样的巨星见上一面,而她梦寐以求的却是能和丹尼斯·麦克斯韦尔·毕肖普有机会单独相处,哪怕半小时也行。这只是她的一个梦想,没法和别人分享交流。

"没问题,这种声调已经印在我的脑子里了。"

"呃,那些人也都这么说话的,"布莱恩说,"那些作家,还有丹尼斯,克利弗——"

"如果我去试演,他们这些人会在现场吗?"

"你是指他们本人吗?噢,老天,不。他们都是大人物,怎么可能去试演现场。"

"原来是这样啊。"苏菲说。

"我刚才的话有些刻薄,"布莱恩说,"托尼·霍尔姆斯和比尔·戈迪纳,还有几个不知名的广播剧编剧会在现场。另外初级制片人丹尼斯·麦克斯韦尔-毕肖普也会在场。克利弗·理查德森在剧中扮演丈夫,所以他也会到场。显然有人现在在力捧他成为电视剧明星。"

"我想去试试。"苏菲说。

"我要申明剧本确实很烂,完全不适合你。不过要是你手头没有其他事情好做,你可以算作我的特邀演员,下周就可以。"

苏菲把剧本带回家,从头到尾读了三遍。剧本比布莱恩描述得还要烂。不过她还是决定去现场，因为数月后她要是回家，就可以在刷碗时得意地向父亲吹嘘她见到过《笨战友》的编剧，这也算这段时间她在伦敦唯一值得珍藏的回忆。

《新婚燕尔？》的试演地点定在舍泼德布什附近的一个教堂大厅里，从BBC大楼拐过去就是。房间里一共有四人，当苏菲走进房间时，其中两人相视大笑起来。

如果这一幕发生在其他试演场合，苏菲会立刻转身离开，但现在不行，因为只有当其中三人把目光放在她身上，她才能回来告诉她老爸，她见过托尼·霍尔姆斯、比尔·戈迪纳和丹尼斯·麦克斯韦尔-毕肖普。

"真妙啊！"她没有走开，反而说了这一句。

刚才板着脸没笑的两名男子中的一位看上去表情痛苦。苏菲觉得他也是四人中最年长的。不过即便如此，他的年龄也不到三十岁。他戴着一副眼镜，留小胡子，抽着烟斗。

"你们两个傻瓜到底怎么回事？实在对不起，苏菲。"

"这可不是你的心里话。"其中一个傻瓜说。

"你们猜猜我在想什么？"苏菲说。

"这是个好问题，"另一个傻瓜说，"你猜猜这位女士在想什么，傻瓜？"

这两个傻瓜都操一口伦敦音，这让苏菲感到安心一些，虽然开头显得并不顺利，但至少他们不能再以口音为借口将她撵走。

"这位女士在想，他们笑话我肯定是因为我和这个角色十分不搭。但其实我们笑的根本不是这个。"

"那是因为什么？"苏菲问。

"因为你长得像我们认识的一个人。"

这时房间里第四个人,即既不是傻瓜也不是抽烟斗者,第一次抬头正眼看了看苏菲。在此之前,他一直在边抽烟边做报纸上的填字游戏。

"她或许一愣神,根本没顾得上想你们为什么笑。"这名男子道。

"我可没笑。"抽烟斗者说。

这时苏菲心里总算琢磨出他们四人到底谁是谁了。做填字游戏的是克利弗·理查德森,抽烟斗的是制片人丹尼斯,两个傻瓜分别是托尼和比尔,不过她还是搞不清具体谁是托尼,谁是比尔。

"我为什么要愣神?"苏菲说。

"因为你光顾着担心自己和角色如何不搭了。"

"你是克利弗,对不对?"苏菲问。

"你是怎么知道的?"

"从你的嗓音听出来的。那个上尉。"

《笨战友》里的史密斯是上尉工厂主的儿子,毕业于公学,但是脑子有些糊涂,说话语调很滑稽,如果女王陛下也是弱智的话,一定也这么说话。

苏菲这句话把另外三个人都逗笑了,但克利弗显然被刺痛了。

"你们到底有没有读过自己写的剧本?"他对两个傻子说。

"女主角是个牧师的女儿,发音标准,身材娇小,上过大学。"

"你们觉得我身材不够娇小吗?"苏菲说,"这件粗呢大衣衬得我比本人大。"

她故意把自己的兰开夏郡口音发得夸张一些,就是想逗他们发笑。这个伎俩在另外三个人身上得逞了,但是克利弗是个例外。

"瞧瞧这部剧里的笑声,"克利弗说,"再看看这个剧本,真是讽刺啊。"

50

"得了，得了。"托尼和比尔不知道谁冒出这么一句。

"对不起，请问你俩谁是比尔，谁是托尼?"苏菲问。

"我是比尔。"

说话者是两人中看上去较年长者。他也许实际年龄并不真的年长，但托尼长着一张娃娃脸，胡子也不那么浓密。

"对不起。"丹尼斯说。接着他把所有人都介绍了一番。

"克利弗觉得这部剧将是电视史上最烂的一部喜剧，"托尼说，"所以他才说剧中的笑声充满了讽刺。"

"克利弗说得没错。我们今天一天都没怎么笑。"比尔阴沉着脸说。

"我倒是喜欢这部剧，"苏菲说，"写剧本时一定很有意思。"

两位编剧听了这话，不约而同地嗤笑起来。

"还有意思呢?瞧，托尼，居然有人说写这剧本有意思!"比尔说。

"可不是嘛，我简直要庆幸自己居然是个编剧。"

"同感!"比尔说，"我一整天过得都有意思极了。"

他俩都盯着苏菲，好像她是个怪物。

"其实一点意思都没有，"托尼说，"糟透了。简直是一种折磨，和其他事情一样。"

"先不说别的，"比尔又道，"那个问号是丹尼斯的主意，不是我们的。我们讨厌那个问号。"

"你们能不能别再纠缠那个问号了，"丹尼斯说，"你们几乎逢人就拿那个问号说事。"

丹尼斯将烟斗重重地砸在桌子上的一个烟灰缸上。这张桌子上总共有六个烟灰缸，每个烟灰缸都盛满了烟蒂和烟灰。虽然这些烟灰缸仅仅占据房间的一个角落，却令整个房间闻起来像火车上的吸烟车厢。

"可是我们的名字就印在你那该死的问号下面，"托尼说，"我们写喜剧是为了谋生，但你这样搞得我们要失业了。"

丹尼斯听了连声叹气。

"我承认这是个失误。我道歉。我们会把这个问号拿掉。这样吧，我们尽力把这个剧拍好，先别去管这个问号。"

"可你是这部剧的制片人。我想先问问你，什么是喜剧？"

"你们想让我做什么？直接告诉我，我来做就是了。"

"太晚了，"托尼说，"剧本都已经发给各位同行了。"

"像苏菲这样的同行？"克利弗说。苏菲知道他又开始讽刺了。

苏菲觉得，这事讨厌就讨厌在他长得帅。其他像他这样帅的男演员，一般都不会用一副愚蠢的嗓音去演广播喜剧；他们忙着在电视或电影里救那些大胸美女。苏菲觉得克利弗长得比侠盗西蒙还要帅。他的一双眼睛又大又蓝，面颊帅得让她都嫉妒。

"你觉得这有意思吗，苏菲？"丹尼斯问。

"你是指问号吗？"

"不，"比尔说，"问号我们都知道没意思，他说的是剧本。"

"噢，"苏菲说，"我刚才说了，我很喜欢这个剧本。"

"你真觉得这个剧本有意思吗？"

"有意思，"苏菲把这个词重复了一遍，好像刚才她在说的时候刚好把这个词漏掉，现在要特意补上。

"我是说里面那些笑话和情节。"

"呃，是这样的，"她说，"其实那些东西并不有意思。"她现在已经见了他们所有人，并打定主意不想再见他们，所以也就实话实说了。

不知为什么,比尔和托尼听到这个回答反而显得很高兴。

"看,我们说得没错吧!"比尔对丹尼斯说。

"你们凡事都说糟透了,我都不知道该何时相信你说的话。"丹尼斯说。

"那你觉得这部剧哪儿不好?"比尔问苏菲。

"我可以实话实说吗?"苏菲反问道。

"当然,我们就是要听实话。"

"这部剧处处都不好。"她说道。

"可你刚才还说你喜欢……"

"我不喜欢这部剧,"苏菲说,"一点也不喜欢。我不觉得这部剧有意思。"

"你不是唯一说这话的人。"克利弗说。

"不过……我压根不知道这部剧在讲什么?"

"你的话完全在理。"托尼说。

"那你们干吗还要写这种烂剧?"

"我们是应邀的。"比尔道。

"应邀做什么?"

"应邀推出一部关于婚姻的剧。"丹尼斯说。

"噢,是这样啊,"苏菲说,"那你们为什么不回绝呢?"

比尔大笑起来,双手紧抓胸口,好像苏菲刚朝他胸口猛刺一刀。

"在《笨战友》里,人物都塑造得活灵活现,即使那些卡通式人物也是如此。而这部戏里的这对夫妻,他们虽然说着正常的语言,也不开玩笑,却像卡通人物般不真实。"

比尔在座位上身体前倾,连连点头称是。

"那些关于婚姻的内容,都像是强塞进去的。我的意思是,这对夫妻在剧中永远不停地争论，但其实他们并没有太多需要争论的必要。他俩压根就是一类人。丈夫在求婚前就应该知道，他妻子是个傻乎乎的女人。"

苏菲这番话引来克利弗第一次大笑。

"你还是闭嘴吧。"比尔对克利弗说。

"另外为什么要把妻子写成一个牧师的女儿？我看剧本，她父亲是个牧师。但这条线索在后面就没下文了。你们是想说她从小家教很严吗？可她一旦结了婚，家教严不严又有什么关系？那些东西都无关紧要。"

"说得好，"比尔道，"非常感谢。"

"对不起，"苏菲说，"也许我说得有点多。"

"不，你的话对我们帮助很大。"托尼说。

"剧本为什么把她写得那么傻？前面不是交代她上过大学吗？可是你们把她写得连公交车站都找不着，怎么可能还上过大学呢？"

"好吧，"克利弗用心满意足的口气说道，"没有必要再试演下去了。你已经彻底摧毁这部剧了。"

"对不起。"苏菲说着站起身来准备离开。要不是他们下逐客令，她还没有要走的意思。不过即使刚才没人打断她的话，她自己也清楚一切都结束了。

"我们再过一遍台词，然后比尔和托尼的任务就完成了。可以写下一稿了。"

"什么下一稿？"比尔说，"克利弗刚才不是说都不用试演了吗？"

"不管怎么样，我们再从头到尾过一遍台词，"丹尼斯说，"拜托各位，我们两周后就要正式录音了。"

现场一片抱怨声,但没人提出异议。每个人都将剧本翻到第一页。苏菲整个人处于分裂状态。一方面她想尽力读好台词,另一方面她又想把台词读得慢慢的。她恨不得尽可能将这个下午延长下去,她想一直待在这个房间里,一直待下去。

喜剧剧场

4

　　1959 年圣诞节前一周,托尼·霍尔姆斯和比尔·戈迪纳在奥尔德肖特警察局的羁押室相遇。当地警方想让宪兵将他俩带回军营,宪兵却不愿意费这个劲。这两套官僚体系正在相互推诿时,托尼和比尔已经在警察局里关了整整二十四小时。两人无所事事,又不能睡觉,只好用聊天、抽烟打发时间,心里却感到荒唐而不安。两人断定是在同一个地方、同一条街道被捕的,只是时间上隔着两个钟头。不过两人都没告诉对方自己犯了什么事,以及在何处犯的事,因为不需要说双方都心知肚明。

　　两人在伦敦老家时都从未被抓过,不过原因各有不同。比尔没有没抓,是因为他很机灵,知道该去哪些场所,酒吧、俱乐部甚至公共厕所,虽然后者他不常去。不过这次在奥尔德肖特被抓,倒是有些蹊跷。他事后回想,觉得有可能是警方在钓鱼执法。某些警察对这种有伤风化之事深恶痛绝。他们带着病态固执的热情,不惜耗上数个夜晚,也要将他们这种人抓获。这种警察在伦敦也大有人在。至于托尼从未在伦敦被捕,是因为不论是在伦敦还是在其他地方,他都没干过这种事。他这个人虽说对很多事情都稀里糊涂,比如自己到底是男是女,是哪种性倾向,但他隐隐觉得在服完兵役前,还是不要追究这些问题的答案。但这一次,由于孤独、无聊再加上突然渴望同类的爱抚,不管这个同类是男性还是女性,导致他想搞清楚上述问题的答案。可惜在丁尼生街的男公共厕所里,他只能面对一种性别。

　　事情搞到最后,警察们也兴味索然,没有心情再去指控他们。第二天他们获释回到军营,继续服完兵役。每当他们回忆那天晚上发生的事——他们经常回忆,但两人从没在一起回忆过,也没公开说出来——他们已经记不清当时被捕时的具体情景。是否当时真的在冲动之下差点一失足成千古恨?不过他们在警察局整整二十四个小时的聊天内容,让两人多年后回忆起来记忆犹新,颇感温暖。他们聊到了喜剧。没聊一会儿,两人就发现双方都喜欢雷·加尔顿和阿兰·辛普森①,他们都能背《汉考克的半小时》里大段大段的台词。他们还竭力回忆《献血者》里的一幕,想着今后如果有机会要亲自登台表演这一段。他们对剧中医院里发生的这一幕的台词滚瓜烂熟,比尔假扮汉考克,托尼由于嗓音更尖,鼻音更重,可以演休·劳合。

　　两人从军队复员后还保持联系。托尼住在东伦敦,比尔在巴尼特,所以两人一般在市区会面,比如索霍区一间咖啡馆。最开始他们一周只见一次面,因为他们都有烦人的工作抽不开身。托尼在帮父亲打理一间报刊亭,比尔是交通部的一个文员。他们头几个月一直在交谈,后来渐渐地克服胆怯心理,两人各自用一个笔记本开始合作写一点东西。后来两人索性辞掉工作,天天在一家咖啡馆见面,这样

---

① 雷·加尔顿(1930—2018),BBC 编剧,与同是 BBC 编剧兼演员的阿兰·辛普森(1929—)合作过大量剧集,代表作品有《桑福德父子》及"汉考克"系列剧等。

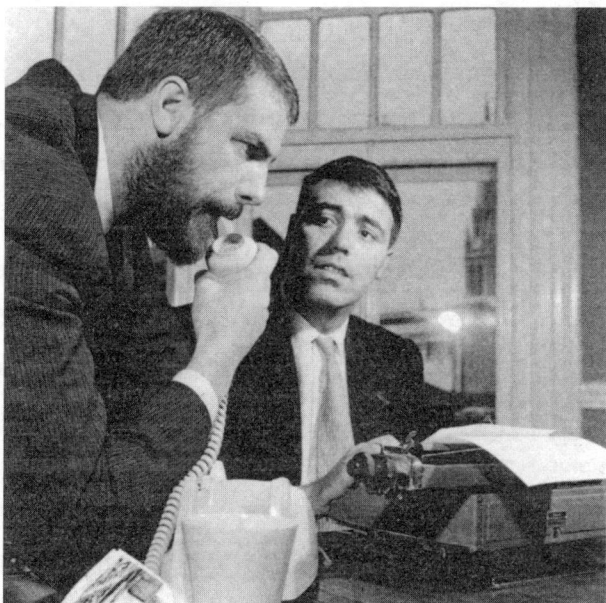

雷·加尔顿和阿兰·辛普森

就可以继续这样下去直到可以挣足钱租一间办公室。

　　不过两人从未谈及他们那另外一个相似点。他们也都不确定对方具有该相似点。不过当托尼结婚时,比尔还是颇感意外,因为托尼此前从未对别人透过任何口风。比尔参加了托尼的婚礼。托尼的新娘叫琼,是个黑发女孩,头脑聪明,温柔贤淑,在 BBC 上班。她对丈夫和他这位伙伴的事似乎知道一些,抑或仅仅只想知道这些。还有一种可能就是她至今尚未发现别的什么事情,他俩不过一起合写剧本而已,至于奥尔德肖特警察局根本和他们扯不上任何关系。

　　托尼和比尔合作颇为顺利,情况好得超过了两人当初最大胆的想象。他们创作的一些段子立刻被一些资深的广播喜剧编剧买走。他们还被阿尔伯特·布里奇斯聘为专职编剧,后者虽说已经过气,但他剩余的听众依然感激他在纳粹大轰炸期间通过电波的陪伴和带来的欢声笑语。当英国听众,甚至后来连 BBC 都认为布里奇斯成了明日黄花,比尔和托尼却为他提供了《笨战友》。托尼和比尔创作这部广播剧的灵感来自他俩在军队服役的亲身经历。他们觉得有些经历可以成为创作素材。

现在他俩正式受邀为《喜剧剧场》写剧本。两人本来对涉足电视剧跃跃欲试,但是一天晚上丹尼斯带他们去大波特兰街的酒吧喝酒时,却对他们说,他想要这部连续剧展现出现代婚姻轻松、怡人的一面。这个要求让托尼和比尔有点发怵。丹尼斯走后,他俩半天也没有说话。

"呃,"比尔说,"你结婚了。"

"可是我也不知道我的婚姻经历能否派上用场。你知道,每个结过婚的人情况都不一样。"

"我能问问关于你婚姻的一些事吗?"

"什么事?"

"琼和你结婚时,知道你那件事吗?"

"哪件事?"

"就是你在公厕乱搞被逮起来那件事。她或许想知道。"

"这事的结果是我被无罪释放了。再说你也知道,我在公厕没有乱搞任何人。"

"所以你觉得这事没什么大不了的。"

"是的。"

"那么,呃,这件事有没有现实的一面?"

"你的意思是,这件事能不能帮我们提供创作思路?"

"是的,我只是好奇。"

"真讨厌。"

"你是过来人，肯定有经验。反正我是不知道每天晚上和一个女人睡在一起是什么感觉，不知道和她争论在哪边睡，或者有个丈母娘都是什么体验。"

"既然我们关于电视的观点一致，那么关于婚姻应该也差不离。"

"你觉得丹尼斯知不知道我是同性恋？"比尔问托尼，"他会不会是故意引我上钩。"

"他怎么会知道你是同性恋？"

其实比尔平时极其小心谨慎。他小心翼翼避免碰到警戒线。他故意穿得邋遢，有时还装模作样、煞有介事地问问某些姑娘的情况。不过即便如此，他和许多与他境况相同的男人一样，知道自己一不小心就有可能进监狱。

他们决定，就像上帝造人那样，一旦剧本里的男主角写好了，女主角就会由男主角衍生出来。《新婚燕尔？》里面那个男人底子不错。他虽然显得有些怪，但是怪得可爱，再说他的怪也是由于英格兰社会里各种超现实症候造成的，这些因素同样把托尼和比尔快逼疯了——就像情景喜剧版的《愤怒回眸》①里的吉米·波特。不过苏菲演女主角西瑟莉倒是恰好合适。她活脱脱是个无可救药的卡通式滑稽人物。不过这也不奇怪，因为这个人物本来就是他们从一部卡通连环画里照搬过来的。这部连环画刊登在《连线》杂志上。西瑟莉这个角色和连环画中的戈耶·甘波很接近。不过西瑟莉和戈耶在外表上一点儿也不像。托尼和比尔认为西瑟莉应该长相甜美，而不是一味地凹凸有致。由于之前丹尼斯曾向他们建议，剧中所有女演员都

---

① 1959 年上映的英国影片。男主人公吉米·波特是个充满幻灭感的大学毕业生，对中产阶级生活怀恨积怨。

应该是 BBC 风格。BBC 电视剧里女演员都是大眼睛,平胸,长相甜美,不过肯定谈不上性感。但托尼和比尔都抓住了戈耶身上傻里傻气的女人味,移花接木在剧本里。西瑟莉迷恋水貂皮大衣,喜欢烹饪,过日子大手大脚,还为此编造一些蹩脚、幼稚的理由。她还经常爽约,对哪怕最简单的机械也一窍不通。比尔和托尼这样写剧本,并不意味着他们相信戈耶·甘波在现实中真有其人,抑或他们觉得戈耶是某类家庭妇女的原型。但他们有把握,这样写人物,会令她红起来。假如他们没本事塑造出有血有肉的人物,那还不如这样稳妥一些。

恰恰就在这时,苏菲出现了。她简直就像是为戈耶·甘波量身定制的,细腰,大胸,金发,又长又灵动的眼睫毛。托尼和比尔情不自禁地大笑起来。

苏菲和克利弗最后将剧本从头到尾演了一遍,主要原因是托尼和比尔想把苏菲留下来。他们喜欢苏菲,她对台词时,仪态从容,时机拿捏得恰到火候,比他们在这个星期里见到的其他女演员都要强。苏菲甚至从这部乏味的剧本里捕捉到几个笑点,让比尔和托尼笑出声来。这令克利弗有些不悦。当然这几处笑点有些仅仅来自她读西

《甘波》系列漫画

瑟莉台词时故意用简·麦特卡尔夫式的口音。而克利弗说台词时，苏菲只是在有些地方礼貌性地笑了笑，不过她也只能做这么多。

"这不公平!"克利弗嚷道。

"哪儿不公平?"比尔说。

"你们至少假装笑笑,给我一点鼓励。我一整天都在读这个该死的剧本。"

"但关键问题是,"比尔说,"你讨厌喜剧。"

"他不喜欢喜剧,"托尼对苏菲说,"他一直在抱怨。他想读的是莎士比亚式台词,或者是《阿拉伯的劳伦斯》那一类。"

"虽然这种喜剧不是我喜欢的那种类型,但并不意味着我不需要笑声,"克利弗道,"我也痛恨牙医,但这并不意味着我不需要补牙材料。"

"没人想要补牙材料。"托尼说。

"是的,不过……如果真有需要的话。"

"你的意思是,笑声对你来说不过是补牙材料?"比尔说,"令你感到痛苦不堪但是又不可或缺? 你这种人真是搞笑。"

"不过你演喜剧演得很好,"苏菲在一旁打气,"你演史密斯上尉很有趣。"

"他讨厌史密斯上尉这个角色。"

"请原谅我更偏爱哈姆雷特,而不是上流社会的一个傻瓜。"

"苏菲,你想做什么?"托尼问道。

"什么想做什么?"

"我的意思是,你想扮演哪个角色?"

"呃,"苏菲有些迟疑,"当然是西瑟莉。"

"那可不行,"托尼说,"西瑟莉已经死了,没有这个人物了。这个角色已经被我们毙了。"

"噢,上帝!"克利弗惊叫道。

"什么?"比尔也很诧异。

"你们刚才还说给她写剧本?"

"我们那是闲扯。"

"你们说得一本正经。真该死。你俩从未征求过我的意见,只会说'这个角色是上流社会的一个傻瓜,嗓音滑稽,把他演得好玩一些'。"

"你自己刚才说得清清楚楚,有志于饰演更高雅的角色。"比尔说。

"嗯,我不介意演一部我当主角的连续剧。"

"那样会减轻一点痛苦,对不对?"

"是的,是这样的。"

"瞧,我现在都分不清你哪句是玩笑话,哪句是真话。"托尼说。

"这也是为什么我们不急着给你写喜剧连续剧。"比尔说。

"你老家是哪儿的,苏菲?"丹尼斯问。

"我来自黑池。"

"噢,这就有意思了。"丹尼斯说。

"是吗?"苏菲被这话弄得摸不着头脑。

"来自黑池比来自牧师家庭更有趣。"

"说不定她来自黑池的一个牧师家庭呢。"托尼在一旁打趣道。

"她不是牧师的女儿。"克利弗说。

"你们不觉得这些话有些过分吗?"苏菲说。

现在这个房间里有一种东西,丹尼斯想。这是漫长的一天,本来没有找到合适的女主角来读剧本,但苏菲的出现激活了所有人。她和克利弗棋逢对手,妙语连珠。

"苏菲来自黑池为什么有意思?"比尔问。

"据我所知,迄今为止,喜剧连续剧里还没出现过南北之恋。"

"要是这么写,会有人买吗?"

"可以写成那种离奇的爱情剧。那样就会令人发笑。"

"冒昧地问一句,丹尼斯,"比尔说,"男女来自不同的地方难道就能产生离奇的爱情?"

"在他眼里,谁要是考不上剑桥,都算是离奇事。"

丹尼斯听到这儿,面色有些发窘。

"我明白你们的意思。男女双方来自不同地域,仅仅是导致两人互不协调的一个小原因。你第一次遇到来自伦敦的人,是什么时候,苏菲?"

苏菲对这个问题有些迟疑。

"嗯,可能就是最近吧。"

"你来伦敦之后?"

"比这稍早一些。"

此时苏菲在这儿有了一点安全感。她决定告诉他们真相。"我以前在黑池参加过一个选美比赛。有一个来自伦敦的女孩也参加了。她本来是来度假的。伦敦有没有一个地方叫'福音'的?"

"你是选美皇后? 太厉害了。"克利弗兴奋地说。

"她只是说参加过选美比赛。"比尔道。

"我确实赢得了桂冠,"苏菲没忍住,还是说了出来,"不过我只当了五分钟的黑池小姐。"

"这就难怪了。"克利弗说。

"难怪什么?"丹尼斯问。

"看看她的长相。"

"我觉得她是凭长相赢得选美比赛,而不是先赢得选美比赛再有这副美貌。"丹尼斯说。

"为什么只当了五分钟?"托尼问。

"因为当时我就意识到,当选美皇后不是我的初衷,我也不想在黑池待了。我想去伦敦……呃,我想成为露西尔·鲍尔那样的明星。"

"啊,"比尔道,"你说话就很像露西。"

"是吗?"

"当然,"比尔说,"我们大家都喜欢露西。"

"真的?"

"我们都是搞喜剧的,"托尼说,"我们都喜欢有趣的人。"

"露西也是我们的人。"丹尼斯说。

当然,"加尔顿和辛普森是我们的莎士比亚。露西就是我们的简·奥斯丁。"丹尼斯说。

"我们是名副其实的研究者,"比尔说,"我们一遍遍地观摩、聆听他们的表演。我们反复地听,这样才能发现每遍的区别。"

苏菲突然哭了起来。她自己也感到有些尴尬。她也不知道自己怎么就哭了起来。她不知道自己的情绪为啥变得这么激动。

"你没事吧?"丹尼斯问。

"没事,"她说,"对不起。"

"今天对你来说是不是很特别的一天? 你可以明天再来,我们可以聊更多。"

"不用担心我,"她说,"我很好,今天真的很特别。我觉得有意思极了。"

两个小时之后,他们还在原来的房间,谁也没有走。

"你们看这样写行不行? 阿兰是个帅气、势利又易怒的保守党人,西瑟莉长相漂亮,咋咋呼呼,是支持工党的北方佬。"比尔说。

"最好别再叫她西瑟莉了,怎么样?"克利弗说。

"可以啊,"比尔说,"那该叫她什么?"

"看看能不能和黑池联系起来?"托尼提议道。

"叫布兰达怎么样?"克利弗说,"昵称就叫布丽。"

"叫芭芭拉怎么样?"丹尼斯说,"来自黑池的芭芭拉?"

他们都把目光投向苏菲,但苏菲似乎对谈话兴味索然,眼睛盯着天花板。

"我喜欢这个名字,"托尼说,"这个名字不太俗,同时又很大众。阿兰和芭芭拉。"

"我不喜欢阿兰这个名字。"克利弗说。

"阿兰这个名字怎么了?"

"我觉得克利弗的意思是,既然女主角都改名字了,男主角也应该改。"比尔说。

"根本不是这个意思,"克利弗愠怒道,"我小学最要好的朋友就叫阿兰,他死于纳粹闪电战。"

"我打赌这是他编的。"

克利弗一脸坏笑。

"说到朋友,我想起来了,"比尔说,"你自己还没名字呢。你想叫什么?"

"就叫昆丁。"

"观众可不喜欢看一个主人公叫昆丁的电视剧。"

"叫吉姆怎么样?"

"吉姆可以，"比尔说，"吉姆这个名字不错。吉姆和芭芭拉。他俩最后怎么走到一起的？"

"吉姆把芭芭拉的肚子搞大了。"

"绝不能那样演。"苏菲斩钉截铁地说。

"我也觉得不能那样编。"丹尼斯说。

"那好吧。"比尔说。

比尔和托尼都喜欢丹尼斯，倒不是仅仅因为他们合得来。丹尼斯人很机灵，做事有热情，永远在给人鼓劲。但同时他又是彻头彻尾的公司人。一旦他发觉什么事情危及 BBC 或者他在 BBC 内的前途，不管这种威胁是真实的还是想象的，他都会立刻严肃起来。

"另一个丹尼斯会支持这个情节的。"

另一个丹尼斯大名叫丹尼斯·奎因·威尔逊。他也是 BBC 的喜剧制片人，比现在这位在场的丹尼斯更富有经验，也更成功。通常当托尼和比尔搜肠刮肚也想不出一个好创意时，他们在谈话中就把另一个丹尼斯抛出来，短暂地想象一下他们如果和另一个丹尼斯共事的话，会是怎么一幅美好的景象。

"你觉得另一个丹尼斯如果在这儿，他会怎么看这个问题？他一般总是站在编剧这一边。"比尔故意装作一副愁眉苦脸的样子。

"噢，够了，够了，"丹尼斯说，"我一向支持你们！一向！哪怕事情搞砸了，别人都敌视你们，我也替你们兜着。"

托尼和比尔开心地对丹尼斯的这番话发出嘘声。

"你们别忘了，我可有亲身经历。"苏菲说。

大家都看着苏菲。

"我的意思是，我是从北方来伦敦的。来伦敦后，我遇到一个自命不凡的家伙。我是在另一个地方遇见他的。"

"噢,是吗? 什么地方?"克利弗问。

"我之前在德里·汤姆百货公司上班,"苏菲说,"你去过那种地方吗?"

"去过很多次,"克利弗说,"每次去,和我打交道的营业员都缠着要嫁给我。我好不容易才摆脱她们。"

"还有'干杯! 威士忌'夜总会这种场所,我差点在那儿当猫女。"

"噢,是的。那种地方的姑娘图的就是这个,带一个男人回家见母亲。"

"你塑造的人物不一定要和你自己一模一样,"苏菲说,"你只要把他们演得有血有肉就行。比如你可以演一个知识分子,并不总是能碰见年轻的姑娘。"

"她说得有道理,你可以这样试着演一演。"比尔说。

"可我总是遇见漂亮姑娘,"克利弗说,"她们也都想见我。"

"我认为他指的是那些没念过几天书的女孩子。"托尼说。

"你在酒吧里有没有过艳遇? 爱上某个给你倒酒的女孩子?"丹尼斯问。

"你还真问着了,"克利弗说,"我曾经向一个在阿盖尔阿姆斯酒店内的酒吧上班的女孩子求过婚。虽说当时我喝醉了,但我绝对是认真的。"

"那你们看这样写行不行?"丹尼斯说,"芭芭拉在一家酒吧上班,有一天吉姆走了进来,他是来此见一位朋友……"

"我坚决不演保守党分子,"克利弗说,"在伦敦只要有一点脑子的人,下周都不会去投票。那位在唐宁街 10 号上班的现在到底怎么样了?"

要是克利弗不说,托尼和比尔早就忘了他们当初在《新婚燕尔?》里给那个倒霉丈夫设计的身份是一名仕途不顺的年轻从政者,给某个政客当新闻秘书或演讲撰稿人。可后来当他们转向连环漫画人物甘波寻找灵感时,早就把这条线索忘掉了。现在的剧本已经变得平淡无奇,这个角色沦为大路货,成为那种"我马上就要去上班"的白领。

"见鬼!"托尼道,"我把那条线索忘得一干二净。当初我们开始写剧本的时候,就这个人物还显得靠谱些。"

"等把剧本搬上屏幕,可以请哈罗德①来演,"比尔说,"吉姆可以写成诞生在英勇崭新的英格兰草创之初。"

"我如果投工党的票,我父亲会杀了我,"苏菲说,"他说自己卖力工作,可不是为了让那些拈轻怕重、只知道和工会厮混的家伙占便宜。"

托尼望着比尔,比尔望着丹尼斯,他们都知道对方心里在想什么。他们其实都在想同一件事。他们都在想用一个漂亮精致的礼品包装盒将一部包罗万象的剧搬上屏幕。这个包装盒现在由一个还未出名却锐气十足、极具明星气质的年轻天才给他们递了过来。而这部剧将涉及阶级、男女、情爱、势利、教育、南北、政治,以及所有人都生活在其间的一个正在由旧向新蜕变的国度。

"谢谢你。"比尔对苏菲说。

"那你们想让布莱恩知道吗?"苏菲问道。

"让他知道什么?"

"知道……我是否适合演这部剧。"

---

① 哈罗德·威尔逊(1916—1995),英国工党首相(1964—1970,1974—1976)。

在场的男人都大笑起来，就连克利弗也笑了。

"你现在就是了。"比尔说。

"你的意思是，同意让我来演？"

"我们非常想请你来演。"托尼说。

"可我以前从未演过戏。"

"没有人天生就会做某件事。只有做了之后才有经验，"丹尼斯说，"当初他们给我《笨战友》剧本时，我还对喜剧制作一无所知呢。"

"当时我们连个玩笑都编不出来。"托尼说。

"完全就是外行。"比尔道。

"你从未学过喜剧吗？"克利弗问。

丹尼斯转了转眼珠子。

"可是……我要不要先去找一个烂剧，在里面演一个女秘书的角色练练手？"

"如果你想那么做，那你今天就是客人，"比尔说，"等五年之后再来看望我们吧。我们现在真没有时间给你搞什么职业规划。我们当务之急是找人演芭芭拉。所以如果你对此不感兴趣，请你现在就打道回府。"

"那我觉得我可以演。"苏菲说。

"你？"比尔故作惊讶状，"嗯，这倒是个不错的主意。你怎么看，托尼？"

"嗯，"托尼沉吟着，"我不太确定。让她演什么好呢？"

苏菲知道他们在开玩笑，但她现在快要哭出来了，而不是幸福地笑起来。

"不要再折磨这个可怜的姑娘了。"丹尼斯说。

两位编剧听了后，颇有些失望地咕哝了几句。

73

"事情往往就是这样，"托尼说，"运气好的时候，你总能在恰当时机，遇见恰当的人。"

"我们就是在恰当的时机遇见恰当的人。"丹尼斯说。

苏菲过了一会儿才反应过来，丹尼斯是在说她。

第二天早晨，苏菲去见布莱恩。

"我找到工作了。"她说。

"当初你根本不必那么着急，"布莱恩说，"我告诉过你，只要照我说的去做，一切都会好起来。"

"我原以为我只有一个月的时间去碰运气。"

"是这样的，"布莱恩说，"不过我从未想过让你重回肯辛顿的巴克百货公司上班。"

"是德里·汤姆百货公司。"

"也许德里·汤姆百货公司档次更高一些吧，我不知道。不过在我看来，它们没什么区别。"

"是啊，"她说，"我过去在德里·汤姆百货公司上班，现在不用回去了。我在《喜剧剧场》得到一个角色。"

"演妻子的角色?"

"不，他们想试试运气，让我演丈夫。"

"噢，老天!"布莱恩说。

"我还以为你会高兴呢。"

"我当然不高兴。那不是个好剧本，也不适合你。这部剧也没法拍成连续剧。这样一来就把我捧红你的时间又延长了。"

"他们还在改剧本。"

"为什么?"

"因为我对他们说,这个剧本不太好。"

"但他们喜欢,对吧?"

"好像是的。不过他们正在为我写新剧情。"

布莱恩吃惊地盯着苏菲。

"你确信这一切都是真的吗? 当时都有哪些人在场?"

"克利弗,丹尼斯,托尼和比尔。"

"那他们征得汤姆同意了吗?"

"汤姆是谁?"

"汤姆·斯隆。他是 BBC 轻型娱乐节目的主管。"

"应该还没和斯隆通过气。"

"啊。"

"那又如何?"

"那我们最好别取消下周一去买比基尼泳装的事。"

"你要带我去买比基尼?"

"不是我,亲爱的。是我的妻子帕特西。我对你们年轻女孩子身穿比基尼凹凸有致的样子不感兴趣。我深爱我妻子,我只对钱感兴趣。"

苏菲现在明白了布莱恩为什么逢人就说他和妻子的甜蜜爱情,这就好比一个恐高症患者站在楼顶告诉自己不要往下看。两者是一样的道理,都是出于害怕。每次她走进布莱恩的办公室,总有一个漂亮姑娘走出来,个个长得如花似玉。他既然深爱妻子,就只能这样避嫌。

汤姆·斯隆告诉丹尼斯,他无法想象一个默默无闻的新人能演好西瑟莉这个角色。

"呃，"丹尼斯说，"这个角色现在不叫西瑟莉了。她叫芭芭拉，来自黑池。现在彻头彻尾是个新剧本。"

"那你到底想让谁演这个来自黑池的芭芭拉？"

"苏菲·斯卓。"丹尼斯说。

"苏菲·斯卓是谁？"

"就是那个刚才你说无法想象能演好西瑟莉的那个女孩。"

"是这样啊，"汤姆说，"所以你绕来绕去又绕回来了。"

"那几个编剧小伙子都想让她来演。"

"是吗？那你怎么想？"

这个问题正是丹尼斯等待的。每次他来汤姆·斯隆办公室，他从来不说"是"或者"不"。这倒不是那种下级和上级说话时需要故意采用的模糊态度。以往他的做法一般都是静观别人的言行，然后再镇定自若地喝递过来的咖啡或茶。但这次他是真想留下苏菲。他觉得这个女孩子不光长得好看，身上有喜剧细胞，而且对观众有感染力。他认为苏菲一定会把编剧为她量身打造的角色发挥得淋漓尽致。如果汤姆否决这个提议，大家都会无比失望。

噢，千万不要出现那种事。

"我觉得这是个有趣的主意。"丹尼斯回答说。说这话时，他感觉自己心跳加快。

"会是个好主意吗？"

丹尼斯有些踌躇。

"总的来说，我觉得这个主意不会是最糟糕的。"

其实他不知道，自己内心早已接受了这个主意。

斯隆听了这话，叹了口气。

"那你最好把新剧本拿来给我看看。"

汤姆·斯隆（左）在欧洲电视网的幸福时代

"新剧本还不存在呢。编剧星期四刚和苏菲见面。"

汤姆不耐烦地摇摇头。

"那你最好把这个苏菲带来给我看看。"

第二天下午丹尼斯带苏菲来到斯隆四楼的办公室。丹尼斯觉得苏菲今天的样子十分迷人。前几天她来试演时,她就像一个电影明星。但今天见汤姆,她刻意打扮得低调一些,因为汤姆是个不苟言笑的长老教教徒。苏菲今天穿着长一些的衣服,口红也没有涂得那么艳。

"你今天看上去挺不错的。"他俩在等电梯时,丹尼斯说。

"谢谢。"苏菲道。

"我的意思是,你这一身装束很符合今天的面试。"

"噢。"

"就是……很生活化。你平时就很好看,今天面试穿得也很得体。既好看又得体。"

丹尼斯决定就说到这为止。

"你有什么建议吗?"苏菲问,"我要不要表现得善解人意一些?"

"现在吗?"

"过会儿见汤姆时。"

"噢,我明白你的意思。不,不需要表现出善解人意的样子。如果你事事都顺着他的意思说,他反而会起疑心。"

"那就好!可他如果否决我,我们该怎么办?"

"车到山前必有路。"

"我们马上就要到山前了。"

这时电梯下来了,但苏菲却不愿意迈进去。电梯门又合上了。电梯又去了其他楼层。

"布莱恩对我说,他觉得斯隆不会同意的。"

"斯隆会喜欢你的。"

"可他要是个喜欢怎么办?"

"我也不知道,"丹尼斯说,"我们还是先谈谈看吧。"

"如果我不加入进来,你们是不是还是按原来的思路拍?"

"那俩小子不会愿意的。他们在为你写本子。"

"那他们准备怎么写?"

"我也不知道。"

"他们会有哪些选项?"

"这取决于他们和斯隆的观点到底有多相左。"

"如果他们观点十分相左,那该怎么办?"

"那我猜他们会退出,剧组另找编剧。"

"他们还没有剧本在《喜剧剧场》播出过吧?"

"是的。他们现在要写的是一部连续剧的剧本。但他们的想法太多。好了,不谈这些了,反正事情还没到那一步。"

"你会留下来支持我们吗?"

"不行。我是 BBC 的雇员。实在抱歉。但是没办法,谁让 BBC 的薪水高呢。不过你别担心,一切都会好起来的。"

电梯又回来了,这次苏菲走了进去。

"谢谢你。"电梯门合上时,苏菲对丹尼斯说。

"谢我什么?"

"就算斯隆不支持我,这次我也收获了一些东西。"

"不,不,我们先别和斯隆说那些。他讨厌别人留后手。况且他手头资源流失严重。最优秀的人才都跑掉了。"

"那我知道为什么了。"苏菲说。

"反正斯隆现在什么也没说。"丹尼斯说。

到了楼上,电梯门打开了。这次轮到丹尼斯不想跨出去,就像刚才苏菲在楼下不想跨进来。但苏菲已经走出电梯,所以丹尼斯不得不跟着她出来。

"是这样的,"汤姆·斯隆在茶水端上来后,并且和苏菲聊了一会她喜欢的 BBC 电视连续剧后,终于切入正题,"我知道那几个小伙子在围绕你写剧本。"

"他们把原来的剧本彻底抛弃了。"

"其实我很喜欢原来的剧本。"

"呃,"苏菲说,"个人喜好这个东西确实没法说。"她大笑起来。

丹尼斯突然涌起一股想上厕所的冲动。

"原来的剧本有什么问题？"

"噢，那个本子糟透了，"她说，"完全是瞎编。"

"我还打算把那个剧本拍成连续剧呢。"斯隆大笑道。

"千万别。"苏菲语气坚定地说。丹尼斯在一旁看出来，苏菲现在是打定主意不迎合斯隆。

"呃，"这位斯隆先生又开口了，"作为轻型娱乐节目的负责人，通常我想拍什么连续剧，就能拍什么连续剧。"

"那《魔鬼的谈话》是你提议拍的吗？"

丹尼斯简直不知道该不该继续待在房间里。《魔鬼的谈话》是一部以"魔鬼"为主题的喜剧连续剧。丹尼斯费尽周折给这个"魔鬼"安了个人的外形，让他在地方上的一个市政厅车辆登记处上班。但这部剧在评论界和观众那里反响都不佳，拍第二部的计划也夭折了。现在没有人谈论这部剧了，至少没有人公开谈论它。

"很遗憾这部剧一直没站立起来，"斯隆说，"其实这部剧有亮点。"

"你把腿砍了塞进嘴里，它没法立足，"苏菲说，"你肯定也不想下部剧也沦为这个下场。"

汤姆·斯隆现在的心情由晴转阴，甚至有些恼怒了。

"有很多北方来的女孩子可以演芭芭拉。"斯隆威胁道。

苏菲听了显得很吃惊。

"真的吗？真有这么多喜剧女演员？"

"当然。"

"你能举个例子吗？"

"马茜尔·贝尔，她就很不错。"

"我从来没听过这个人。"

"这只是巧合,就像我们以前也从未听说过你一样。"斯隆道。

"马茜尔·贝尔怎么样,丹尼斯?"

斯隆和苏菲都把目光投向丹尼斯。

"嗯,"丹尼斯说,"我们选贝尔当然也可以。"

听了丹尼斯的话,苏菲并不感到绝望,因为她觉得自己的表现没任何问题。不过她还是通过眼神和蔑笑将自己的态度传递给丹尼斯,丹尼斯和死人毫无二致。

"丹尼斯,这个马茜尔有多滑稽?"苏菲问。

"怎么衡量呢? 用天平上的刻度从一到十来称量吗?"丹尼斯大笑道。

"我看可以。"苏菲道。

"可以试试。"斯隆也在一旁附和。

"呃,"丹尼斯沉吟着,"有一次……"

"她的黄金期是什么时候?"

丹尼斯站了起来。

"好了,"他说,"感谢你们两位抽时间见面。"

"噢,斯隆先生没生气,"苏菲说,"因为他知道我是最合适的。"

丹尼斯看着汤姆·斯隆。他搞不清楚苏菲这些判断对不对,只好又坐下来。

"再说了,"苏菲继续说道,"斯隆先生,你真的肯冒风险把我们这批人推给竞争对手吗?"

"哪一批人?"

"当然不包括丹尼斯,"苏菲说,"他会留在这儿,对吧,丹尼斯?他上上下下每个毛孔都是 BBC 的。"

丹尼斯笑得很勉强，他知道苏菲说的不是好话。

"但是比尔、托尼和我……现在问题是，你们这边给的钱确实比那边要高。"

"他们没有《喜剧剧场》这么好的平台，"斯隆有点沉不住气了，"你们拍完一部三十分钟的戏，他们都不知道该怎么处置。"

商业频道是斯隆的梦魇。过去几年里，他手上很多明星编剧和演员都流失到那里。苏菲只是轻轻提一下这个竞争对手，就把现在房间里的权力平衡扭转了过来。

"我们要是过去，肯定不会只带一部剧，"苏菲说，"我们会去拍一部连续剧。"

"你们有足够的素材去拍一部连续剧吗?"斯隆对丹尼斯说。

"不费吹灰之力，"苏菲说，"今天早晨，我们已经在讨论第二部连续剧的剧情了。"

"第二部连续剧?"

斯隆脸上的表情宛如一个乘客到了火车站月台，却发现火车刚刚开走。不过让丹尼斯惊喜的是，他开始追这列火车了。

"听着，别这么仓促做决定，为什么不试试在《喜剧剧场》播放呢?"

苏菲做了个鬼脸，那意思好像在说，这个建议值得考虑，虽然并不完全令她称心如意。她真是太厉害了，丹尼斯在心里暗自思忖。他们此行的目的本来是要说服汤姆·斯隆，让一个初出茅庐、默默无闻的年轻女演员在 BBC 一个名牌喜剧栏目中担纲主演一部连续剧。现在他们如愿实现了这个目标，当然也费了一番劲。而苏菲的表现，好像自己刚才也经历过一番刁难。

不过最后她露出了雨过天晴的神情，并且好像是准备给斯隆一次机会。

"好吧,那就试试吧。"她说。

在下楼的电梯里,丹尼斯气得不愿意和苏菲说话。不过苏菲不在乎。

"总有一天,你会感谢我的。"她对丹尼斯说。

"我干吗要为我一生中最如坐针毡的十五分钟谢谢你?"

"因为你获得的收益大于痛苦。"

"世上的钱是挣不完的。"丹尼斯反唇相讥。

"这不是钱不钱的事。"苏菲说。

"不是钱的事,那又是什么事?"

"我说不好,"她说,"你也不知道答案。噢,对了。我还没原谅你呢。"

"没原谅我?"

"是的。就是刚才那个该死的马茜尔的事。"

"你总是这样贪心吗?"

"你最好希望我这样。"苏菲答道。

5

丹尼斯和妻子伊迪丝,还有他们养的猫住在哈默史密斯一套租来的公寓里。这天晚上,无论是伊迪丝还是那只猫,对他回家都没显示出丝毫的兴趣。那只猫是因为在大多数时间里,它都是在打瞌睡;而他妻子伊迪丝则正在和另一个已婚男人打得火热。说打得火热可能不那么确切,也许他们刚开始这段婚外恋,反正不是快要结束。这一点丹尼斯能看出来。即使两人都在家,伊迪丝的心思也在别处。她要是主动找丹尼斯说话,也只是为了向他表达失望和不满。

虽然刚才他和苏菲那样说,但丹尼斯这辈子最难熬的时光其实不是在汤姆·斯隆的办公室。他最难熬的时光是发现并一遍遍饱受折磨地读伊迪丝下班带回家的文稿里夹着的情书。他看完情书后一般将它放回原处,一言不发。他在等待。但究竟在等待什么,他也说不清楚。他的痛苦只能证明他是一个可怜的丈夫,沉默、警觉却又束手无策。

伊迪丝是个身材高挑、肤色黝黑、既聪明又漂亮的女人。当年她

84

同意丹尼斯求婚,丹尼斯的朋友们开各种应景的玩笑,总是表现出难以置信的样子:"你是怎么把她钓上钩的?""你小子真幸运。"现在他们已经不开这类玩笑了,而他也不显得那么幸运。他真不该把伊迪丝钓上钩。她不是那种男人可以带回家向亲友炫耀的鱼儿,反而会将钓她的男人拖下水,并且在他溺水时令其粉身碎骨。他真不该将她钓上钩,尤其是在准备不周的情况下。

伊迪丝为什么要嫁给他?丹尼斯也说不好。她开始时一定以为丹尼斯很有前途。但不久丹尼斯就能感觉到,伊迪丝觉得他升得没有她预计得那么快、那么高。这种看法并不公平。虽然在外面他得经常忍受另一个丹尼斯的锋芒,但他已经做得够不错了。直到现在汤姆·斯隆还很赏识他,当然这不包括最近发生的几件事;他和编剧、演员的关系都处得不错。他监制的节目大多反响不错,偶尔有一两部是败笔,比如他心里清楚,他得为《魔鬼的谈话》这部片子承担部分责任。

现在的问题是,伊迪丝身上并没有幽默细胞,并不懂一个受过高等教育的男子也适合从事喜剧这一行的道理。她一味认定丹尼斯这些年来不应该和比尔、托尼这些家伙瞎混,应该转行去某些更高明的领域,比如新闻时事类或艺术类节目。但是丹尼斯喜欢现在的工作,喜欢和滑稽剧的编剧、演员们继续共事下去。

伊迪丝在企鹅出版社上班。她是在工作时遇到现在的情人的。这人名叫维隆·威特菲尔德,是个诗人兼散文家,经常为BBC三套撰稿。维隆比伊迪丝大,性格极其严肃刻板。他上次在广播上谈话的题目是"萨特、斯托克豪森以及灵魂之死"。即使没发现这个家伙写给伊迪丝的情书,一听到这种乏味冗长的语调,丹尼斯也会关上广播。如果要他选一位在世者,来代言他反对的一切事物,威特菲尔德将是不二之选。

现在伊迪丝正和威特菲尔德搞在一起,丹尼斯不知道自己该做些什么。她迟早会离开自己的,他想。但他心里明白,自己离不开伊迪丝。除非他能幡然醒悟,一个愿意和其他男人睡觉的妻子,是不可能让他幸福的;一个愿意对维隆·威特菲尔德媚笑的妻子,无论如何不会是合适的人生伴侣。如果人们受教育后,学会鄙夷娱乐,鄙夷推崇娱乐的人,这种教育多么可怕!

当然伊迪丝也不想在企鹅出版社继续干下去。她一开始就讨厌哈蒙兹沃斯这个地方,出门就是机场。她想去乔纳森·开普、查图·文德斯这种正统的出版社,它们的位置也在伦敦的正统区域。她的内心并不认可企鹅图书的经营原则,即把图书卖给以前从未买过书的人。但她不愿意承认这一点,因为她是一位社会主义者,一位知识分子,从理论上讲,她真心实意想培养出更多像她自己这样的人。但企鹅出版社的做法,又着实让她有些不安,这一点丹尼斯能看出来。比如《查泰莱夫人的情人》的几百万销量中,有相当一部分是被性饥渴者买去的,这就让她很惊恐。丹尼斯为了气气她,也买了一本,还故意在床上狂笑地读那些污秽的段落。看她快气疯了,他停了下来。毕竟,这样做丹尼斯自己也没有任何好处。

丹尼斯该拿伊迪丝怎么办呢?他究竟该怎样去爱伊迪丝?不管怎么说,他现在还爱伊迪丝,虽说她令他伤心难过,意乱情迷。也许有另一种方式可以描述他现在和伊迪丝的关系,是一种奇特和无奈情感的结合,但现在也只能用"爱"这个字眼了。他也和那个房间的其他人一样,被苏菲的魅力折服。苏菲的笑声、眼神和幽默,都令他着迷。在回家的路上,他甚至幻想约苏菲出来下馆子,和她上床,甚至和她结婚。但他什么也没有做。他是抽烟斗、留小胡子的剑桥高材生,注定应该和伊迪丝这样的女人在一起。

伊迪丝从不购物,所以家里没有什么吃的。

"你想出去吃点东西吗?"他问伊迪丝。

"我不想出去,"她答道,"我有很多东西要读。你饿了家里有鸡蛋。还有些面包。"

"你今天过得怎么样?"

"血淋淋的一天。"她说。

他早就知道,她口里"血淋淋"一词,和士兵或外科大夫所指的不是一回事,或许只是和某位政治学教授通电话时间超过了她的预期而已。

"噢,亲爱的,你今天出去过吗?"他问道。

她看着他。

"你给我打过电话吗? 我去市里开过一个会。"

"没有,我没给你打过电话。今天下午天气很好。"

"噢,"她说,"的确如此。"

"我没别的意思。"

丹尼斯绝不是没别的意思。他是故作不经意地用天气这种话题来试图进入一个危险的、杀机四伏的领域。

"你今天过得怎么样?"这种问题她不经常问,丹尼斯觉得她是故意用这种问题来掩盖自己心虚。

"我参加了一个阴谋会议。"

"什么阴谋?"

他知道一切都是他凭空想象出来的。不过他确实从伊迪丝的语气里听出了一种高高在上的嘲讽,不相信和轻型娱乐节目有关的,会有什么沉重麻烦的话题。

"就和你工作时碰到的那种事一样。我说的当然不是那种血淋淋的阴谋,不过的确有一段时间我感到很煎熬,牵扯到几个强势人物。"

她重重地叹了口气,又拿起书稿。丹尼斯再一次误判了形势。他总是这样。究竟该怎样做才能让伊迪丝爱上他呢?事实上,伊迪丝根本不爱他。

"我去洗个澡,"丹尼斯说,"过一会我做煎鸡蛋,你吃不吃?"

"谢谢,我不吃,"伊迪丝说,"我觉得她刚进卫生间。"

"她"是指波斯南斯基夫人,他们的房东,住在这所大房子的楼上两层。丹尼斯和伊迪丝租的是房子的一层。但是卫生间在一层和二层之间。如果波斯南斯基夫人刚进浴室,则意味着几个钟头内都不会出来。

"我听听广播你不介意吧?"

"那我就去卧室看稿子。"

"那我出去散会儿步。"

这本来是较劲的话,可既然伊迪丝不再接茬,丹尼斯只好出去到河边散步。在回家的路上,他在玫瑰皇冠超市买了一个苏格兰煮蛋①和一品脱牛奶。他还看了一会儿别人玩飞镖游戏。当初他和伊迪丝订婚时,要是有人对他说婚姻很孤独,那时他肯定不相信。

他们一共花了四个上午的时间排练,周二到周五,从十点到下午一点。周六他们和《喜剧剧场》的制片主任伯特见了面。伯特人很好,只是性格略微有点乏味。他制作了许多集《喜剧剧场》,现在好像

---

① 一种包在香肠肉里的煮的比较老的鸡蛋。

88

创意已经枯竭了。和伯特没有碰撞出火花的谈话结束后，在这天剩下的时间里，他们又从头至尾将这部剧排演了一遍。当伯特在告诉演员演出时站在哪儿，托尼和别人无所事事地站在一旁。两人好像已经被剧本榨干了。所有的一切，星期日将见分晓。星期日当天他们还要排练几次，最后晚上在现场观众面前开演。

大家都对苏菲毫不怀疑，因为她的表现完美无缺。她将台词背得滚瓜烂熟，还对局部进行了改进，甚至在"求求你!""谢谢!"以及短暂停顿这些不起眼的地方，她都能挖掘出笑点。她实际掌控这部剧的方向。她用自己的魅力让克利弗折服，让他坚信这份工作值得一做，哪怕只是一时。

而先前那个乱七八糟、枝蔓丛生、局部甚至有些穿帮的剧本，现在也变得浑然一体，令托尼和比尔感到骄傲。这是苏菲凭借一己之力，将他们奋力推到山峰，达到一个他们一直希冀却不知道自己有无能力达到的高度。在剧本初稿的第二幕中，吉姆在芭芭拉上班的酒吧见客人。当吉姆和芭芭拉相互吸引又唇枪舌战时，这个客人角色被边缘化了。剧本原本邀请《笨战友》里的沃伦·格拉汉姆来演鲍勃这个角色，沃伦也演得很卖力气，但是还是能看出来，只要吉姆和芭芭拉互不说话，就会出现冷场。最后不得已，鲍勃这个角色被舍弃。剧情改为吉姆和芭芭拉之所以相遇，是因为吉姆有半个小时时间在酒吧里消磨。他本打算喝点酒，读读晚报，却戏剧性地坠入爱河。

表演进度快得出乎所有人意料。克利弗和苏菲干得又快又好。剧本定稿是四十页，比一般三十分钟的喜剧多十页。当初制片人伯特翻阅剧本时，要求托尼和比尔砍掉一些内容。他俩费尽口舌，才说服伯特这个长度正好，并不超时。伯特还是有点不相信，直到看了排练之后才作罢。整部剧节奏明快，情节滑稽又贴近生活，反映的英国社会是托尼和比尔在以往 BBC 节目里从未听到过的类型。剧中的夫妻关系也不落俗套,两人由恨生爱,后来又因一些鸡毛蒜皮的小事再度交恶。排戏过程中,每个人都心情愉快,充满活力,还叽叽喳喳地献计献策。要不是苏菲得知父亲心脏病发作,生命垂危,这部剧真是一帆风顺。

苏菲是周六上午技术彩排前,得知父亲生病的。他已经病了两天,其间苏菲没有打电话回去过。原先她每个周日晚上去电话亭给父亲打电话,最近由于忙已经改为两个星期打一次,还要想起来才行。所以玛丽姑妈给她写了一封信。

苏菲一收到信,就给玛丽姑妈打电话。

"噢,芭芭拉,亲爱的,谢天谢地,总算和你联系上了。"

"爸爸怎么样了?"

"你爸爸病得很重。"

苏菲开始恐慌起来。这种恐慌不完全是出于对父亲病情的担忧。噢,上帝!求求你,不要在今天。苏菲在心里暗自祈祷。也不要是明天。只要过了今天和明天,周一让我做什么,我就做什么。

"大夫怎么说?"

"他现在情况还比较稳定,但大夫担心他的心脏病会再犯。"

"爸爸能说话吗?"

"不,他已经两天没醒了。我查了一下火车时刻表。你可以乘坐中午那班车,这样就能赶上晚间探视。"

"好的。"

"你有钱买车票吗?"

苏菲沉思片刻。如果告诉玛丽姑妈她没钱买车票,玛丽姑妈也解决不了问题。再说今天还是星期六。

"有钱。"她经过一番权衡后说道。

"那好,我让杰克去火车站接你。"玛丽姑妈说。

苏菲现在怀抱一丝侥幸心理。也许剧组会原谅她在正式录制前让工作悬着。反正他们现在也没法再找人替代她。既然现在找不到人,他们就会为她改变日程安排。不过这一切也说不准。

"我现在回不了家,玛丽姑妈。"

电话那头沉默不语,只有电流的嘶嘶声,在提示她需要继续投币。

"您还在吗?"

"在,"玛丽姑妈说,"那就是说,你回不来了?"

"是的。"

苏菲现在不那么慌了。

"为什么?"

"我星期一回来,到时我再告诉你们原因。"

"星期一你爸爸可能已经死了。"

苏菲觉得现在不是和玛丽姑妈做这种争论的时候。她不想父亲去世,那样她会很难过。她对父亲怀有亏欠之心,但并不是在所有事情上都有亏欠。有很多事情还需要为自己着想。如果是在和家人暂时告别和开启自己新生活之间做选择,那答案是显而易见的。

"我现在要是回来,会令许多人失望。"

"德里·汤姆百货公司星期六下午并不营业,对吧? 你下星期一上班也不迟啊!"

"不是这样的,姑妈。我不在百货公司上班了。"

提示她继续投币的嘶嘶声又响起来了。

"姑妈,我现在没有更多的零钱了。我们星期一在医院见。"

玛丽姑妈还是在电话断线前,主动把苏菲的电话挂了。苏菲现在的心情不再恐慌,取而代之的是一种介于恶心和心碎之间的情绪。她一直就怀疑自己是那种只要有机会拍片子,就不会回家看望生病父亲的女孩子。但她还是希望这个消息来得慢一点,至少暂时先别让她知道。

　　现在好像每天都有越来越多的人加入到剧组中。看着原先的设想被道具管理员、布景师、剧本编辑、电工变成现实,他们五个人的心情有喜有忧。喜的是很多想法都能实现,忧的是现在这部剧已经不完全属于他们五个人了。苏菲到 BBC 后,她像新人一样,看见生人就躲。她也不想和那些后加入剧组因而对这部剧很可能也不那么上心的人员聊天。每次当她看见那个女戏服管理员滴溜溜转动的眼珠子,或听见木工的喊叫声,她都想回到最初的排练大厅,那里周围全是熟人。她不想自己做的事,单纯变为一个工作,像其他人的工作一样。苏菲以前渴望上电视,但现在却盼望能排练个两三年,越晚上电视越好。

　　托尼、比尔和丹尼斯在化妆间外面的走廊里讨论片名问题。

　　"我担心斯隆还是想保留《新婚燕尔》这个名字。"丹尼斯道。

　　"不是《新婚燕尔?》?"托尼说。

　　"不是,"丹尼斯说,"我刚才说的时候就不带问号。"

　　"不,"比尔道,"你以前说的时候也没有连着问号一起说,但是片名还是带问号。"

　　"你们早就知道没有问号了,"丹尼斯说,"你这家伙总爱找茬。"

　　"你这个人就应该被经常敲打敲打,提醒一下过去做过的错事。"比尔说。

"这个片子怎么能叫《新婚燕尔》呢?"托尼说,"男女主角压根没结婚啊。如果拍成连续剧,他们要在第一集就结婚。但在现在的这部剧里,男主角是在酒吧遇见女主角的。然后两人聊了三十分钟。原来的剧本倒是把他们写成结婚了。"

"托尼说得对,"比尔说,"如果斯隆同意这部剧在《喜剧剧场》播放,并拍成连续剧,用这个名字还差不多。如果只拍成单集的,这个名字就有问题。"

"苏菲来了,"托尼说,"你有什么好主意吗?"

"就叫《芭芭拉》得了。"苏菲戏谑道。

令苏菲尴尬的是,丹尼斯还真在思考她这句玩笑话,或者说假装在思考。

"呃,"丹尼斯说,"这个名字并没有传递出我们想要表达的剧中人物关系。"

"苏菲只不过说一句玩笑话,丹尼斯。"比尔说。

足足过了二十秒钟,丹尼斯才反应过来,开心地笑起来。

"是很好笑。"

托尼和比尔对视一眼。虽说大家都喜欢苏菲,但丹尼斯无疑是最喜欢苏菲的那一个。

"要不就用男女主人公的名字做片名?"丹尼斯说,"就叫《芭芭拉和吉姆》?"

"你又要把那该死的问号拿回来吗?"

"我这是在问问题。"丹尼斯说。

"《芭芭拉和吉姆》,"托尼咕哝着,"《芭芭拉和吉姆》。"

"酷不酷?"比尔问,"这种片名还从未在英国电视观众的嘴边冒出过。尤其是在这种普通题材的连续剧里,这样的片名可以说绝无仅有。观众会迫不及待地想知道,谁是芭芭拉,谁是吉姆。"

"你知道我们有一天聊了什么吗?"丹尼斯对苏菲说,"我们讨论想把这部剧拍成苏菲的剧。"

"是吗?"苏菲道。

"不过当时我们不想让你知道。"托尼说。他边说边意味深长地看着丹尼斯。

"为什么要拍成一部以我为主的剧?"

"你别多心。"比尔连忙说。

"我在考虑能否通过某种手段,将这个意图传递出来。"丹尼斯说。

"不过我们不是很严肃地讨论,"比尔说,"尤其没有在其他剧组人员面前讨论过。"

"你们为什么要说这是我的剧?"

"噢,看在上帝分上,因为你表演得太棒了,男主角完全被你掩盖,他显得过于正统。"比尔说。

"噢,原来如此。"苏菲道。

"你自己难道没意识到吗?"

苏菲当然注意到自己在排练过程中赢得的笑声更多,但她以为这是情节原因。根据情节,她要占克利弗的上风。她没有想到这是因为编剧把包袱都留给了她。

"也许我们可以把这一点正式体现出来,"丹尼斯说,"我知道你们要笑,但我还是想在标点符号上做点文章。"

"我保证不笑。"比尔说。

"用括号把吉姆括起来,《芭芭拉(和吉姆)》。芭芭拉不用括号,把吉姆用括号括起来。"

比尔狂笑不止。

"很滑稽吗?"丹尼斯充满期待地问。

"这对克利弗的自尊是多么大的打击啊!"比尔说,"不过这确实是笑点。"

"噢,我可没想到这一层。"丹尼斯说。

"我们还是先别告诉他,等录制结束后再对他说。"

"我们不能那样做。"丹尼斯说。

"我们可以策略一点,"托尼说,"反正不能提前告诉他。我知道他的为人。如果提前告诉他,他就不来了。"

"他会那样做吗?"苏菲问,"直接就不来了?"

苏菲以前从未想过克利弗压根不来这个问题。不过这种可能性也值得考虑。

"当然会,"比尔说,"不过你要是不介意重起炉灶再演一遍,他不来也没关系。"

苏菲决定不去考虑这些问题。她只要管好自己的事就行了,同事的事和她没关系。她去换衣服,为最后彩排做准备。

6

正式录制那天,克利弗在化妆室能听见门外现场观众排队时的聊天。像这种观众们的聊天,你没法不听,除非你一直在那里大声地自言自语。

"反正票又不要钱。"嗓门最大的是一位中年男子。

"那是肯定的,"接话的是一个女人的声音,"没人肯为这种剧自掏腰包。这部剧里没有大牌明星吧?"

"这人好像在哪里听说过,"另一名男子说,"这个叫克利弗什么的。"

"他演过什么剧?"

"我也一时想不起来。"

这时又有一个人加入到聊天中。这次是另一个女的。

"你们听说过《笨战友》这部剧吗?"

"那部剧拍得很烂。"

"你真这么认为吗?"

"里面有个笨上尉,声音听起来倒是洪亮,但透着傻气。"

"想起来了,那个演员叫克利弗·理查德森。"

"噢,天呐,这次不会是他吧。"

"我觉得他演得很滑稽。"

"快别提了。"

"真的。"

"就那愚蠢的大嗓门?"

"他是故意装的,为了营造喜剧效果。"

"我希望今晚不是他演。不过今晚总共才半小时,对吧?"

这时克利弗的化妆间传来敲门声。

"是我,"苏菲说,"外面那些聊天你都听见了吗?"

克利弗开门让她进来。

"那有什么办法。BBC 就爱让现场观众在化妆室外排队。"

"我倒是觉得他们聊得挺有意思。"

"那是因为他们聊的话题不是你。"

这时好像有意安排好的,克利弗的那位女影迷开始议论起苏菲。

"不过这次的女主角应该很烂。"

"我猜她是新人。"

"噢,不,我女儿在克拉克顿的一部夏天剧里看过她的表演。"

克利弗听到这里,看了看苏菲。苏菲摇头表示否认。

"肯定就是她。当时我女儿足足等了半小时索要签名。可她却径直从我女儿身边走过,也没给她签名。不过你说我女儿要这种签名有什么用?"

"如果这部剧火了,她的签名就值钱了。"刚才聊天中的一名男子道。

"话是这么说,但这部剧不会火的,对吧?"这个女子道,"有她在,这部剧就火不起来。"

"那个男的也不怎么样。"

"问题会出在这个女的身上。"

"两人都不怎么样。"

"这个男的还可以。"

"他们两个我都看不上眼。噢,你们能不能聊点别的?"

"我以前看过一部类似的剧,"那个女的继续说,"光现场观众全部就座,暖场演员讲几个笑话,就快一个小时了。"

"那个暖场的家伙怎么样? 你上次看的是哪部剧?"

"噢,不怎么样,不像他自我感觉那么滑稽。"

"哎呀,"那个男的说,"听你这么一说,我现在就想回家了。"

"可别呀,"那女的继续说,"或许这部剧没那么糟糕呢。"

苏菲气得嘴里吹气鼓起腮帮子。

"要不我们出去,站到走廊上?"她说。

"这部剧一定会很棒的。"克利弗道。

"我们一直生活在一个泡泡中。"苏菲说。

"什么泡泡?"

"一个湿乎乎的粉色泡泡。"

"我可不想故意待在什么湿乎乎的粉色泡泡里。"克利弗道。

"随你怎么说颜色。所谓的我们都喜欢剧本,我也喜欢剧本,这就是个泡泡。这一切源于汤姆·斯隆欣赏丹尼斯。丹尼斯又欣赏托尼和比尔。现在突然一下子就破了。"

"只要是泡泡,总归要破的,"克利弗说,"所以我们不能活在泡泡里。"

"这些现场观众不是来给你鼓劲的，"苏菲说，"他们来这儿是因为生活空虚，或者是想看看电视摄影棚长得什么样。"

"不过也有观众提前几个月订票，是真正为了欣赏艺术，"克利弗说，"结果他们碰到了我们演出。"

"我们并不差。"

"我也是这么想的。但他们以前从未听说过我们，所以觉得很扫兴。当年我有一次被某部电视剧的制片人刷下来后，就曾亲自跑到现场做观众，观看这部剧，内心巴不得他们演得越烂越好。"

"那这部剧后来怎么样？"

"如果你内心希望它烂，它一定会很烂。"

"真正的好电视剧也会这样吗？"

"有时越是好剧，口碑越差。好剧会让人产生嫉妒心理。"

"如果那样的话，我倒是希望我们这部剧干脆别公映，"苏菲说，"我们自己演着玩就好。"

"可这是一档电视节目，"克利弗道，"肯定要公映的。"

"真该死。"苏菲说。

这时丹尼斯来敲门。

"大家都准备好了吗？"

苏菲做了个鬼脸。

"噢，你肯定是没问题的。"

"你怎么知道？"苏菲问。

"因为你非同一般，"丹尼斯说，"你演戏时全情投入，所以肯定不会出问题的。"

苏菲确实不会出问题。克利弗以前参加过许多学生实验作品演出，这种演出的目的，就是让表演者放下包袱，在舞台上打破朋友、同窗、同龄人之间的界限。但这次克利弗感到完全不同：红色录像键一亮，苏菲就像关在黑暗笼子里的一条恶狗，朝着亮光扑过来。并且在整个排练过程中，苏菲一直在尝试挖掘托尼和比尔剧本字里行间隐藏的东西：她扮出各种怪相，有时在对台词时故意延宕几秒钟，就连最普通的一句"谢谢"，她都在语调和重音上做点文章，以营造滑稽的效果，让人捧腹，或者至少让观众把注意力放在她身上。所以克利弗对苏菲在正式录制过程中表现出的旺盛精力和百折不挠的劲头并不惊讶，可是要想在表演中盖过她，却根本无能为力。苏菲的气场无处不在，充溢着每一处停顿，每一句台词，不光是她自己的台词，还包括克利弗的台词。克利弗发现，在片场中，制片主任老伯特已经彻底蒙了，不过这也意味着苏菲的某些表演处于失控中。克利弗觉得自己好像在一场足球赛中，开场两分钟就已经三球落后了。虽然他怀疑自己想打平都困难，但他至少要让场面不那么难看。过去无论演什么角色，克利弗向来以风度翩翩示人。但话又说回来，过去也从未有人对他施加过度的压力。由于没有在演对手戏时体验过抗压力，所以他在表演中总是显得不费吹灰之力。但这次遇到苏菲就有点麻烦了。苏菲不让他轻易过关。当然这件事如果调整一下视角，未尝不是一件好事。现在他在表演的每一秒钟都不敢放松大意，对苏菲的表演必须全神贯注地观察、聆听、体验并作出回应，而不是想当然地认为苏菲接下来应该会怎么做。这样演下来，就让他感到精疲力竭。

演出接近尾声时，现场负责举"请给掌声"提示板的工作人员都不用把板子举过头顶。克利弗引着苏菲走向观众，鞠躬致意，观众席一片欢呼。克利弗也不得不为苏菲的精彩表现鼓掌。他别无选择，只能如此。

苏菲赶到父亲病床边时,已经是星期一中午的午餐时分。他没有死,心脏病也没再犯。他神志清醒,能和人说话,不过这也可能是最坏的一种结果。因为他现在坐在那儿,看上去伤透了心。玛丽姑妈坐在病床另一侧。她倒是显得并不伤心,只是说话的语气中带着讥讽和失望。苏菲给父亲带来她在伦敦买的葡萄,一瓶葡萄适①,一本书名叫《死于黎明时分》的关于突击队员的故事书。

"你是钻到钱眼里去了。"父亲谢过她这些礼物后说道。

"要不然就是铁石心肠。"玛丽姑妈说。

苏菲深吸一口气。

"对不起。"她说。

"什么对不起?"玛丽姑妈问。

"对不起我前几天没能赶回来看你。"

"你这件事做得是不够好,"玛丽姑妈道,"我和你爸爸刚才还在议论。我们觉得,你不回来,就应该道歉;但如果确实不能回来,则不必道歉。"

苏菲明白玛丽姑妈这番话的意思。玛丽姑妈和父亲想逼她承认,这件事责任全在她。

"我当时真的来不了,"苏菲说,"我自己真的想回来看你。"

"那你为什么不能回来一趟?"父亲问,"什么事那么重要?"

"我在 BBC 上一个节目。"

"你说什么? 在上一个节目? 是做现场观众吗?"

"我是在现场,不过不是观众。那个栏目叫《喜剧剧场》。"

这时父亲和玛丽姑妈都望着她。

---

① 葡萄适是葛兰素史克旗下一种饮料,成分是葡萄糖,命名为葡萄适。

"《喜剧剧场》?"

"没错。"

"BBC那个?"

"对,就是BBC那个《喜剧剧场》。我们必须在星期六排练,星期日录制。如果当时我回家,我就失去了这个机会。这是个千载难逢的好机会。他们想把这个戏拍成一部连续剧。剧情是关于一对夫妻,分别是男女主角,我就演那个女主角。"

父亲和玛丽姑妈又看了苏菲一眼,然后两人面面相觑。

"你说的是真的吗?"

苏菲大笑起来。

"千真万确。"

"那么这部戏演得成功吗?"

"演得很成功。谢谢您。现在你知道事情的经过了吧。"

"你是不该回来,"父亲道,"尤其还是演《喜剧剧场》这种档次的戏。"

"何况这部片子还要拍成连续剧呢。"玛丽姑妈在一旁说。

"那么你要上电视了!"父亲欢呼起来,"我们真为你感到骄傲。"

苏菲此前还真没想到,自己会这么快被父亲原谅。她不知道自己对此是否该高兴。她拒绝探视在医院里病重的父亲,因为事业对她来说更重要。父亲对她的决定至少具有裁判权,而裁判的结果是只要能上电视,其实可以什么都不顾。

《芭芭拉(和吉姆)》第一部

7

克利弗·理查德森走上演员道路原因很简单,这是一条结识漂亮姑娘的捷径。在入行之前,他对此心存怀疑;但入行后,他发现情况果然没有令他失望:在演艺界,放眼望去到处都是美女。当年他还在伦敦音乐戏剧艺术学院上学时,就平生第一次明白,女演员要比普通人漂亮很多。如果他上的是一所师范学院或医学院,那么班里同学的长相,百分之九十他都会瞧不上眼。但在伦敦音乐戏剧学院,同学个个都长得让他喜欢。从学校毕业后,他在 BBC 和某些保留剧目轮演剧场工作,在那些地方他见到的美女更是成百上千。

克利弗发现,除了演艺圈里的漂亮女演员,他在现实世界里也能勾搭上其他行业的有姿色的女孩子。这些女孩子喜欢演员,有时她们也想找机会进入演艺圈,而克利弗可以成为姑娘们进入演艺圈众多跳板中的一个。不过大多数情况下,她们只是单纯地想和演员交往。如果男演员看中某个漂亮女孩,她会有种受钦点的感觉:天呐!他居然看上我了!这种感觉很美妙。所以做一名男演员,好比掌控一个赛马系统。

克利弗不喜欢演喜剧的主要原因是，一旦他的表演仅仅是逗人发笑，这套赛马系统会停止听命于他——尤其是他通过装疯卖傻来搞笑。那些漂亮姑娘会不会吃他这一套，他心里没底。理查德·伯顿，汤姆·康特奈，彼得·奥·图尔都是大牌电影明星，身上自带电影这个行业的天然优势。而克利弗还没遇见他的伊丽莎白·泰勒。不过这些人成为电影明星，是因为天生就是为电影而生，还是因为他们拒绝演塞斯上尉？唯一让克利弗稍稍心安的喜剧明星是彼得·塞勒斯①：他最近刚和布里特·爱克兰②结婚。不过也有人谣传他私底下和索菲亚·罗兰有绯闻。如果演滑稽情景喜剧能泡到爱克兰或索菲亚·罗兰这样的大牌女星，他倒是愿意捏着嗓子发出愚蠢的怪声来逗观众乐。但人家塞勒斯是在电影院的大银幕上做这种事，那部电影名叫《奇爱博士》，不像他演的《笨战友》这种喜剧片，是通过电波来播放的。克利弗觉得像索菲亚·罗兰这样的大牌明星，对扮演塞斯上尉的演员压根不感兴趣。好歹《新婚燕尔》现在拍成一部电视连续剧了，不过克利弗扮演的角色并没有为他本人增色多少。

苏菲倒是可以成为一块有趣的试金石。从类型上看，她更像塞布丽娜，而不是索菲亚·罗兰。索菲亚·罗兰是大名鼎鼎的意大利女影星，不是黑池选美小姐。不过苏菲有她自己的精彩。他第一次见到苏菲时，就在她身上窥见一点莫名的火花。后来在拍《喜剧剧场》时，苏菲更是将他踩在脚下。不过这一切都发生在这部戏更名之前。

---

① 彼得·塞勒斯（1925—1980），英国喜剧演员。主要作品有《风流绅士》《奇爱博士》。
② 布里特·爱克兰（1942— ），出生于瑞典，出演过"邦女郎"。第一任丈夫即彼得·塞勒斯。

克利弗在自己住的公寓里并没有安装电话。他觉得装电话没什么好处。他父母不会打电话给他，那些他本来就瞧不上眼的姑娘也不会给他打电话。他住的公寓在华伦街对面。如果想去找他，可以到托特纳姆法院路的三皇冠酒吧，托酒吧老板戴维捎个信。戴维是不会嫌麻烦的。他觉得代访客抄下电话号码，或者偶尔帮克利弗收一下别人送来的剧本，是很有面子的事。克利弗在成为三皇冠酒吧常客几个月后，就发现戴维确实以帮助自己为荣。毕竟三皇冠酒吧没有什么星光，需要靠他拉拉人气。

戴维是战后从格拉斯哥为躲避一桩官司，搬到这里的。他现在热切地盼望克利弗能出演一部西部片连续剧。他最喜欢的两部西部剧是《弗吉尼亚人》和《生牛皮》。克利弗现在已经懒得费口舌向戴维解释，在演艺圈，来自汉普夏郡的演员是很少有机会能演西部剧的。如果这个汉普夏郡的演员擅长的是广播剧，那他演西部剧的机会就更加渺茫。但戴维不为所动。在他心目中，他说，他一直将克利弗视为一个牛仔。克利弗觉得可怜的戴维应该去看看医生。

就在克利弗录制完《喜剧剧场》后的第二天午餐时分，他顺道来三皇冠酒吧转转，发现戴维十分兴奋。

"蒙蒂刚来过电话。"戴维告诉克利弗。蒙蒂是克利弗的经纪人，平时并不经常给克利弗打电话。"会不会是什么激动人心的好消息？"

"也许吧，戴维。"

"你可以用我的电话给他回。"戴维说。他这么主动，显示出他是多么激动，对克利弗的演艺生涯充满期待。

酒吧现在没什么顾客，于是克利弗走到吧台后面，拨通蒙蒂的电话。戴维给他斟了半杯苦味啤酒。

107

"有什么坏消息吗?"

蒙蒂的经纪人生涯始于二十年代中期。克利弗不知道属于他的黄金期已经过去,还是从未来过。蒙蒂第一次接触克利弗,是伦敦音乐戏剧艺术学院在爱丁堡演出《长的、短的和高的》①之后。克利弗当时在这部戏里完美演绎了二等兵史密斯,获得了观众的一致称赞。演出结束后,人们都一窝蜂地拥向脾气乖戾的劳伦斯·哈里斯。这个家伙强行给自己攫得班姆福斯这个角色,其他演员只能另作他想。可是在这个戏里,就是让一个傻瓜来演班姆福斯也会火。当时蒙蒂偷偷尾随克利弗来到酒吧,问克利弗需不需要经纪人。克利弗反问他,为什么不像其他人那样去追逐劳伦斯·哈里斯。克利弗心里想听蒙蒂说,他才不在乎外表的一时风光,而更看重蕴含在表演中的内在才华。可是蒙蒂当时却垂头丧气地表示,他已经老了,竞争不过别人,用他的原话说,"只能捡捡漏"。克利弗当时就应该明白,蒙蒂是个没有雄心壮志的经纪人。

"你总是在想着坏消息。"蒙蒂说。

克利弗没有说话,他早就发现沉默是让蒙蒂感到不知所措的最简单方法。

"我能把你的演出费抬高一些。"蒙蒂最后开口道。

"他们给的钱确实不高。"

"这是 BBC 出的钱,不过即使如此,他们也确实可以给得再多点。"

克利弗又沉默不语。如果坏消息不是关于钱,那他实在想不出来会是什么。不过还是有必要激一下蒙蒂。

---

① 又名《丛林战士》,同名影片上映于 1961 年。

108

"显然我一直在争取把括号去掉。"

"什么括号？"

"片名中的括号。"

"我没听说片名有什么该死的括号。"

"噢，对不起。芭芭拉……和吉姆。"

"对啊，我还是没听见什么括号啊。"

"呃，括号在'和吉姆'上。"

"那这部连续剧名字叫芭芭拉括号和吉姆？"

"还有个括号。"

"什么？"

"在吉姆后面，括号完。"

"你的意思是，我演的角色被括号括起来了？"

"这么做只是个玩笑，是为了说明芭芭拉是主角。"

"原来如此。"克利弗说。

"他们让我别告诉你，但我觉得还是要先和你说一声。"

"你要是不说，我会什么时候知道？"

"那估计你得到《广播时报》上才能看到。你不介意吧？"

"我他妈的很介意。"

"这部连续剧准备拍十六集。"

"拍这么长，只会更糟，不会更好。"

克利弗还从未听说一部新的连续剧长达十六集。通常是六集，有时也有十二集，但从来没有新连续剧一上来就拍十六集。他们喜欢苏菲，就以为全国观众都喜欢苏菲。为此他们甚至把他演的角色打上括号。

"去告诉他们把括号拿掉。"

"你是什么意思？"

"你刚才不是说吉姆的名字在括号里吗？我不想这样。"

"噢，上帝，"蒙蒂说，"我去负责谈钱可以。我不介意和他们谈钱。但我对付标点符号可没有经验。"

"给他们一点厉害，让他们看看你的能耐。"

第二天蒙蒂告诉克利弗，他们同意提高他的报酬，但是括号不能去掉。

"嗯，谢谢，那我还是不干了。"

"你真生气了吗，老伙计？别忘了，你只是个半全职演员，而这是一部十六集、每集三十分钟的连续剧。这部剧会让你变得家喻户晓。"

"这部剧会让苏菲家喻户晓，和我没什么关系。以后我就是那个带括号的吉姆。《芭芭拉（和吉姆）》。等等……《喜剧剧场》里放的那个片子叫什么名字？"

"就叫《芭芭拉（和吉姆）》。"

"不是叫《新婚燕尔？》吗？"

"你们都没有结婚，叫什么《新婚燕尔？》？"

"噢，上帝。一群混蛋。他们偷偷换了名字，居然都没告诉我。"

蒙蒂咯咯笑出声来。

"他们把你蒙在鼓里了。"

"没错，就是这样。我不干了。给我重新找工作，蒙蒂。"

第二天蒙蒂给克利弗留了一张便条，说如果克利弗不演，制片方会让克利弗的死对头劳伦斯·哈里斯来演。克利弗知道，如果片名带括号，劳伦斯·哈里斯也不会演。不过如果哈里斯答应演，说不定括号会神秘消失。这倒是很有可能会发生的。"噢，如果哈里斯感兴趣的话……"

这帮家伙都该死。

巧的是,克利弗此前早已定好这个周末去伊斯特雷探望父母。其实周末和父母共进午餐并不是件愉快的事,原因有二。一是由于他的工作。克利弗父母对克利弗当演员并不特别反对。他父亲虽说是个牙医,但他不是那种古板的中产阶级,对波希米亚式生活作风深恶痛绝;克利弗试过中产阶级生活方式,却无所适从。其实他只要能自食其力地过上体面生活,他父亲才不会管他到底干什么、穿什么、喝什么或和谁在一起睡觉。"你只是一事无成罢了。"他经常这样大声嚷嚷。

令他回家感到不爽的第二个原因是克利弗的前未婚妻凯茜。不知为什么,凯茜一直在他家里。他俩是克利弗十八岁那年订婚的。当时克利弗在伦敦音乐戏剧艺术学院刚上了一个学期。两人当时因为什么原因订婚,克利弗已经回忆不起来了。但肯定是和性有关系。此后没过多久,两人就分手了。估计是克利弗从凯茜那里得到了他想要的东西。但分手这件事对凯茜在克利弗家里的地位没什么影响。克利弗发现凯茜还是每个星期日去他父母家。她像是一个未过门的儿媳。凯茜性格温顺而乏味。克利弗一想到后半生每个月要和母亲相中的儿媳共进周日午餐,就不禁害怕起来。

克利弗犯了个错误,不该向他父母吹嘘他演的剧要在《喜剧剧场》播出,并且播出后肯定还能让他拍连续剧。因为从那以后,只要肥腻的羔羊肉和湿漉漉的卷心菜端上桌子,他父亲就会开始问这件事。

"BBC那件事有眉目了吗?"

111

"哦,那件事啊,和我预计的有点出入。"

凯茜和他母亲脸上露出同情的神色,而他父亲却咯咯大笑起来。

"我就料到了,"父亲道,"发生什么事了?"

克利弗简要地向父亲描述了事情的真相:他拒绝在电视连续剧中担任主演,因为他不喜欢这部剧的片名被打上标点符号。

"这不是我真正追求的,所以我拒绝了。"

"你是说它曾是你的工作?"

"这么说不对,"他母亲插嘴道,"克利弗一直在找工作。"

"克利弗又不是没找到过工作? 现在不是拒绝了吗?"

"听上去似乎并不是那么回事。"他母亲道。

有时克利弗简直分不清父亲和母亲哪个令他更生气。他母亲的一根筋和他父亲的鄙夷不屑令他同样感到烦心。他总是被他们这样关照。这次他决定回击一下母亲。

"你刚才有没有在认真听,妈妈? 情况就是这样。我们为《喜剧剧场》拍了一部片子,拍得很成功。结果他们又要我拍一部十六集的连续剧,但是我不喜欢这部戏的角色。"

"这话你要是相信,那世上就没有你不相信的事了。"他父亲道。

克利弗痛苦地咕哝了一声。

"我知道说了你也不信。你还说我偷懒不愿意去工作呢。但我说的全是实话!"

"那你一定没有把经过全告诉我们。整个事情听起来不可信。"

"为什么不可信?"

"没有人会让你演一部十六集的电视连续剧。"

"他们确实让我演了。"

"然后你还拒绝了。你想怎么样?"

"我最后可能想去美国发展。"

"哦,克利弗,"凯茜惊叫道,"美国?"

克利弗随口一说的空想计划,好像在他和凯茜本来就属于臆想出来的关系上凿出一个绝望的孔洞。

"是的。"克利弗说。

他的父亲放下刀叉,搓着双手。

"怎么啦?"

"我想好好享受一下你的话。"

"为什么?"

"因为你这个人无论说什么,都是既搞笑又不靠谱。"

"哦,爸爸,真拿你没办法。"

他想撒一个能让他父亲不发笑的谎。

"《弗吉尼亚人》这部片子还要请我呢。"

"《弗吉尼亚人》?"他父亲不带感情地重复一遍,"就是那个西部剧吗?"

"是的,"克利弗说,"我在里面戏份不重,但角色很有意思。"

"这些家伙知不知道,在诺福克时,一匹马要是挨着你过近,会把你吓哭?"

"知道。我告诉他们了。但他们还是想让我来演。"

"《弗吉尼亚人》!"他父亲咕哝着,假装用餐巾拭去眼角幸福的泪花,"我们是不是将会有一段时间见不着你?"

"噢,克利弗。"凯茜跟着激动起来。

"除非我还有别的剧可演。"克利弗说。

"什么别的剧?"

"BBC 的喜剧连续剧。"

"哦,那我们是不是还要继续假装下去?"他父亲讥讽道。

克利弗真想去美国找个机会演一个牛仔,甚至演一头牛也行,只要能向父亲证明自己没有撒谎。但他转念又想,现在不是有个现成的方法,可以证明父亲是错的吗?他要是把这个片子接下来,就既能养活自己,又能证明自己可以靠演戏生存下去。

第二天他就让蒙蒂给丹尼斯打电话。最后的结果是括号保留,他的片酬不升反降,但他保住了这个机会。

苏菲有史以来第一次接受媒体采访,是来自一本名叫《碾压》的杂志。这位记者本想把采访安排在苏菲的住处,但当时由于苏菲还是和玛乔丽合住,布莱恩觉得这样不妥,于是决定把采访安排在他的办公室。为了这次采访,苏菲专门买了一条市面上能找到的最短的短裙,还买了一双新鞋。布莱恩看到她这身打扮,摇头咂嘴,故意提醒苏菲他是个幸福的已婚男人,好像苏菲向他提出什么不得体的要求似的。

《碾压》杂志派来采访苏菲的记者名叫黛安。布莱恩把她们带到一间过去专门贮存废旧家具和旧账本的空房间。她们并肩坐在一个满是灰尘的棕色旧沙发上。在采访的最初几分钟,苏菲的注意力被房间里的一个文件盒吸引。文件盒上贴着"亚瑟·阿斯基 1935-7"。

"他们经常请你到这儿来吗?"黛安问。

黛安像某个流行节目的主持人。她留着一头长长的黑发,穿着白色的皮靴,平胸,身材瘦削,像苏菲没发育的表妹。

"干吗要叫我到这儿来?"苏菲反问。

"来这儿接受采访啊!"

"噢,不。我以前从未接受过采访。"

"天呐!"黛安惊叹道,"不过没事,这种采访不用紧张。你以前看过《碾压》杂志吗? 这本杂志是专门给女孩子看的。我们只是想知道你平时穿什么,男朋友是谁,你给你男朋友做什么吃的。"

说这些话时,黛安故意将眼睛挤到一起,做个鬼脸,暗示《碾压》并不是她自己喜欢的那类杂志。苏菲大笑起来。

"看来你不喜欢你的工作?"

"不,我喜欢,"黛安说,"这份工作挺有意思的,能见到明星,还有平时电视上才能见到的人,比如你。大家总是向我们爆料。不过这份工作我倒不想永远干下去。"

"那么什么事情是你永远想做的?"

"写作是我永远想做的,但不是写这种东西。我想像托尼和比尔那样,当编剧写剧本。"

苏菲很惊讶黛安居然能说出托尼和比尔的名字。毕竟,关注那些给电影和电视剧写剧本的人,并不是很多。

"你觉得你能写吗?"苏菲问黛安。

"关键是有人请我写吗? 这是问题的关键。毕竟现在写喜剧剧本的女编剧不多。"

"你先只管写。"苏菲劝黛安。

"嗯,"黛安说,"你要是这么说……那就不可能实现了。好了,还是回到那些无聊的问题上来吧。衣服,男朋友,做菜。"

"噢,好吧,"苏菲道,"我还没有男朋友,我也不会做菜,不过衣服当然是要穿的。"

"你为什么不找个男朋友?"

"我以前在老家黑池有个男朋友,但后来我来伦敦后,我们分手了……现在我没遇到合适的。"

"我倒是觉得,你现在不用刻意去找男朋友。"

"可是如果不去找的话,怎么可能找到?"

"只要等到他们在电视上看到你,就会纷纷给你打电话。"黛安说。

"可我现在连个电话也没有,所以他们想找我,也联系不上。"

"你居然还没有电话?"

苏菲觉得现在没必要聊那些她在伯爵宫租房的事以及玛乔丽,至少她不想和《碾压》杂志聊这方面的事。

"我刚搬家,估计人们还没来得及查到我电话。"

"噢,太棒了,"黛安说,"你行动总是这么迅速。你现在搬到哪儿了?"

"哦,暂时保密。"

"应该就在这一块吧。我不会泄露你地址的。"

"在肯辛顿。离德里·汤姆百货公司不远。"苏菲说。

"你过去就在那儿上班,对吧?"

"你是怎么知道的?"

"是 BBC 媒体新闻官告诉我的。在化妆品部。我全知道。初出茅庐默默无闻,试演时赢得满堂喝彩,成功揽得角色。这是个很精彩的成功故事。你今后打算朝什么方向发展?"

她采访的好像是另一个人,苏菲想,一个已经做出点成就的人。而自己只是刚来伦敦不久,在一家百货公司上班,晚上回去还要听玛乔丽的鼾声,只是最近才被延揽进一个电视连续剧的剧组罢了。可她自己却看不了电视,因为她连电视机都没有。

"我喜欢《街头巷议》这类综艺节目。"苏菲说。

苏菲已经把自己肚子里关于伦敦那一点存货全用光了,实在没东西可聊了。

"非常好，"黛安说，"你对电视连续剧感兴趣吗？"

"很感兴趣。"

"今天聊得非常好。"黛安说着站了起来。

"采访就到这里？"

"嗯，内容很丰富。没有男朋友，没有电话，新租公寓，喜欢《街头巷议》这类综艺节目……真的，这次找你算是找对人了。如果你再能告诉我，你最喜欢披头士乐队哪个成员，那我的编辑一定会乐坏的。"黛安的语气里倒没有任何喜悦之情。

苏菲又大笑起来。她现在有点喜欢黛安了。

"乔治。①"

"乔治会读到这篇访谈，还会打听你的。"

苏菲的脸红了。

"噢，这我可没想到。"

"他不会读的，"黛安说，"我只是和你开个玩笑。"

"我们可以改日再做一次访谈吗？"苏菲说，"等……等我有了新消息？"

"先看看这部剧的反响再说。"黛安道。

她说这话并非不友善。她只是不想轻许诺言。苏菲没有想过，她平生第一次接受采访，也可能会是她的最后一次。苏菲只是希望自己受访时更享受，更有话可说。

托尼和比尔现在已经不在咖啡馆里写剧本了。他俩租了一间办

---

① 指披头士乐队吉他手乔治·哈里森。

117

公室。这间办公室在大波特兰街地铁站的拐角处,一家鞋店的楼上。他们搬进去的那一天,一起去牛津大街买了些家具,两张写字台,两把扶手椅,一盏台灯,一台录音机,几张唱片,一个水壶和一些茶包。在约翰·刘易斯店,两人争执要不要买一个昂贵的沙发。比尔喜欢白天躺在沙发上,眼睛盯着天花板。托尼却说沙发会让人失去活力,恹恹欲睡。托尼劝比尔不要买一件令收入减少的物品,哪怕只是半价。比尔却说他可以单独出钱买沙发,不过到时托尼可不许坐在上面。托尼告诉比尔,他是客人,他的屁股绝不会碰沙发。不过后来听说买这个沙发还要等上十二个星期,比尔决定算了。虽说沙发风波这么过去了,但这件事的余波还是持续了好几天才在两人之间消除。托尼和比尔此前从来没有因为任何事发生争执,不过话又说回来,过去两人也没遇到什么正儿八经的事。现在不同了,他们刚签了一部十六集的电视连续剧合同。各种费用、办公室租金甚至水壶等开支……两人面临比过去更复杂的局面。

托尼和比尔心里没底,不知道该怎样把这部长达八小时的电视剧填满。他们甚至连第一集的三十分钟剧本,都还没想好怎么写。两人膝盖上放着便笺本,嘴里咬着铅笔头,在绞尽脑汁构思。

"你看这样行不行?"最后还是托尼开口道,"芭芭拉和吉姆成了两口子。"

其实两人早就知道这一点。在《喜剧剧场》的剧本里,芭芭拉和吉姆当时就已经是夫妻了。所以在新剧的第一集,肯定要交代一下。在第一集的开始,吉姆就把芭芭拉娶回家。

"我难道还要把这记下来吗?"比尔揶揄道。

"我觉得……还得再找点素材充实一下。补充一些有趣机智的情节,和阶级或者英格兰扯上关系。"

"我们还要回到过家家那一套,写怎么做头发,或者菜烧糊了?"

"当然不是。"

"那你说如果不这么写,夫妻之间能有什么机智有趣的素材? 你和琼之间一般做什么?"

"你干吗对我和琼的事感兴趣?"

"因为你是已婚人士,是过来人。"

"我们夫妻关系,和剧中芭芭拉与吉姆的关系,完全是两码事。"

"我能理解。"比尔大笑道。

"不是你想象的那样。"托尼说。

"是吗?"比尔道,"真有趣。"

"我的意思是,我和琼的性格并不针锋相对。琼也为 BBC 工作。我们做同样性质的工作。我们……反正就这么回事。"

"你们那方面的事正常吗?"

"你这属于多管闲事。"

"别怪我爱打听啊。"

"我确实觉得你问得有点多了。"

其实可以想见,那方面的事肯定一团糟——尤其两个人经常几个月不在一起——情况就会变得更糟。托尼也说不清楚他和琼之间到底怎么回事,情况有多糟。他不知道自己还是不是处男,也不知道琼是不是处女,或者两人刚结婚时琼是不是处女。他俩在一起时,从不交流这些,哪怕琼在第二次尝试失败后哭泣,也没有过交流。

"我想把吉姆写成男同。"比尔道。

"我希望他不是,"托尼说,"如果把他写成那种人,我俩都会丢掉饭碗的。"

"不过那样写,就了不得了,关于同性恋形婚。"

"比尔,"托尼劝道,"我们还是不要在这些构思上浪费时间了,因为这只会让我们被禁。"

"可是人们就对这些玩意感兴趣,离经叛道的性。"

"你难道不知道,只要和性沾边的,人们就有兴趣。人们平时看不到性,也听不到性……"

听到这话,比尔的眼睛亮了。

"那就这么定了!"

"噢,天呐!"托尼道,"从第一集就这么写吗?"

"在第一集就试着写一写,"比尔说,"在写他们其他事情之前。"

"你觉得,他们在这之前没什么需要交代的?"

"这个不好说……整个事情。他们没多久就结婚了吧,对吧?"

"是吗? 我们上哪儿知道去?"

比尔耸了耸肩。

"你想想,《喜剧剧场》刚播完没多久。"

托尼大笑起来。

"好吧。就算他俩很快结婚,又怎么样?"

"接下来该写什么?"

"接下来是多久?"

"几个星期,一个月,还是多长时间。其中一个陷入麻烦。"

托尼揉揉鼻子。

"什么样的麻烦?"

"反正不是生理方面的,应该是心理方面的。"

"那就应该写成吉姆遇到麻烦。"托尼说。

"为什么是吉姆?"

"因为如果写成关于女人不喜欢性,这类剧情人们已经看得太多了。"

"也许她喜欢性,却有力使不上。"比尔说。

"为什么有力使不上?"

"条件所限。"

"你这样写又回到生理不行那条老路上去了。"

"要往心理方面写。这样才能把所有事情严丝合缝地圆起来,就像晚上银行金库一样,锁得严丝合缝。"

"你好像知道的挺多。"

"其实我也不懂,但我猜事情应该是这样。"

"不过就算讲得通,我也不想这么写。你觉得呢?"

"那还是写吉姆有问题。"

"写吉姆吧。一般都这么写。"

"什么叫一般都这么写?人物不是有两个吗?"

"是倒是。但把其中一个写成没多少剧情的陪衬,是最容易的。"

"你说的最容易是指什么?"

"最容易从汤姆·斯隆那里通过。不过我也不知道斯隆会不会对另一个感兴趣。现在情况有点乱。"

"好吧。就把吉姆当陪衬来写。但原因是什么呢?"

"因为他厌了。"

"太棒了!这么写,和片名的括号配合得完美无缺。"

"可怜的克利弗。"托尼嘴上虽然这么说,心里却想着真正倒霉的是自己。

托尼爱自己的妻子。但自从那方面不行之后,就害怕和妻子上床睡觉。晚上他总是将电视看到结束,希望琼在床上看稿子或其他播音材料时看睡着了,这样他就可以不惊动她,偷偷地钻进被窝。两人都在床上时,也心照不宣地形成默契,不停地转换各种话题,把时间熬过去。琼觉得自己知道丈夫问题的根源是在何处,并向他公开表示,只要他自在,无论做什么她都能接受。但其实她并不知道,真实情况远比她认为的要更复杂。托尼的性取向对他自己来说也是个谜。他清楚地意识到,自己被琼吸引,包括那方面的吸引。但他就是不知道该怎么做。

他打定主意,不再和琼讨论工作,因为工作现在突然变得和他的家庭生活如此接近。

"剧本写得顺利吗?"琼问。

他们夫妻正在一边看电视,一边吃着奶酪面包。

"还行吧。"

"你要是有什么得意之笔,给我看一看。"

琼是他的第一读者,也是他的最佳读者。他和比尔的所有作品,琼读后都能帮助他们润色提高。他们懈怠时,琼鞭策他们。琼能理解作品里的人物,哪些话该说,哪些事该做,她都清楚。她也能看出里面不符合逻辑之处。除非托尼疯了,否则对于手头这部可能对他职业生涯成败起决定作用的作品,不让琼读是不可能的。

"算了,你总不至于我们写的所有东西都要看一看吧。你自己还有稿子要加工呢。"

"我喜欢看你和比尔写的东西。你是我丈夫,这又是你的第一部连续剧的第一集剧本。跟我说说到底内容是关于什么。"

"情节很糟糕,你还是别看了。"

"就这么简单? 虽然你说情节糟糕,说不定我会以为这是一部天才之作呢。"

"肯定不是。"

"如果照你这么说,情节一旦糟糕那就……呃,情节一旦糟糕,那后面就什么都做不成了。这个情节是比尔构思的吗?"

"是的。"

"那你敢不敢对我说,明天就去找比尔,骂他是个白痴?"

"我不会。"

"为什么不敢?"

托尼叹了口气。

"因为说实话,这是个很棒的情节。"

琼把餐盘放到咖啡桌上,走过去把电视关了。

"我不知道你在说些什么。"

"是啊,"托尼说,"我能理解你。"

"那你能给我把事情讲清楚吗?"

托尼又叹了口气。

"这部剧是关于性方面的。"

"是吗?"

"没错。"

"男女主角的性生活?"

"是的。"

"这个创意很棒啊。"琼说。

"是啊。"托尼附和着。

"如果情节写得机智又有趣,人人都会爱看的。尤其对年轻人和现代人的胃口。"

"是的。"

"你不想写吗?"

"我想写。"

"那你到底怎么啦?"

"在剧中,芭芭拉和吉姆的婚姻不圆满,因为吉姆在那方面不行。"

"啊!"

"这是比尔的主意。"

"我能想象到。"

"其实这并不是影射你我之间的事,"托尼说,"但如果往那方向去写,我不敢保证会不会走漏太多我们之间的内幕。"

"你们写完后,他们会不会再审查一遍?"

"会的。"

"那我会喜欢看这部剧的。"琼说。她站起身,走过来吻了一下托尼的额头,又把电视打开了。

8

BBC 给丹尼斯派来一个导演,名叫伯特。这事没经过讨论,也不容讨论。伯特直接来到丹尼斯办公室,手里拿着介绍函向他挥了挥。

"我知道,你肯定觉得我在《喜剧剧场》没干出什么名堂。"伯特说。

丹尼斯本以为,伯特说完这句话会加上一个"但是",然后说他会虚心学习,听从别人的意见并改正,但伯特什么也没再说。而伯特也以为丹尼斯会宽慰他几句,但丹尼斯却觉得没这个必要。丹尼斯对于伯特想把《芭芭拉(和吉姆)》拍成 BBC 那种常规套路电视剧的想法感到沮丧。丹尼斯觉得录音棚现场录制效果最好,但伯特却异常循规蹈矩,对即兴制作不感兴趣,还非常反感协同合作。

"我不想把《芭芭拉(和吉姆)》拍成那种寻常的喜剧连续剧,"丹尼斯说,"我想拍得青春一些,活泼一些。"

伯特轻蔑地用鼻子哼了哼。

"那你找错人了,"伯特说,"你看看我。"

丹尼斯应声看了一眼伯特，是一张中年男人充满戾气的脸。

"我只要周六晚上之前，把剧本框架给我弄出来，"伯特说，"我只关心这个。"

"那具体的表演呢?"丹尼斯问，"你对表演怎么看?"

"反正周六晚上之前必须把剧本框架弄出来。"

"那是当然。只有框架出来，才会让人对剧情产生兴趣。"

伯特像青蛙一样，眨了眨眼睛。

"我一直在考虑主题曲和片头，"丹尼斯说，"我想弄出一点与众不同的花样。"

"噢，天呐，"伯特说，"你又来了。"

"你有没有这方面的经验?"

"没有。"

"那么，无论我怎么做，你都会满意吗?"

"当然不能那样。毕竟，我伯特的名字还是要打在屏幕上的。我不能一点都不管不顾。"

"那是，"丹尼斯说，"那你说我们该怎么做呢?"

"你去做主题曲和片头吧，"伯特说，"我只管说不喜欢就行了。"

丹尼斯希望主题曲能反映出男女主人公性格上的差别。他委托罗恩·格瑞纳①来帮他谱曲。此人曾为《迈格瑞特》和《斯台普托》作曲。

"这事小菜一碟。"格瑞纳明白丹尼斯的意思后说道。

"是吗? 我还以为我的创意挺好的。"

"听起来会像是大杂烩。"

---

① 罗恩·格瑞纳(1922—1981)，澳大利亚作曲家，代表作为 BBC 的科幻电视剧《神秘博士》主题曲。

一周之后,他把按丹尼斯的意思创作的音乐放给他听。确实是个大杂烩。开头是三十秒的流行乐,接下来是三十秒的现代爵士乐,然后又是三十秒的流行乐合唱,循环往复,听起来就像两只猫在一套打击乐器上缠斗。

　　"我也不知道这样变来变去好不好。"格瑞纳说。

　　他说的是客套话,但丹尼斯已经很感激了。就算格瑞纳质疑他的专业水平,丹尼斯也不会怪他的。

　　"你还有什么好的建议吗?"丹尼斯问。

　　"我想让一个流行乐队来演奏爵士乐部分,或者让一个爵士乐萨克斯手来演奏一曲披头士的歌或是之类的。"

　　又过了几天,格瑞纳把主题曲创作出来了。他让迪卡唱片公司一位名叫希尔·塔米的唱片制作人推荐一位配乐吉他手。塔米推荐的是个新人,名叫吉米·佩奇。在格瑞纳的亲自指点下,佩奇用蓝调风格演绎了迈尔斯·戴维斯①的《那样又如何?》。反正听起来棒极了,丹尼斯心想。

　　"噢,见鬼。"比尔听完后也大声感叹。

　　"有什么问题吗?"

　　"我们没写这种调调的剧情啊。"托尼说。

　　"你们写的是哪种调调的剧情?"丹尼斯问。

　　"这个音乐听起来感伤高雅,"比尔说,"但我们写的内容一点也不感伤高雅。你叫他按照《寄生虫弗雷迪》来弹。"

　　"你说的是什么曲子?"

　　"就是这张黑胶唱片的第二首曲子。"

---

①　迈尔斯·戴维斯(1926—1991),美国爵士乐大师。

"它是什么调子?"

"达,达……达,达……达,达……达,达……达达,达达,达达。"

丹尼斯边听,边若有所思地点着头。他明白了比尔的意思。

"这首曲子也不滑稽,"比尔说,"但至少听起来欢快。"

第二天下午,丹尼斯就让吉米·佩奇照着《寄生虫弗雷迪》重新弹一遍。最初他给这部片子音乐的预算是四十英镑,可现在已经花了五十八镑。他原本打算找一个合适的摄影师,戴维·拜利或者刘易斯·莫利来给苏菲拍一张定妆照。至于克利弗的定妆照,找当地一个普通婚礼摄影师就行。但现在音乐上已经超预算,所以拍照就没钱了。没办法,他只好花一整天时间,搜集一些小道具——口红、烟斗、书籍护封、超短裙——用来代表这对夫妇,再从剧组内部找一个摄影师,把这些玩意拍成照片,钉在一面用白色薄胶合板做成的背景墙上。效果居然大大出乎他的预料。他播放主题曲时,手里举着这些照片,心头突然一阵激动。

伯特对这一切非常厌恶,这些照片和音乐。

"你这样做,正剧还没上演,观众就会纷纷关上电视。"

"我不这么认为。"丹尼斯说。

"他们肯定会的,"伯特说,"反正我会关电视。"

"你当然会关电视,"丹尼斯说,"这个不言而喻。"

"我老婆也会关的。"伯特说。

"我还以为只要是你导演的片子,你都会要求她一直坚持看完呢。"

"我可以这么做,"伯特说,"不过这些东西确实没什么用,包括片名中那个括号也没用。"

"你尤其对音乐不赞成?"

"还有那些照片。"

"我明白了。你和你老婆关电视,是因为片头的那些照片。"

"不,"伯特耐心地解释道,"主要还是嫌音乐太乱。"

"那如果让片头静音呢……"

"那我们会以为整个声音都没了。"

"伯特,"丹尼斯说,"我们现在谈话的目的是为了确定画面有没有问题。我知道你不喜欢这音乐……"

"音乐实在太糟糕。"

"……但画面有问题吗?"

伯特又开始闪烁其词起来。

"我觉得喜剧片开头应该来一点动画。"他说。

"我倒是觉得我们应该尝试更大胆一点的东西,"丹尼斯说,"搞出一点与众不同。"

"呃,"伯特说,"别出心裁的东西以前可没有成功过。"

当天晚些时候,在和汤姆·斯隆交谈后,丹尼斯成了电视连续剧《芭芭拉(和吉姆)》的制片人兼导演。他直接找来布景师,要求他把剧中的婚房安排成一个最青春、最时尚的客厅。听着布景师一条条建议——白色的墙! 墙上大幅艺术海报! 丹麦式家具! ——丹尼斯感觉伯特的阴魂,那散发着腐臭味的英式轻松娱乐剧的审美观,被一扫而空,统统扔到了谢菲尔德布什大街上。

在剧组台词排练快结束时,丹尼斯搞怪地发出大本钟般的声音,借以暗示吉姆和芭芭拉的婚姻大结局。但是在场的人都没有发出笑声或欢呼声。比尔和托尼在忙着斟酌克利弗和苏菲的面部表情该如何拿捏;而苏菲和克利弗在面无表情地快速翻阅剧本,想找到其中和两人床第之欢有关的具体描写。

"当我说……"苏菲开口道。

"说什么?"比尔问。

"噢,我明白了,没事了。"

"你说的在哪一页?"

"第十五页。"

"请继续。"

"嗯,这里的意思,是不是我以为的那种意思?"

"是的。"

"这种话我们能说吗?"

"我们并不直接说出来。"

"比尔,"丹尼斯耐着性子说道,"我不介意同当权派争论,但我们对自己剧组的演员要公平。是的,苏菲,这句要说出来——"

"暗示出来。"比尔说。

"我们要明确说出来,芭芭拉床上经验丰富。"

"噢,那样会糟透的。"

"其实也不是非说不可,"丹尼斯让了一步,"如果你们感到不舒服。"

"你听起来觉得舒服吗?"托尼问,"你还有什么猛料,丹尼斯?"

"你也觉得这样不好,是吗,苏菲?"丹尼斯问。

"噢,就是觉得听起来很傻。还有就是我父亲,玛丽姑妈,他们看了会……"

"可是大家都知道这是虚构的。"

"也许吧。但我也拿不准他们看了到底会怎么想。你知道,剧中芭芭拉来自黑池,我也来自黑池。她叫芭芭拉,我也叫芭芭拉。这很容易让人混淆。"

1. BARBARA: Well.

2. JIM: 'Well' isn't the answer I was looking
                 for.

3. BARBARA: What was the answer you were looking
                 for?

4. JIM: I suppose more 'No' than 'Well'.

5. BARBARA: Ah.

6. JIM: Now we've had 'Well" and 'Ah'.

7. BARBARA: Yes.

8. JIM: And 'Yes. 'Well', 'Ah' and 'Yes'.
                 Everything except 'No'.

9. BARBARA: Mmm.

10. JIM: And now...

11. BARBARA: Please don't put 'Mmmm' in there.
                 Otherwise we might as well start
                 singing 'There Was An Old Lady Who
                 Swallowed A Fly'.

12. JIM: Is it possible for you to say 'No'?

13. BARBARA: No.

Pause, while Jim tries to work out which question Barbara
is answering.

14. JIM: No it's not possible? Or yes it's
                 possible and you just said it?

15. BARBARA   What about you?

16. JIM: No.

17. BARBARA: Just no? Crikey.

15

突然她意识到所有人都把目光转向她。

"你真名叫芭芭拉?"克利弗问。

"是的,"芭芭拉说,"我以前就叫芭芭拉。"

"什么时候的事?"

"就在你们认识我的前一周,我还叫芭芭拉。"

"那我们把剧中女主角起名叫芭芭拉,你为什么不说?"

"因为当时我也不知道该说什么好。不过现在请不要再叫我本人芭芭拉。"

"那你现在的名字正式叫苏菲了?"

她思考片刻,明白情况确实如此。自从她搬到伦敦后,就觉得自己部分地获得新生,因为在绝大多数时间里,她被人叫做苏菲。

"是的,"她说,"芭芭拉现在是我们演的电视剧里一个虚构人物。"说到这里,她不再说下去。

"大家能不能谈谈我演的角色?"克利弗嚷道,"你们在这里写的是……我是个处男?"

"噢,你怎么跟我玛丽姑妈似的,"苏菲说,"是剧中人物吉姆是处男。吉姆是个虚构人物。"

"我知道,可是……观众会信吗?"

"观众干吗不信,克利弗?"苏菲能看出来大家都在强忍着不笑,只有比尔生来一副冷脸,所以以往都是他负责逗乐。

"我知道吉姆是虚构的,但是我……"

"怎么了?"

克利弗顿了顿,又换了个角度来谈。

"这不就是以往剧情简单调转一下吗？也没什么新意啊？以往男的是风月老手,女的青涩。"

比尔咕哝一声，用同情的眼光看着克利弗。

"什么?"

"是这样的，"托尼接过话头，"现在有点讨论到关键地方了。我不知道你是否注意到，我们想写一个和以往套路截然不同的情节。"

"真要是这样，"克利弗说，"我会老老实实地演，屁也不放一个。但问题是，你们这样写，观众根本不信。"

"什么地方不信?"托尼问。

"我倒不是说芭芭拉这方面……写她是床上老手没问题，对不起，我这么说没有任何冒犯的意思。"

"没事。"苏菲道。

"关键是吉姆。我觉得吉姆不可能是处男。"

"我也觉得他不应该是。"

"我是能演，把那种不安、羞涩、没开窍之类的东西演出来。但我对自己的长相无能为力。"

"我以前也以为你演不出来，"比尔说，"但从现在看，你能演。"

"不好意思，我刚才说的都是实话。"

"我没听懂，他说的实话是指什么?"苏菲问。

"克利弗认为，自己长得太帅了，不可能居然还是处男。"托尼在一旁向苏菲解释。

苏菲大笑起来，克利弗却苦着脸。

"这确实是个问题，"克利弗说，"我知道你们会嘲笑我，但问题就是这样。"

"你不用文质彬彬地装成一副处男模样。"比尔说。

"我知道，不过……你们不觉得我在脸上就挂着吗?"

比尔厌恶地皱了皱鼻子。

"挂着什么?"

"性经验。"

苏菲看着克利弗。他这是主动邀请别人仔细端详他。苏菲觉得,就算克利弗和几打女孩子睡过觉,他身上依旧有一种青涩气质,让人觉得他毫无那方面经验。在苏菲眼里,克利弗的人生阅历贫乏。他总是采取一种守株待兔式的人生态度。

"反正,"克利弗说,"为什么我不能……换句话说,为什么一直到最后,我都还是个处男?"

"我们在剧中想暗示的是,"托尼说,"你这个人,嗯,是无能的。"

"什么意思?"

"呃,当然无能有很多种形式。我们设计的剧情里,你是性无能。"

克利弗一屁股跌坐在椅子上,半天说不出话来。

"哪里这么写的?"

"剧本里没有写出来。"

"该死。那么哪里有这方面的暗示?"

"第九页。你刚才念到的一个词,你没有品出其中的意思吗?"

"我只读了这几行,我没多想。"

他扫了一眼刚才看的那几行台词。

"噢,天呐!什么叫'液压故障'?这第一集要是播出去,我就得去见我律师了。"

"律师?"

"我会摊上官司,诽谤、中伤之类。"

"你扮演的只是个虚构人物。如果这也能上法庭,那我天天要接受审判。"

"还有就是我永远不赞成那对括号,"克利弗说,"我至死都是这个看法。"

"片名中这个括号或许会让人产生遐想,"托尼说,"这个符号本身就低垂不振,对不对?"

"嗯,"克利弗说,"我把话搁在这儿,这种剧情没人会相信。"

克利弗错了。大家对剧中情节深信不疑,喜欢这部电视剧,并且这种喜爱一直持续着。这部电视剧的播放,将他们的生活切割成截然不同的前后两部分。这部剧的播放标志着他们过去生活的结束。在未来很长一段时间里,他们都记得当年这部电视剧热播时的盛况。他们对自己居然将这部剧记得这么清楚也啧啧称奇。这部电视剧给他们带来新的生命,但他们同时又能和老一辈人一起观看。苏菲回家和她父亲以及玛丽姑妈一起看;她父亲对这部剧的反应既惊愕困惑又骄傲自豪,边看还边预测剧中接下来的笑点和情节。可是他每次预测都是错的。他总觉得某段情节要是朝他预测的那样发展会更好,问题是如果照他那样改,一半的台词都要改动,而表演中的种种细微精妙之处和恰到好处的时机把握,也将荡然无存。丹尼斯是和伊迪丝一起观看的。伊迪丝在看的时候不止一次地捧腹大笑。看完后她告诉丹尼斯,这部剧棒极了。克利弗也忍不住回到伊斯特雷的家里,和凯茜还有他父母一起观看这部电视剧。他的老父亲对儿子在这部电视剧里的表演,既满意又不敢相信,看完第一集才恢复正常。对于和儿子有关的片名中的括号,和那个液压故障,他老人家倒觉得很有意思。克利弗父亲还告诉凯茜,有了这部剧,他们两口子今后的生活就衣食无忧了。托尼是和琼一起看的。琼在看的时候,流下了自豪的热泪。他们还邀请比尔和他们一起看,但比尔选择回巴

135

雷特老家和他父母一起看。不知是不是心理作用，反正没有明显的证据，比尔总觉得父母看到剧中明白无误的异性恋情节时，像是如释重负。电视剧播出后，他们感觉和观众亲密无间，融为一体。

电视剧评论：
《芭芭拉(和吉姆)》

　　大家一定对芭芭拉感到陌生。这位身材正点、活力无限的黑池小妮子是最近在 BBC《喜剧剧场》热播的情景喜剧的女主角。她的精彩演出风靡千家万户的客厅。你们甚至还记得吉姆，噢，就是片名中被括号残忍括起来的吉姆。他在剧中幸运地结识了在伦敦西区一个酒吧上班的芭芭拉。吉姆后来成为芭芭拉帅气而又倒霉的丈夫。两人在伦敦近郊成了家。吉姆为唐宁街 10 号的威尔逊先生工作。现如今这两个角色又被搬上了 BBC 电视连续剧的屏幕。他们一定会和上部情景喜剧一样，给广大观众留下难忘的印象。

　　我们今天评论的是一部喜剧电视连续剧，所以本不应该把或许属于更高级艺术形式的从业者牵扯进来。但是在这里，我们又不得不说，这部连续剧的编剧托尼·霍尔姆斯和比尔·戈迪纳(他俩也是《笨战友》的编剧)对剧中人物日常说话和对白节奏以及声调的把握，都极为精准。各种人物角色塑造得形象鲜明，活灵活现，堪称近些年来小说或戏剧体裁中的精品，让人联想起梅瑟斯·布莱恩、巴斯托和西利托的作品；虽然上述作家无一以写插科打诨的幽默语言见长，但不可否认霍尔姆斯先生和戈迪纳先生从前辈中获得有益的借鉴，这份名单甚至还包括雷·加尔顿、阿兰·辛普森甚至金斯利·艾米斯。

不过加尔顿和辛普森所写的关于男女关系的剧本,很少对夫妻关系作细致入微的刻画。而《汉考克的半小时》的创作者们也不敢去沃特福德以北的地域去寻觅演员。霍尔姆斯和戈迪纳这两位来自伦敦的编剧,却对苏菲·斯卓青睐有加,让她担纲女主角。原本默默无闻的苏菲,在剧中配以原汁原味的对话,正好相得益彰。她真得感谢这两位伯乐慧眼识才。不过她的表演也给予两位编剧极大回报。斯卓小姐堪称战后最具天赋的女喜剧演员。同时若没有克利弗·理查德森(他也参演过《笨战友》)功力深厚、甘当绿叶的表演,斯卓小姐也不会如此闪耀。总的来说,斯卓小姐是本剧的最大亮点,是剧中灵魂。

　　从昨晚播放的第一集来看,芭芭拉和吉姆的婚姻还不圆满,这种尴尬的状态到剧末会得到修复,就像剧中大本钟发出的令人激动、充满寓意而又滑稽的鸣声一样。另外,我们甚至还可以做这样一番推测,由于这部电视剧的播出,BBC 的董事长会收到无数道德卫道士措辞激烈的来信,要求他引咎辞职。他当然不应该辞职。《芭芭拉(和吉姆)》这样的电视剧,恰恰证明英国正走向现代。人们将会明白,他们和海峡对岸的邻居在性嗜好上并无不同,没有受过公学和名牌大学教育的普通人也能和那些精英分子一样,进行诙谐幽默的评论,如果有吉姆这样的倒霉鬼做引子的话,说不定他们的评论会更精彩。剧中男女主人公的婚姻,包含了现代英国社会值得思索的一切元素。如果没有战争和长期保守社会的禁锢,英国的民风会开化得更早一些。《芭芭拉(和吉姆)》可谓是近十年来最滑稽、最接地气、最棒的时代指南,彻底让我们摆脱了前辈束缚在我们身上的枷锁。

《泰晤士报》,1964 年 12 月 11 日

9

　　《碾压》杂志的那篇专访彻底引爆了苏菲，让她名声大噪。她又讨厌被别人发现自己在采访中撒了谎，于是就按照采访中向黛安描述过的那样，在附近街区租了一间公寓。她的新家位于肯辛顿教堂街，在德里·汤姆百货公司后面的坡上。苏菲出门步行不到十分钟，就能来到以前她上班的化妆品柜台买东西。只不过新家离阿宾顿街彼芭女装店要稍远一些。苏菲住进新家，第一天早晨在自己床上醒来后，步行前往彼芭女装店，买了一条带白色细条纹的棕色裙子。

　　玛乔丽还以为苏菲会带她一起搬家。

　　"噢，"苏菲道，"不是这样的。"

　　"为什么？"

　　"呃，"苏菲沉吟着，"那儿只有一间卧室。"

　　"可是我们现在不也是住在同一间卧室吗？"

　　"是倒是，"苏菲说，"不过我觉得现在这样住，我们都不太喜欢。"

"我是不喜欢，"玛乔丽说，"我希望你能找一个带两间卧室的公寓。"

苏菲压根没想过玛乔丽会成为一个累赘，要走到哪里都带着，一直等到她结婚成家，或在公司获得晋升，抑或也找到一部电视剧当演员。

"我们从来没说过要一直住一起。"苏菲说。

"这种事还用说吗，"玛乔丽说，"我觉得这是明摆的事。"

"不，"苏菲道，"绝对不是。"

苏菲这种斩钉截铁的语气，听起来让人很不舒服，玛乔丽不会感觉不到。

"你运气不错。"玛乔丽说。

"这个我知道。"

"我认为你没有自知之明。"

"我有。"

"其实完全是靠长相，"玛乔丽说，"老实说，我要是把你这张脸和胸剜下来，安在我身上，我也能红。就你这副腰不太好办，腰没法偷，这确实是个遗憾。"

噢，天呐，苏菲听了不寒而栗。再也不能和她在一起住了，尤其她俩合住的公寓里到处都能找到锐器。

"就是胸和脸你也偷不到。"苏菲说。

"但最起码胸和脸是实实在在的器官，和腰不一样。腰好看反而在于需要缺少点什么，对吧？"

"反正怎么说呢，"苏菲觉得两人的谈话扯得有点远了，"我知道我运气还行。"

"可是你不想让别人沾沾你的好运。"

"我们是室友,玛乔丽。我都不知道我欠你多少。"

"我觉得你是欠我不少人情。"

"我知道。"

"你当初无处落脚时,是我收留你。"

"可你也是为了能有人和你分担房租。"

"反正看任何事物都有两面性。"

运气这东西没法拿来和别人分享,不过苏菲明白,只要自己一直走运,别人就想从中分一杯羹。

"你可以再找一个人进来,"苏菲说,"这套公寓挺好的。"

"不好。"

"上班挺方便的。"

"这倒确实如此。那你马上就搬?"玛乔丽说。

"我是这么打算的,"苏菲说,"不过我可以多付一个月房租。"

"你真够大方的。"

其实苏菲只是没法迅速将她的所有物品搬出去罢了。

在苏菲黑池的家里,家具是黑色的、墙上贴着墙纸,挂着马的画作。黑色家具是她爷爷奶奶传下来的,现在肯定值不了几个钱。那几幅马的画作,是从伍尔沃斯①买的。但现在苏菲去过的人家,哪怕是那种较为殷实的小康之家,看上去也都差不多:风格古板,家里珍藏的好东西大都有些年头,在她出生之前就风行开来。苏菲来伦敦之前,喜欢看杂志上登载的那些名人豪宅:青年明星、时装设计师、歌手影星。她发现这些人都把家里的墙刷成白色的,家具风格亮丽。

---

① 廉价连锁百货商店。

现在真的只有年轻人才想把上世纪末的悲苦之风一扫而空吗？她搬到新家后，第一件事就是把墙上的棕色墙纸撕掉，再雇个人把整个屋子刷成白色。等到有了闲钱和闲时，她就四处搜罗一些东西挂在墙上。她不在乎这些东西具体是什么，但必须是红、黄、绿等鲜艳颜色，在内容上也不可以是帆船、古堡或者常见的四条腿动物之类。她还买了两把科比西埃式的椅子，几块阿富汗地毯，一张床，两包豆袋①，甚至还买了几个专门盛放通心粉的广口瓶，虽然她自己从不买通心粉，更不做通心粉。苏菲新家迎来的第一批访客是布莱恩夫妇。他们在苏菲家小酌几杯后，就领她出去吃晚餐。第一个在苏菲家过夜的是克利弗。

电视剧第一集播出后，给克利弗造成了很难堪的影射。他觉得自己有必要发起一场舆论攻势，让人觉得他和很多女孩子有过床第之欢。在这方面，他越显得轻浮随便，效果越好。克利弗是在格拉斯豪斯街一家新开业的卡巴莱夜总会的开业晚会上认识贝弗的。贝弗是个脱衣舞女。克利弗好久没来这种地方，对现场那种袒胸露乳的场面有些不太适应。他也不像过去那样喜欢这种场合。他觉得贝弗并没有觉察到他情绪上的这种变化。他怎么说也是个好演员。而且他和吉姆不一样，他没有受过那些古怪的心理精神问题的摧残。他为人靠谱，但是由于和每个女孩同居时间都不长，很少超过几周，所以他自诩的这个优点并没有通过同居女孩的口碑流传开来。这倒是对于婚姻有好处。如果他始终和同一个女孩同居，这个女孩肯定会洞悉他其实是一个依赖感很强、很被动的一个人。

---

① 一种椅子坐垫，以小球粒作为填充物。

"可不可以说,是我治愈了你?"贝弗后来有一次问克利弗。

"治愈我?"克利弗不知道贝弗这句话是什么意思。

"在《芭芭拉(和吉姆)》第一集里……"

"噢,"克利弗道,"我明白你是什么意思了。我都把剧情忘了。"

这部电视连续剧已经播放两集了,好在这两集还没涉及他婚姻上的那些缺陷。他曾强烈要求托尼和比尔在后来的剧情里,写他消除了婚姻上的那些缺陷,以便让观众对他有一个全面的认识。可是两位编剧对他的提议毫无兴趣。

"其实在电视剧的结尾,我就好了,"克利弗说,"你不记得了吗,那大本钟的钟声。"

"那钟声我真没看懂,"贝弗说,"我还以为是突然冒出来的新年钟声。"

"不是,"克利弗说,"钟声象征着剧中男女主人公在性上达到和谐满足。"

"我是没看出这一层意思,"贝弗说,"不过我挺喜欢这部剧的。我现在一到周四,就不出门。"

和贝弗一样的人还真不少。这部电视连续剧一开始有一千万观众,现在还在以每周一百万的数量递增。

"她是怎样的人?"贝弗问。

"你是说苏菲吗?她人很好。"

"你们俩应该在一起。"贝弗说。

她说这话时,语气中并不包含着幽怨,像是一个电视剧迷在评论剧情,而不是克利弗的情人。

"你真这么想?"

"是的。你能设想吗?"

"设想什么?"

"你们以后说不定会成为 BBC 的理查德·伯顿和伊丽莎白·泰勒。"

"你真这么认为?"

"我希望如此,反正现在我是和你睡在一起。"

这真是一句理直气壮的评论。

一个周五的夜晚,在第四集技术彩排结束后,克利弗带苏菲去特拉图酒店。这家酒店离苏菲的新公寓不远。克利弗告诉苏菲,斯派克·米利甘①和彼得·塞勒斯这样的大腕一直在此用餐。但那天晚上,这两个人都不在。由于餐厅里没有真正的名流,克利弗和苏菲进来后,许多人扭头看着他俩,并传来窃窃私语声。看到大家朝他们嘀咕起来,克利弗和苏菲也开始小声说起话来。

"他们小声议论,是因为我们进来吗?"苏菲问。

"我想应该是的。"

"天呐!"

"我不奇怪。"克利弗说。

"你以前见识过这种场面吗?"

"你是说演过《笨战友》之后吗?"

"这种感觉怪怪的。我们现在该怎么做?"

坐在克利弗他们后面桌子的一位女士,主动朝苏菲微笑。苏菲也朝她笑了笑。

"那就给他们提供点谈资吧。"

---

① 斯派克·米利甘(1918—2002),英国编剧、演员,与彼得·塞勒斯是老搭档。

他抓过苏菲的手握紧，深情地凝视着她。餐厅里的窃窃私语声并没有变大，因为这儿的食客都衣冠楚楚，举止文雅，但私语声比刚才更密集了，最后密集得就像非洲的灌木丛。苏菲咯咯地笑成一团。克利弗觉得很没面子。

"对不起，"苏菲说，"你真是这个意思吗？"

"嗯，"克利弗说，"我就是这个意思。"

克利弗和苏菲的恋情就这样开始了。当然两人的恋情比普通人的恋爱内容更丰富。伴着醇酒美食，苏菲觉得克利弗其实长得蛮帅的。餐后，两人牵手走在马路上。苏菲主动邀请克利弗去她的公寓。两人在苏菲家又喝了一点酒，然后走进卧室，宽衣解带。两人做爱时没有任何问题，所以以后克利弗也不介意苏菲调侃吉姆在第一集时的紧张。但再次回到片场时，两人都和以前不一样了。两人原来那种感觉找不到了。他们不能再给人们想要的那种感觉。

这部电视连续剧拍到结尾时，托尼和比尔觉得灵感枯竭。他们非常危险地想重回甘波那老套路上来。在最后一集，他们想在吉姆的唐宁街 10 号办公室再安排进一个新的女秘书。

"让我来猜猜，"克利弗看了剧本的扉页后说道，"吉姆雇了一个新秘书，芭芭拉吃醋了。"

托尼和比尔一言不发。

"噢，老天。"克利弗又惊叹道。

"一行一行读下来，你会觉得很有意思的。"比尔说。

克利弗先合上眼睛，然后睁开眼，随手翻开一页。

"不要这样，你这混蛋。"托尼说。

"如果每行都有意思……"

"没错,但你这样读,会毁掉剧本的。"

"我平时是这样做的吗?"

反正克利弗还是随口读了一句出来。

"'我都没注意到她是男人还是女人。'"

大家一片静默。

"我要不要再来一遍?'我都没注意到她是男人还是女人。'这个地方请帮个忙,"克利弗说,"告诉我怎样从这个小花招中最大限度榨出笑料。"

"不要自作聪明,克利弗。你知道这个地方不是笑点。"

"这种场景乏味透顶,"克利弗说,"你们把新来的秘书这个角色写死了。"

"你还没通读呢,怎么知道我们没有推陈出新的地方。"托尼咕哝道。

"你来评评理?"他对比尔说,"说我们没有新意。"

"我确实才看到剧本,"克利弗说,"但让我来告诉你们里面是什么内容。"

虽然克利弗说话时谁也没有搭腔,但他还是不管不顾地继续说下去。

"吉姆招了一个新秘书。芭芭拉一厢情愿地认定她有着玛丽莲·梦露的长相和芬妮·希尔①的品德。于是她找个借口直闯吉姆的办公室,结果却发现这个新秘书原来是个胖胖的主日学校老师,长着兔唇,戴着一副三英寸厚的眼镜。"

这次是更长时间的沉默。

---

① 十八世纪英国小说家约翰·克莱兰创作的情色小说《芬妮·希尔》主人公,是英国文学史上有名的荡妇。

"你是非要看到我们落到山穷水尽的地步才高兴,对吧?"托尼说。

"内容太垃圾了,"克利弗说,"你们又回到甘波的老路上了。乔治·甘波似乎每隔半个月就会出现一个新秘书。"

甘波这部剧现在就像一种病,麻疹或腮腺炎。其实写到芭芭拉开始吃醋,或者吉姆开始摆弄他那辆车时,托尼和比尔就知道剧本遇到麻烦了。

"那好吧,"比尔说,"我们不要照克利弗预期的那样写下去。我们来谈谈能让芭芭拉害怕的东西。"

"那更是老套路,"克利弗说,"丹尼斯会找来一个时髦女郎来扮演女秘书,然后——"

"你说找谁来演?"丹尼斯道。

"我不知道,"克利弗说,"反正这样的人有成千上万。"

"你说一个出来。"丹尼斯说。

"安妮·理查德兹就很漂亮。"

安妮·理查德兹是克利弗在伦敦音乐戏剧艺术学院的朋友,两人最近刚一起吃过午餐。如果能加入这个剧组,她一定会很感激的。

"我们不想要长得漂亮的,"丹尼斯说,"我们想找个能在表演上一锤定音的。"

"为什么? 长得漂亮的,能围绕她写出很多剧情。"

"芭芭拉不害怕长得漂亮的,"丹尼斯说,"我们现在的领衔主演已经是一个二十一岁的金发女郎……"

托尼和比尔皱起了眉。苏菲每次发现丹尼斯说错话,也会皱起眉。

"领衔主演?"克利弗说。

"我想说的是女主角……"

"你就是那个意思,"克利弗怒道,"我当初真不该答应加上那对该死的括号。加括号是大错特错。"

"瞧,又来了。"托尼说。

"你知道我以后的墓碑上会刻着什么吗?"克利弗说。大家对克利弗的这个问题都没有兴趣。"这儿躺着一名默默无闻的演员。他真不该同意加上那对括号。"

"放心吧,你保证活不过一年,"托尼打趣道,"我会把你谋杀掉。"

"我们已经有一位二十一岁的金发女郎做女主角,"丹尼斯说,"吉姆和她是两个类型。吉姆在白厅工作,白厅并不以……"

"不以裙摆①著称。"克利弗帮丹尼斯接过话茬。

"芭芭拉又年轻又漂亮,没孩子,爱时髦……就算吉姆被新秘书迷住,观众也不会买账的,会认为她对芭芭拉不构成威胁。"

"尤其还是克利弗从伦敦音乐戏剧艺术学院找他某位人老珠黄的前女友来演。"比尔在一旁揶揄道。

"真讨厌。"克利弗说。

"讨厌什么?"

克利弗一时语塞,久久说不出话来,结果只换来编剧们更刻薄的笑声。

"我觉得,"丹尼斯说道,"这种老套的用新秘书来展开情节,更适合那种传统婚姻和惴惴不安型的妻子。"

"年轻女孩子也有嫉妒心。"苏菲说。

---

① 此处的裙摆是双关语,既指女性,也指裙带关系。

"但观众不能理解她们嫉妒什么,这才是问题关键。"丹尼斯说。

丹尼斯喜欢这样的排练场合,因为在排练时,他可以偷偷摸摸地恭维苏菲,而别人不会发觉。

托尼和比尔一副闷闷不乐的样子。

"大家看上去现在就想收工了,"克利弗说,"我们的编剧们看来文思枯竭。"说着他站起来伸伸懒腰。

"别忘了今晚的聚会。"丹尼斯提醒大家。

他和伊迪丝今晚举行鸡尾酒会。大家都不想去参加,因为他们都很怵伊迪丝和她的朋友,也很不喜欢伊迪丝对她丈夫说话的态度。

"我们的剧本还没写好呢。"托尼道。

"你们一定要来。"丹尼斯说。

丹尼斯知道自己语气有些惊慌失措,可是如果他这帮 BBC 的朋友不来,那鸡尾酒会上就只剩下那些评论家、编辑和 BBC 三套的那些讨厌鬼。

"不会又是那种场面吧?"

"哪种场面?"

"来的全是评论家、编辑和诗人?"

"不,"丹尼斯说,"我一贯坚持只有风趣的人,才有资格来。"

不过丹尼斯能瞧出来,大伙并不相信他的话。

"我们到时会去的,"苏菲说,"我反正谁也不怵。"

苏菲说这话时,故意用挑衅的语气瞧着众人。大伙只好屈从于她的这种霸气。丹尼斯非常感激他的这些伙伴。他妻子的情人并不是每天晚上来家里——不过就算每天来,他也不知道。

克利弗和苏菲一道去参加丹尼斯的酒会。

"现在有很多伊迪丝和维隆·威特菲尔德的流言蜚语，"在去酒会的路上，克利弗对苏菲说，"你听说过吧。"

　　"听着很刺激。维隆·威特菲尔德发生什么事了？"

　　克利弗鄙夷地用鼻子哼了一声。

　　"维隆·威特菲尔德不是一个地名，他是一个人，是个评论家，播音员，作家，还有很多其他头衔。"

　　"你是怎么知道的？"苏菲问。

　　"我不知道。不是很确信。这都是谣传，但听起来很像那么回事。"

　　"不，我的意思是……你是怎么知道维隆·威特菲尔德是评论家、播音员等等？"

　　"啊，这些可不是谣传。这是你们所谓的事实。"

　　"问题是，这种事实为什么你知道，我不知道？"

　　"你对评论家和播音员不感兴趣，对吧？"

　　"他在 BBC 三套吗？"

　　"他在三套，还有《家园》栏目。"

　　"我有时也听《家园》，但只听里面的喜剧。"

　　"他算不上出色的喜剧演员。可以说毫无喜剧细胞。他可以说是最无趣的一个人了。"

　　"那我该怎么做？"

　　"什么怎么做？想见识一下维隆·威特菲尔德吗？你只要去听听 BBC 三套和《家园》节目中的某些片段，再去看看那些周刊。我不会介意的。"

　　"可能我和你这样的聪明人交谈后，才会觉得他很可笑。"

　　"噢，不，我可以告诉你，他这个人一点也不可笑。"

"你知道我是什么意思。"

"你看过电视剧《芭芭拉(和吉姆)》吗?"他边说边在空中画一个大大的括号。自从拍了这部剧后,他总爱这么做。"你会喜欢这部剧的。剧里的那个女孩在知识上非常没有安全感。"

"你为什么没去上大学?"

"可我上了戏剧学院。你为什么没上大学?"

"我不可能上大学。我十五岁就在化妆品柜台当营业员。"

"那你现在混得算是真不错了。"

"反正我觉得,"苏菲说,"丹尼斯够倒霉了。"

"谁知道呢,他说不定会一枪打死伊迪丝。"

"反正我是永远不会和维隆·威特菲尔德这种人搞到一块去的。"苏菲愁眉苦脸地说道。

这话把克利弗逗乐了。

"我刚才说什么让你这么乐?"

"你要是主动向维隆·威特菲尔德投怀送抱,那他会成为一个幸福的作家兼播音员的。"

"我才不愿意和他那种人搞出绯闻。"

"不过绯闻也有很多种。"

"我敢保证,我要是和威特菲尔德搞出绯闻,肯定和伊迪丝与他的那种绯闻不是一种类型。"

"你会吓一跳的。"

"我也许可以试一试,"她狡黠地说道,"等着瞧吧。"

"到时轮到我来办酒会。"克利弗大笑地说道。

苏菲到了丹尼斯住的公寓后,才知道克利弗刚才笑的含义。维隆·威特菲尔德和通常意义上的帅哥不搭界。他是个矮个子,戴眼镜,神情紧张。苏菲此前从未见过 BBC 三套的主持人,但现在她能明白维隆为什么能得到这份工作。奇怪的是,伊迪丝反而十分可爱。她其实一点也不性感,太瘦太冷,但她的个子高,至少比维隆高,举止优雅。她还有一个令苏菲嫉妒的长脖子。

在聚会上,她步履轻盈地走到苏菲跟前,问她要不要再添一点酒。而苏菲认识的其他人都暂时离她而去,和《笨战友》剧组里的老熟人聊天去了。

“来点红酒。”苏菲举起杯子。

“博若莱吗?”

苏菲这时觉得自己真不应该来参加这个酒会,不该认识丹尼斯,不该给 BBC 打工。自己太傻了。也许博若莱是一种红酒,也许不是。管他呢。她应该点点头,说声谢谢,伊迪丝给她倒什么,她就喝什么就行了。可是苏菲现在整个人都愣住了。

“博若莱是一种红酒,亲爱的,”伊迪丝说,“我们不会给你喝毒药的。”

苏菲后悔自己刚才应该去《笨战友》那群人中,人们会把她介绍给她不认识的其他演员,大家在一起会说“很高兴遇见你!”“祝贺啊!”“我们喜欢看你演的这部剧!”“我爱你!”可是现在伊迪丝又给她拿来一杯红酒,她只好待在原地。

“干杯!”伊迪丝和苏菲碰了一下杯。

苏菲向伊迪丝报以微笑。这时维隆·威特菲尔德信步走到她俩跟前。

“你认识维隆·威特菲尔德吗?”伊迪丝问苏菲。

“当然,久仰。”苏菲说。

维隆·威特菲尔德点点头,仿佛苏菲的回答是理所应当的,甚至有些乏味。

"苏菲在丹尼斯拍的那部电视剧里担任女主角。"伊迪丝介绍说。

"嗯，"维隆·威特菲尔德哼了一声。在他脑子里，自己才是主角，这个房间的主角；他有本事在BBC三套发表演讲。虽说苏菲现在星光逼人，拥有一千七百万观众，又上了《广播时报》的封面（和吉姆一起），但这些在他眼里统统不值一提。

"现如今人人都有台电视了。"他说这话时语气透着不屑。

"我就没有。"伊迪丝反驳他。

"那你厉害。"威特菲尔德说。

"那不是台电视吗？"苏菲指着客厅一角放着的电视问道。

"这台电视不是我的。"伊迪丝说。

她故意哼着鼻子说，以示对苏菲的话表示鄙夷。威特菲尔德也跟着用鼻子哼了一声。苏菲心里暗想，这两人有没有私情不好说，不过在哼鼻子这点上，倒是一个鼻孔出气。苏菲不知道丹尼斯在床上的本事如何，她也不想深究这个问题。但她认为丹尼斯肯定不缺乏激情和心意，而且他看上去也不像不解风情之人。

"真好笑，你有一台电视，而我没有。"苏菲说。这话确实不假。苏菲现在租的房子还没配电视。

"首先，这台电视不是我的，"伊迪丝正色道，"其次，这事有什么好笑的？"

"好笑之处在于，"维隆·威特菲尔德插话道，"苏菲没有电视，所以才能腾出时间读玛格丽特·德拉布尔①的最新作品。而我们这些人却不行。"

---

① 英国当代女作家，出生于1939年，按本书的年代背景（上世纪六十年代），彼时她还是个非常年轻的作家。故威特菲尔德此处有讥讽苏菲之意。

威特菲尔德这番话比伊迪丝否认自己房间的电视不是她的更滑稽。看来这个玛格丽特·德拉布尔肯定是个女作家,也应该不是苏菲阅读范围内的那类作家。其实苏菲头脑不笨,但这些人总想让她变笨。他们总想恐吓她,进而麻痹她的大脑。

"我从未读过玛格丽特·德拉布尔。"苏菲说。这个句式几分钟前苏菲还在告诫自己不要在今晚这种场合再次使用,但现在却脱口而出。维隆·威特菲尔德和伊迪丝咯咯地笑了起来。

等到第二天午餐时,新的剧情就正式敲定了,原来的"新秘书"改为"新同事"。剧组中所有人,包括丹尼斯在内,都热火朝天地加入到讨论中来。讨论是在丹尼斯家街角边哈默史密斯写字楼内的一家酒吧进行的。在前一天的酒会上,丹尼斯中途离开了。当天夜深回家后,他正式向伊迪丝宣告两人婚姻结束。他告诉伊迪丝,已经知道她和威特菲尔德的婚外情,并告诉伊迪丝自己现在不爱她了,请她离开。伊迪丝惊讶万分,又窘又恼,不过最后还是离开了。和伊迪丝摊牌后,丹尼斯大醉一场,但他心里确信,这种做法丝毫无损自己的荣誉和尊严。

"新同事"这个剧情被设定为一场复仇之作,是对伊迪丝的复仇,报复她对丹尼斯和苏菲犯下的罪行,同时也是对广大英国中产阶级的复仇,报复他们对托尼和比尔的不公,虽然这些不公之举并没有具体事例来支撑。吉姆邀请新同事来家里做客。这位女士名叫埃德温娜,和唐宁街10号新延揽的那位内阁成员同名。埃德温娜是个社会主义者兼女才子。她既觉得芭芭拉令人生畏,又觉得她好玩,总想在芭芭拉面前表现出高人一等的架势。她还直白地认定芭芭拉和吉姆的婚姻不会长久,并暗示自己会填补他们婚姻的空缺。在三十分钟的表演中,芭芭拉不停地摇铃叫埃德温娜。一开始这让吉姆不胜其烦,到后来却令他心生大喜。无论埃德温娜在政治、艺术或宗教上持有何种立场,芭芭拉都针锋相对。当然芭芭拉懂的东西确实没有埃德温娜多,但埃德温娜的脑子并不灵光。她的蓝袜子①里装的都是一些未曾检验过的各种主观臆断,还有两条瘦削的大长腿(丹尼斯就爱挑这些脸蛋好看、个子高挑的女孩子)。埃德温娜第二天就提出辞职,转而为保守党效力——这让作为托利党拥趸的芭芭拉心烦意乱。这样一个剧情在评论家中引起两极分化。不过就算那些不喜欢该剧情的评论家,也不相信芭芭拉的脑速。这种看法真是一针见血。

拍摄结束后,最后一次卸妆时,苏菲的心里感受到一阵剧烈的悸动,有点类似乡愁。此前已经有人告诉他们,BBC 想让他们再拍一部电视连续剧,不过要等到几个月之后。而仅仅拍完平生第一部电视连续剧的最后一集,苏菲就已经明白她这辈子真正的最后一集总有一天会到来。她不知道自己到时能不能承受这种痛苦。就算到那时,她对拍电视剧已经厌倦了,那也会痛苦,只不过是另外一种痛苦罢了。她想永远保持现在这样的状态。她这个人总是不停地改变心愿:不是这样,也不完全是那样……她总是期盼着时间刚刚才过星期一,接下来还有一周的排练在等着她,然后是录制。这才是她想要的状态。她担心现在就是一生中最幸福的阶段。可惜这一阶段快结束了。她去找克利弗,带他回家,给他做吃的,然后两人做爱。但这毕竟不是工作。

---

① 蓝袜子在英语中通常是指女才子、女学者,此处一语双关。

《芭芭拉(和吉姆)》第二部

10

如果苏菲请人为她量身打造悲惨的几个月，就是为了让她感激《芭芭拉（和吉姆）》以及所有那些痛骂她的人，那无疑布莱恩是最合适的人选。他告诉苏菲，好莱坞想请她出演影片。苏菲不相信，布莱恩就把一个名叫《九点》的剧本拿给她看。苏菲读了剧本，却没看懂，于是给布莱恩打电话。她每次拿起话筒，拨号后才发现自己忘记投币了。

"首先，"她在电话里说道，"九点是什么意思？"

"就和巴卡拉一样。"

"巴卡拉我也不知道是什么东西，你得重新换个比方。"

"希米。"

"还是不懂，再换一个。"

"就是一种人们在赌场玩的纸牌。"

"没人知道赌场是什么样子。"

"人们肯定懂，宝贝。现在赌场都合法化了。你有时太天真了。"

"我从未去过赌场。"

"你当然没去过。"

"我敢打赌,托尼和比尔也没去过。"

"你干吗要管托尼和比尔去没去过?他们是 BBC 的编剧。他们啥也没做过。"

托尼和比尔肯定写不出《九点》这种剧本。他们太关注现实题材,关注每一幕之间环环相扣。而这个剧本好比是从你家食品储藏间拿出的食材,必须在过期前赶紧把它们做成菜:威尔士山区,赌场,金发大胸美女。

"他们说不定也去过赌场。他们俩财运不错。"苏菲说。

"他俩写不出那种赚钱的商业剧。"

"我刚才是拿他和普通的英国人相比,和那些在商店上班,在北方生活的人相比。"

"呃,我不知道,"布莱恩说,"咱们干吗要这么担心托尼和比尔。"

"他俩难道不能算是普通观众吗?如果这部片子只是拍给玩过九点这种纸牌的人看,那它不会是一部好片子。"

"胡扯。克罗克福德赌场每个周五都挤满了人。"

苏菲只好屈服。

"另外,你觉得这个剧本写得怎么样?"布莱恩问。

"写得糟糕透顶。"

"他们也知道剧本不好,正在让约翰·奥斯本改剧本。奥斯本正往你演的角色里塞大量的笑话。"

"他能自圆其说,向观众解释为什么影片最后这伙人在威尔士山区枪战吗?"

"因为里面写到这伙人上山了，苏菲。而无论在巴黎还是在伦敦，都没有那么大的山，就这么简单。你还有什么不明白的？"

苏菲知道这不是一个值得浪费时间讨论的好剧本。对于这种剧本，要么接，要么不接。除此之外，她也没其他可做的。片酬很丰厚，布莱恩对此很兴奋。如果苏菲想在女明星的道路上走下去，这种片子就该接，布莱恩心想。她现在离比基尼女郎或海报女郎就一步之遥，世界是属于她的。至于克利弗，他是不会介意苏菲消失于威尔士山区一段时间的。

"你如果不想让我去，我就不去。"

"我干吗不想让你去。"

"因为你舍不得我啊。"

"我会去威尔士探班。"

"你真的会去吗？"

"当然。"

"我能请你帮个忙吗？"

"只要你开口。"

"我不在的时候，你能帮我喂布兰多吗？"

布兰多是一只暹罗猫，是黑池一家自视甚高的宠物店赠给苏菲的。宠物店专门用一辆轻型卡车将猫送到 BBC，并且卡车司机说什么也不同意将猫运回去。

"非常乐意。你走后我的心依然和你在一起。"

结果克利弗并没有去威尔士看望苏菲。他也没有喂那只猫。等苏菲回来后，猫已经跑了。事实证明，约翰·奥斯本无法胜任修改剧本的工作。苏菲倒是建议托尼和比尔来代替他，但美方制片人对这个提议不感兴趣。最后，一位曾为迪恩·马丁①的电影写过剧本的编剧接了这个活。他为苏菲的角色设计了三个笑话。但是其中两个在开拍前就被毙了。另一个在后期剪辑时也被删了。苏菲恨死这个导演。

不过苏菲对男主演，一个名叫约翰尼·索洛的流行乐手倒是颇为中意。苏菲估计索洛大概也是个艺名。这人长得很帅，魅力四射。在他们下榻的宾馆，索洛对苏菲展开了追求。苏菲也找不到回避索洛追求的理由，于是也听之任之。况且苏菲也不像是有男朋友的样子。索洛的演技蹩脚，英语说得也不好。在大多数拍摄时间里，苏菲频频示意停下来，因为那位法国男歌手的美式口音听得太吃力。糟糕的剧本，糟糕的导演，糟糕的男主角，全凑到一起了。苏菲绝望得都没有心思考虑自己该如何演。这反而成了一桩幸事。

克利弗直到苏菲回到原来剧组，准备正式排练前几天，才打来一个电话。

"你这阵子跑哪去了?"苏菲问。

"我跑哪去了? 我哪儿也没去。你看看你，衣冠不整地在威尔士山区闲荡，和一个叫约翰尼的老外调情。"

"你要是来威尔士，你也会跟人调情。"

"谁会大老远去威尔士调情? 况且还是调二手情。"

苏菲不想和克利弗纠缠什么是二手情，她也不想和克利弗谈约翰尼。

"那你这阵子在忙什么?"

① 迪恩·马丁(1917—1995)，美国著名影视演员。

160

"噢，不说你也能猜到，"克利弗用漫不经心的口气说，"思考，阅读，规划未来。"

苏菲希望克利弗做的是三种其他的事，比如说太空探险、针线活或采矿。他不是个思考者、阅读者，也不是规划师。

"去泡妞了吗？"

"噢，看在上帝分上。"

"看在上帝分上，和没有去，是两回事。"

不过苏菲好像律己也不严。她既然没有对那个叫约翰尼的老外说不，又有什么资格和权利对克利弗的所作所为说三道四呢。不过如果克利弗当初来威尔士看她，她可能就会拒绝约翰尼的追求。

"我打电话是想约你出来吃饭。"克利弗最后说道。两人也没有进一步讨论"看在上帝分上"这句话到底有什么深意。

苏菲在电话那头耸耸肩，可惜克利弗见不到，所以最后她只好同意了。

两人在特拉图酒店又爆发了一次争执。这次吵得很厉害。克利弗指责苏菲耽于资产阶级情调，或者大概就是这个意思，还聊了一大堆诸如订婚戒指、生儿育女等苏菲不感兴趣的话题。克利弗情绪激动，以致苏菲觉得他这是在用一种笨拙的方式向她求婚。苏菲问克利弗和其他女孩子的交往情况，克利弗闪烁其词，苏菲说她无所谓。克利弗问苏菲和约翰尼的交往，苏菲也闪烁其词。在回家的路上，克利弗没有理苏菲。那天晚上，他也没有在苏菲家过夜。

托尼在特拉图里亚·特拉萨酒店的波斯塔诺厅订了一桌，准备庆祝自己的结婚周年纪念。这次活动主要是比尔的主意。

"是罗密里街那个地方吗？我还从未去过那儿。那里不是他们经常光顾的地方吗？迈克尔·凯恩，简·诗琳普顿①这种人？"

"应该说是我们经常去的地方，而不是他们。"比尔纠正道。

"你说的我们是指谁？"

"你和我，迈克尔·凯恩，简·诗琳普顿，我们是一类人。"

"别扯了。"托尼说。

"人们现在都知道我们。"

"你说的是 BBC 合同部里那几个人吧，最多外加几个评论员。我们充其量不过是电视剧编剧而已，不要自我抬高了。"

"这就足以让我们在那种地方占据一席之地。"

"反正我不主动打电话过去，说我是什么著名编剧之类，让他们给我留桌子。"

"那让希泽尔来做好了。"

希泽尔是他们新雇的女秘书。自从《芭芭拉（和吉姆）》热播以来，他们办公室的电话就没停过。绝大多数都是来提供工作机会的。于是他们专门雇了希泽尔来接电话。希泽尔每天接电话大概只花半小时的时间，托尼和比尔不知道其他时间该给她找什么活来干。和希泽尔同处一室，他们也无法工作，于是他们又搬回咖啡厅里。

"这管用吗？"

"她会说你是大名鼎鼎的编剧，他们会买账的。"

"可要是我去了之后，他们不认得我，那就尴尬了。"

"你准备哪一天晚上去？"比尔问。

"我们结婚纪念日是下周二，但我打算这个周六带她去。"

---

① 迈克尔·凯恩，出生于 1933 年，英国著名演员，曾获全球奖、奥斯卡奖。简·诗琳普顿，出生于 1942 年，是上世纪六十年代风靡英国的传奇超模。两位是当之无愧的名流大咖。

"哦。"

"怎么啦?"

"你现在的名气还抢不到周六晚上的风头。还是周二带她去吧,那样更好些。"

可是在波斯塔诺厅,周二晚上也不缺名人。当托尼和琼在等候座位时,特伦斯·斯坦普①径直望着他俩。托尼有些不知所措。

米克·贾格尔在波斯塔诺厅

"我们要不去别的地方吧?"

琼忐忑地看着托尼说。

"为什么?"

---

① 特伦斯·斯坦普,出生于 1938 年,英国著名影星,彼时正与简·诗琳普顿热恋。

"刚才特伦斯·斯坦普在看我。"

"他愿意看就看呗。"

"他心里一定在想,是谁放他俩进来的?这两个家伙既不漂亮又不出名。"

"承蒙谬奖。"

琼笑了。托尼好像对琼的生气从不在意,或者有时主动找骂,过后又安之若素。两人的婚姻到现在居然已经维系了一百个星期,真是个奇迹。在琼看来,两人的婚姻就算不主动去招惹是非,麻烦也已经够多了。她一有机会就爱没来由地羞辱托尼一番。

这时一个穿着短袖条纹水手衫的意大利男侍者将他俩带到大厅边缘的一张桌子旁。这个男侍者相貌堂堂,黝黑健美的皮肤露在外面。离他们餐桌最近的桌子旁坐着两个初涉社交圈的女孩。两人长得都很漂亮,谁也不说话,也不用餐,只是抽着又细又长的香烟。琼故意竭力不去望她俩细长的大腿和短裙。

"我们应该点小牛膝。"两人翻看菜单时托尼说。

"谁给的建议?"

"比尔。"

"他带谁来这里用餐?"

"我不知道。"

他当初干吗不问问比尔呢?如果问了,他就可以了解比尔在办公室、排练厅、工作室之外的生活情况。

"你觉得比尔过得快活吗?"

琼和托尼一样,对比尔的私生活不太了解。

"他看上去还不错。"

"你干吗不问问他那方面的事情?"

164

"我们男人之间不聊那个。"

"那你平时和他聊什么?"

托尼想了想,还真想不起来除了讨论手头忙活的剧本,他和比尔平时还聊过什么。比尔倒是每次都问问琼的情况,但他却从未问过比尔的私生活。他害怕比尔可能会告诉他某些事情。

"瞧,他有没有女朋友这种事,你们都没聊过?"

琼做了个鬼脸。

"你说什么?"

"得了,我没那么幼稚。我当然知道他没有女朋友。"

"你真的知道吗?"

"是的。不过我知道他不是伪娘。你们都不是。"

"我当然不是。"

"你是说因为你结婚了吗?"

那位皮肤黝黑健美的侍者又走过来。托尼和琼这次果真点了烤小牛膝配甜瓜。托尼还让侍者推荐一款葡萄酒。他甚至还想问他用什么须后润肤水,但最后还是打住了,因为这最后一个问题会引起琼误解。

"我们在有些事情上还是有共同点的。"琼等侍者走后说道。

"你是指什么?"

"就是他。"

"这个男招待? 真的吗?"

"千真万确。不过如果把我换作你,我也会犯同样错误。"

"不是……不会是同样错误。不过也有可能。但我需要了解他更多一些。"

"哦,又是老套的说辞。"

琼大笑道。托尼有些不知所措。

"其实我也搞不清自己是什么样的人。"

琼盯着托尼。

"真的吗?"

"是的。我以前以为自己知道自己,后来就遇到你,现在我反而不知道自己了。"

"老天。那么……好吧,我也糊涂了。"

"你以前觉得我是……"

"一开始不这么觉得。但后来……呃,我长话短说吧。"

两人之间一阵尴尬的沉默。

"我能问你一个问题吗?"

"唉,天呐。"

托尼苦笑道。但他的笑声并没有让琼打消念头。

"你……呃,你有没有涉足那方面的事?"

"没有。"托尼这次斩钉截铁地答道。接着他想起在奥尔德肖特发生的那件事。为了给自己刚才的话增加点底气,就补充一句:"没有动真格地做过。"

"什么叫没动真格?"

"我当时有那方面的倾向。那时在服兵役,后来遇到麻烦,最后什么也没发生。"

"哦,所以那件事对你后来的生活影响很大?"

托尼当初努力不去想自己以后的生活。他脑海中有时会闪过一些将来生活的画面。这些一闪而过的画面,让他感到不舒服,因为画面内容暗示痛苦跌宕的可能性,这不是他想要的。

"我不知道。我希望的是……我希望未来尽可能平安无事。我是指那方面平安无事。但现在看,那方面开始有事了。"

"谢谢你。"琼说。

"谢我什么?"

"谢谢你对我说了这么多,都是些有用的话。"

"我也要谢谢你。"

"你谢我什么?"

"你一直对我这么耐心,这么和善,充满柔情蜜意。不知道你为什么对我这么好。"

"因为我爱你。"琼耸耸肩笑着说。她的笑容并不显得凄凉,而是传递出复杂的情感。

"我也爱你。"

两人相互之间这种甜言蜜语听起来确实符合结婚纪念日这种场合。但他们说的并不仅仅是应景的话。两人还碰了杯。

"性这个玩意,还真是有意思,"琼说,"它就像一杯水那样不起眼,就像从车上掉下来一个配件,花上几便士就能配上一个。非常不起眼。但若是没有它,其他事也玩不转。"

那位皮肤黝黑、身上散发好闻气味的侍者端来他们刚才点的甜瓜。

"我们用什么吃?"托尼问,"用勺子吗?"

"应该是吧。"

"我以前从未吃过这东西,"托尼道,"真该死。"

"为什么这么说?"

"我也不知道。这些本该吃过的东西,我都没吃过。"

"我也没吃过。"

"总得有原因吧。"

琼大笑起来。

"这有点像《汤姆·琼斯》里用餐的一幕，"她说，"你还记得吗？阿尔伯特·芬尼和苏珊娜·约克演的吧？"

"不是苏珊娜演的，是一个叫乔伊丝什么来着。"

"乔伊丝·莱德曼。"琼说。

"对，乔伊丝·莱德曼。"托尼也想起来了。

他们一旦抓住生活中让发动机启动起来的小玩意，美好的生活对他们来说并不是件遥远的事。托尼刚才记起那个演员名字叫乔伊丝，不是苏珊娜·约克，而琼记得乔伊丝的姓，两人配合默契。这要是再过四十年，他们会是一对伟大的夫妻。

"芭芭拉和吉姆的结婚周年纪念日是哪一天？"琼问。

琼这么问说明这部电视连续剧一直占据在她心头。这让托尼怎么能不高兴。

"我不知道。"

"你应该给他们选个日子。"

"哦，"托尼说，"我明白你的意思。"

"剧本还没写到他们生儿育女吧？"

"天呐，"托尼大笑道，"我和比尔当初怎么没往那方面去想？我要亲亲你。"

"男人一般说这话时，说明他并不真想亲，"琼说，"一般都是老秘书做了一件聪明事，或者是某位清洁工替他找到眼镜。"琼调侃道。

"我可真要亲你。"托尼说。

两人回家后又喝了一杯。然后经过一番言语上的鼓励，不自然的嬉笑，再外加一点点憧憬，他们终于做成了一次。这次性生活的成功，不能保证以后也成功，毕竟这次是酒精、情欲等各种因素凑在一起诞生的化学反应。但这次成功也不能说全无用处。等琼熟睡后，托尼想到了他们这么多年也没谈过要小孩。他脑海里压根没想过自己还能生儿育女。

七月的一天下午,丹尼斯给托尼和比尔打电话,告诉他们注意收看当天晚上的《喜剧剧场》。

"播什么呀?"

"片名叫《至死方休》。"

"该死。"比尔说。

"怎么了?"

"这么聪明的片名,我们当初怎么没想出来?"

"这部剧拍得确实好,"丹尼斯说,"我在录制现场看了。是一个名字也叫丹尼斯的家伙拍的。他邀请我去的。他很得意自己这部作品。"

"看了会让我们郁闷吗?"比尔说。

"这部剧拍得很滑稽。"丹尼斯说。

"我说的正是这个意思,"比尔说,"越滑稽越会让我郁闷。"

"我们的剧也很滑稽,"丹尼斯说,"但我们滑稽的地方,和他们的不一样。"

"比他们好还是差?"比尔问。

"不一样,"丹尼斯语气坚定地说,"不过他们要想将这部剧改编成电视连续剧可不容易,斯隆明显讨厌这部剧。"

"为什么?"

"太具颠覆性。"

听到这里,比尔确信这部剧注定会令他感到郁闷了。

169

托尼和比尔在托尼家一起观看这部剧。琼给他们做了香肠和土豆泥。他们将餐盘放在大腿上，边吃边看。这部剧讲的是伦敦东区一个工人拉姆塞一家；阿尔夫是个码头工人，支持保守党，满嘴讲着BBC所能容忍的脏话，对黑人、犹太人以及其他非英国籍或非白人的人群都抱有偏见，崇拜丘吉尔，热爱君主制。这种角色以前从未上过电视。当阿尔夫那个来自利物浦的女婿在剧中出现时，比尔怒吼起来。

《至死方休》角色

　　"他们和我们的创意一模一样。"

　　"就因为这个人也来自北方？"托尼说。

　　"这个人和芭芭拉好像不是同一个类型。"琼说。

　　"他们俩来自不同的地方。"托尼说。

170

"果然一模一样!"比尔说,"这儿演的都是我们想到的。"

"是啊,"托尼说,"我们真厉害,居然能捕捉来自别的地方某人的脑电波。"

"你们没有,"琼说,"是苏菲有这本事。她来自外地,所以贡献了这个创意。"

"我们大家现在能不能闭上嘴?"比尔说,"我想听电视里的话。"

《至死方休》拍得精彩,不事雕琢,令人耳目一新又接地气。托尼和琼非常喜欢这部剧。但看到结尾播放摄制人员名单时,比尔郁闷得快说不出话来。

"我们完了。"他最后垂头丧气地说道。

"为什么我们完了?"

"他们先行一步。当初要是我们先拍,我们就出名了。现在我们什么都不是。"

琼大笑起来。

"这部剧现在连电视连续剧都不是;将来说不定也拍不成连续剧。你们比它领先太多。观众都喜欢看《芭芭拉(和吉姆)》。"

"噢,观众,"比尔说,"我说的可不是观众。"

"那我们说的是谁?"托尼反问,"是说评论家们吗?"

"只要有观众看,你们就不会完,"琼说,"事情就是这样。"

"我们为什么不把剧情也设置在一个普通工人家庭?我们都是普通工薪阶层出身。"

"那样太可怕了,"托尼说,"如果拍成电视剧,我一周都不想看一次,更不用说天天写这种剧本。"

"《芭芭拉(和吉姆)》这部电视剧的精髓就在于芭芭拉和吉姆来自不同阶级,"琼说,"这才是全局的笑点所在。"

"那结尾为什么要写芭芭拉搬到吉姆家?"比尔说,"为什么不能写成吉姆搬到芭芭拉那里?"

"吉姆干吗要搬过去?"托尼道,"芭芭拉搬过去不是更合理吗?人们但凡遇到这种情况,会如何选择? 大家都不想在那种平庸的地方生活,比尔,他们受够了那种地方。"

"芭芭拉家还在黑池,"琼说,"我想象不出在唐宁街 10 号上班的人,每天回黑池。"

"那我们当初干吗把吉姆写在唐宁街 10 号上班?"

"那你的意思是,我们压根写了一个错误的剧本。"托尼道。

"是的。"

"英国观众每周追看的电视连续剧……"

"这部电视剧还捧红了苏菲……"琼说。

"这部给你带来体面薪水的电视剧……现在被你说得居然一无是处?"

"据丹尼斯说,汤姆·斯隆不喜欢《至死方休》,"比尔说,"为什么我们写的剧本他都不讨厌呢?"

"难道你想要那样吗? 想让大老板讨厌你写的东西?"

"是的,"比尔说,"我就想那样。"

托尼开始明白,他和比尔想要的东西也许不一样,此前他从来没有过这种念头。

"那么,"当他们再次聚首讨论第二部电视连续剧时,丹尼斯说。"我们现在工作进展到什么地步?"

重新见到这些老伙伴,丹尼斯打心眼里感到高兴。在见到他们之前,他一直感到孤独,不喜欢自己手头制作的其他节目。他想念苏

172

菲。苏菲不在他身边的日子,她在丹尼斯心目中幻化成女神,介于海伦和阿弗洛狄特之间。这次当他再次见到苏菲时,他觉得过去真是一直小看她了。

"呃,"克利弗先开腔了,"苏菲和一个法国流行歌手睡到一起去了。"

"克利弗见谁和谁睡。"苏菲反唇相讥。

两人都挂着讥讽的笑容。

"噢,老天。"比尔惊呼道。

"你们在胡说什么?"丹尼斯急了。

他既摸不着头脑,又无比震惊。他不希望苏菲在外边乱搞,更不要说和什么法国流行歌手搞到一起。

"都是你犯贱引起的,对吧?"比尔对克利弗说。

"我?"克利弗愤怒地嚷道,"我犯了什么贱?"

"噢,真该死。"托尼在一旁说道。

丹尼斯现在发现,自己是这个房间里唯一一个不知情者。

"我错过什么事情了吗?"他问道。

"那当然,"比尔装作阿加莎·克里斯蒂探案剧大结局时侦探惯用的口吻说,"他们两个——"他指着克利弗和苏菲,"当时都在现场。除非克利弗一度和某人不在现场,才有可能出问题。反正有什么不好的结果,我们来处理。"

原来如此,丹尼斯心想。克利弗和苏菲早晚会睡到一起。他自己不这么认为,才是傻子呢。他深吸一口气,把注意力从克利弗和苏菲的绯闻转回到手头的工作中。毕竟他是制片人,不是昏头昏脑的恋爱中人。

"你要不要跟他们说说约翰尼的事? 还是我来说?"克利弗对苏

菲道。

"就是那个法国流行歌手吗?"比尔问,"你刚才不是才说过他吗?"

"不会造成什么不良后果,"苏菲道,"我们都是职业演员。"

克利弗没吭声。

"克利弗你呢?"丹尼斯问,"你职业吗?"

"我当然很职业。"克利弗阴郁地答道。

"那就好,"丹尼斯说,"我们现在可以谈工作了吧?"

"在读剧本前,我可以说两句吗?"苏菲道。

比尔做了一个"请"的手势。

"是这样,我不想谈结婚生孩子的事。"

"我们没有要你谈,"比尔说,"我们让剧中人物芭芭拉谈。你是什么意思?"

"结婚生孩子是很重大的事。"苏菲说。

"这话我赞成。"克利弗在一旁讥讽道。

"我记得以前和你说过,不过再说一遍也无妨,"比尔说,"这些都是虚构人物,在剧情里他们结婚了。在现实生活中,你们没结婚,我们也不要求你们真要有个宝宝。"

"即使在剧情里,也不需要什么宝宝,"托尼说,"只是要求他们谈论一下。他们结婚一年了,但两人却都没流露出一丁点儿生儿育女的意思。"

"过去让我演父亲的角色,我就拒绝过,"克利弗说,"这对我完全是陌生的。"

"我知道以前让你演你不演,"比尔说,"但这些都是虚构的人物,在……"

"我就算成为一个虚构的父亲,对虚构的孩子也要实打实地尽职尽责。"克利弗说。

"啊,"托尼道,"我们的理解和你不同。我不知道是谁跟你说的,但你这种认识是不对的。演员对电视喜剧剧本里的亲属不必尽法律责任。"

"我知道你们在心里骂我是个白痴,"克利弗说,"但是混淆戏里戏外的人不是我,是观众。人们已经开始有传言了。如果把吉姆演成父亲,那传言就更多了。"

"什么传言?"

"他们说……"克利弗神经紧张地瞟了一眼苏菲,"他们都认为我应该和芭芭拉成家。"

"什么时候?"

"就是不演戏的时候。"

其他人都饶有兴趣地看着克利弗。

"人们到底说了些什么?"

"噢,就是这种话'我要去告诉芭芭拉'之类的。我们不演戏的时候,他们还是一直在说。"

"你听到这些传言时,正在干什么?"苏菲敏感地问道。

"没干什么,就是正在和几个同事吃饭罢了。"

"我们不就是你的同事吗?"

"我指的是演员圈里的朋友。"

"我不明白,"苏菲说,"你是在酒吧里……"

"只是打个比方。"克利弗说。

"……和另一个演员同行喝酒时……"她说得断断续续,但克利弗并没有帮她接话,"人们说要去告诉芭芭拉? 他们为什么要那样说？"

"有必要对这些风言风语这么在意吗？"托尼道。

"我不喜欢这些闲话，"克利弗说，"这些传言令我的同事们感到尴尬。"

"这些家伙，就爱站在那儿边喝酒边扯这些东西。"

"我倒是在想，"比尔摸着下巴若有所思地说，"人们要是知道你和演芭芭拉的演员发生过关系，事情会不会变得更乱。"

"人们还不知道呢。"

"大家现在很可能都知道了。"苏菲说。

"现在所有的人都在热议我的性生活。"

"我知道这的确给你带来困扰，"比尔说，"所以如果你不在乎芭芭拉是否知道你有外遇，那他们说要去告诉芭芭拉，你也就无所谓了。"

"没有什么是芭芭拉需要知道的。"克利弗说。

"那还不是因为你什么都不想跟她说。"苏菲说。

"我的意思是说，由于有了这样一部热播的电视连续剧，所以这种话才会传开，"克利弗说，"我本人并不想让情况变得更糟，要不我离开剧组怎么样？"

"你说这话是以吉姆身份还是克利弗身份？"

"当然是克利弗的身份，傻瓜。"

"你要是走了，我们这部电视剧就没法再叫《芭芭拉（和吉姆）》了。"比尔说。

"这是我从你那里听到的最喜欢的一句话。"

"那就直接叫《芭芭拉》得了。"苏菲道。她无论何时都不忘记开这种玩笑。

"这个正是我所担心的，"克利弗说，"如果我抛弃芭芭拉和孩子们，我哪儿也去不成。走在大街上，都会遭人唾骂。"

"那么你呢，苏菲？"丹尼斯说，"你为什么也不想要孩子？"

"我想倒是想，"苏菲说，"我只是不想孩子和他在一起。"

"可是你在和他结婚前就本该想到这一点。"克利弗说。

丹尼斯突然明白，比尔那个玩笑不管用了。芭芭拉和吉姆现在已经不单纯是虚构出来的人物。他们的形象深入人心，具有很高的公众知名度，以至于他们已经被观众当作真人真事。他俩现在需要呵护和引导。丹尼斯打算试着尝试一下，毕竟他家里只有他一个人，不必有什么顾虑。他希望别人也这么想。

这部新连续剧大多数的剧集都是男女主人公的对手戏，编剧、剧组人员和评论界人士似乎都喜欢这种套路。"结婚周年纪念"那场戏安排在一个时尚餐厅里。托尼和别人还特地旁出斜枝地写了邻座一对老夫妻吃到最后不欢而散，大吵一架，将婚姻中的怨恚和苦水倾诉出来，让坐在一旁的芭芭拉和吉姆大为惊愕。最后当妻子雨点般的拳头即将砸在丈夫脑袋上时，吉姆将这对老夫妻分开了。

星期三上午，当丹尼斯来上班时，和他事先约好的两位演员坐在排练室外面，脸上都是忐忑不安的表情。男演员戴着蝶形领结，女演员戴着一顶像是从玛丽·璧克馥①那里借来的帽子。两人都充满了期待，并且都隐瞒了岁数。丹尼斯之前特地交代，要求物色一对六十多岁的演员，男方最好刚刚退休不久，而女方保养很好，还积极活跃在妇女协会。丹尼斯要的是这样的效果。而现在眼前的这两位，活像是从老人院被赶出来的。如果照剧本写的那么演，接下来两人爆

---

① 玛丽·璧克馥(1892—1979)，美国早期电影明星，默片时代最有名的女演员之一，有"美国甜心"和"世界情人"之称。

发的激烈争吵,最后非闹出人命不可。

"请问这是《芭芭拉(和吉姆)》剧组吗?"男的满怀希望地问。

他的声音响亮悦耳,如果他系的蝶形领结会说话的话,一定也是这副腔调。

"是的,"丹尼斯说,"反正找我算是找对人了。不知道其他人都去哪儿了。"

他们走进排练厅。丹尼斯烧点开水,达尔茜和阿尔弗雷德窸窸窣窣地脱掉大衣和手套,开始看剧本。他们的穿着和他们的名字一样,透着一股樟脑球味,泛着爱德华时代的暮气。

"我们很喜欢这个剧本。"达尔茜说。

"昨晚在床上时,我们还大声朗读一番呢。"阿尔弗雷德说。

丹尼斯被这句话说愣住了。

"啊,"他说,"你们是夫妻?"

"看来人们都把我们给忘了。"达尔茜伤心地对阿尔弗雷德说。

"这个年轻人压根不知道我们俩,"阿尔弗雷德说,"我们结婚已经有五十年了。"

"你今年多大,小伙子?"达尔茜问丹尼斯。

"我二十九。"

"那就难怪了。"达尔茜对阿尔弗雷德说。

"去问问你的妈妈。"阿尔弗雷德说。

"好的。"丹尼斯说。他明白现在再用疑问口吻不太明智。

"编剧一会儿会来剧组吗?"达尔茜问,"我们有一些建议。"

"很好,"丹尼斯说,"我保证他们会洗耳恭听的。"

他们来晚真是做对了。

一个小时后,比尔和托尼才带着新修改的剧本姗姗来迟。这一个小时的时间,令丹尼斯回忆起战时和祖父、祖母在诺福克度过的那个潮热的夏天。

"有谁来应聘?"托尼问。

"我们是达尔茜和阿尔弗雷德。"达尔茜满面笑容地自我介绍道。

"你们是搭档吗?"

达尔茜的笑容消失了。

"呃,是这样。"阿尔弗雷德说。他故意长时间停顿一下。但显然在这种情形下,做一番解释是必须的。"我们是夫妻。"

"挺好的。"比尔说。

达尔茜安慰性地按了按丈夫的手。

"不要紧。"

"一群拍电视的。"阿尔弗雷德沉着脸说。

托尼用费解的眼神看了一眼丹尼斯。可是丹尼斯实在想不出办法,能不借助语言就告诉托尼阿尔弗雷德和达尔茜这对夫妇可能在二战期间红极一时,两人结婚可能还引起全国性的轰动。

"我们有一些建议给你们,"阿尔弗雷德对托尼和比尔说,"不过都不是什么大问题。"

"你们不妨把它们当作外界的评论。"达尔茜说。

"如果我们对你们的建议不加理会,你们会介意吗?"

达尔茜被这话惊得张大嘴巴,一只手扣在嘴前。

苏菲和克利弗是最后进来的。

"我们来晚不是因为不职业,"苏菲对阿尔弗雷德和达尔茜解释道,"因为我们知道剧本也会迟到。"

"我们十分钦佩你的演技。"阿尔弗雷德说。

他面带微笑、满怀期待地看着苏菲。苏菲也笑着向阿尔弗雷德表示感谢。但苏菲也顺理成章地扯了一些别的话题，反正绝对想不起来要告诉阿尔弗雷德和达尔茜，这些年来两位一直是她的精神偶像，以回赠阿尔弗雷德刚才对她的美言。苏菲的话无疑对这对伉俪又是一场打击，引来两人再次按手安慰。

"我们还在工作，事情就是这样。"达尔茜说。

"我们也还在一起。"阿尔弗雷德说。

"我们都看见了，"克利弗说，"这样很美满。"

克利弗环视四周看了看其他人，想看看他们是不是也想像这对前辈那样坚持下去。这对夫妇长久的婚姻和演艺生涯好像把他们这些年轻人都吓了一跳。

"那我们开始工作吧？"丹尼斯说。

大家大声朗读着剧本。剧本里的字被他们声情并茂地演绎后，变得悦耳动听。虽然阿尔弗雷德读得有点走调，近乎吼叫，但达尔茜的表现却出人意料地好。她为人机智而低调。托尼和比尔最后给她加了点戏。

在排练中，芭芭拉和吉姆一下子就变成了主角，他们的婚姻也成为唯一引人注意的，其他的细枝末节的情节都退却了。克利弗变得聪明友善而沉稳，苏菲沐浴在爱情中也变得自信可靠。丹尼斯喜欢现在剧组里的这些人，托尼也喜欢现在这种单纯直接的氛围。达尔茜和阿尔弗雷德在年轻人的陪伴中也感受到青春和朝气。一切都显得那么美好，以致托尼有点担心他和比尔会失去锋芒和棱角。不过剧中角色现在好像有些问题，因为演员在演它们时，说的都是符合自己身份的真话，而情况不应该如此。剧本只是形式，要引人盼着看下一集、下一部；所以要不断地给剧中人和身临其境的观众提供希望。

180

托尼觉得自己除了这种三十分钟时长的情景喜剧之外，不再想写别的剧。这种情景喜剧维系着他的身家、饭碗和幸福。

"我们应该每年拍一集结婚周年纪念。"丹尼斯说。

"最好能坚持拍到五十周年。"苏菲说。

达尔茜和阿尔弗雷德笑得有些凄凉。

"噢，"苏菲说，"对不起。"

"芭芭拉和吉姆不能每年的结婚周年纪念都在同一家餐馆、同一对老夫妻身边。"克利弗说。

录制结束后，大家将达尔茜和阿尔弗雷德送上出租车，然后来到BBC 的俱乐部喝酒聊天，谈论人的变老。

"有点伤感，对不对？"克利弗说。

"他俩今后能做些什么？"苏菲说。

"填字游戏，园艺，智力拼图。反正是不能再演戏了。"

"是啊，"丹尼斯说，"只能做一些等死的事情。不过他们还是希望能体面地打发时间。"

"我将来会和达尔茜一样，"苏菲说，"观众会把我抛弃忘掉。"

"这是肯定的，"克利弗说，"一直以来都是如此。"

11

　　就在第二部电视连续剧开拍前的那一周，丹尼斯在 BBC 餐厅被巴里·班尼斯特堵住了。巴里·班尼斯特是《午夜烟斗》的制片人。丹尼斯讨厌这个节目，不过他还是每天晚上看看。在这个节目里，一群留着胡子、戴着眼镜的男人在那儿谈论上帝、氢弹、剧场和古典音乐，语气绝对得令人生厌。不过倒是没人再抽烟斗了，因为浑浊的空气令摄像师无法忍受。丹尼斯也留着胡子，戴着眼镜。他也抽烟斗，但他真心希望自己不要像班尼斯特节目中那帮口若悬河的家伙那样不招人待见。《午夜烟斗》在节目表中排在最后播出。丹尼斯有时候怀疑 BBC 是故意这么安排的，用这种枯燥的节目告诉全英国的劳动者，他们需要更多的睡眠。

　　"你认识维隆·威特菲尔德吗？"班尼斯特问丹尼斯。

　　丹尼斯却一愣神，恍恍惚惚地陷入到迷思中。在纵横交错的思索路径中，充满了痛苦和羞辱：折在书里的情书，冷淡的床上生活，谎言，眼泪，直到最后伊迪丝赤身裸体地对他朗读一首关于失去的长诗,边读边哭泣,却并没有解释为什么读这首诗,也没解释干吗要赤裸着身体。时间就这样过去,丹尼斯就这样呆呆地对班尼斯特傻笑着,脑子里想自己那些伤心事。这样的情景在伊迪丝离开后已经发生过很多次,每次会持续好几分钟。在商店、酒吧甚至工作会议上,丹尼斯都会这么走神。当他回过神来,人们已经不再注意他了,谈话继续朝前进行,商店老板招呼其他客人去了。他其实应该对这段婚姻终于结束感到高兴,但对于婚姻解体的后遗症,他还没做好准备,身心俱疲。

"嗨?"班尼斯特招呼他,"你在听我说话吗?"

"对不起,"丹尼斯说,"实在有点太晚了。"

"我是说维隆·威特菲尔德你认识吗?"

"当然认识,但不熟。"

"是这样的,他想来《午夜烟斗》做节目,并说下次来时,要挞伐你的电视剧。"

"他干吗要这样?"

"这无关私人恩怨,"班尼斯特说。丹尼斯克制住自己,没有进一步追问。"他只是觉得 BBC 节目要格调高雅,不能只播那些弱智的滑稽剧给没受过什么教育的女孩子们看。这是他的原话,我只是复述。"

"那你想要我做什么?"

"我想问你愿不愿意上我们的节目,替自己辩护一番。"

"干吗要我来辩护? 为什么不让托尼和比尔? 或是剧中某个演员?"

"因为……呃,毕竟你是制片人兼导演。你更适合《午夜烟斗》这个节目。你出身剑桥,谈吐得体,说话清楚。我倒不是说不具备这些素质的人就不可以……"

"我知道你向来兼容并蓄。"

"……不过令我们感兴趣的是,你好像倾向于支持反方。"

"谁是反方?"

"那些通俗娱乐类节目。"

"你认为通俗娱乐类节目是反方?"

"我本人不这么认为。但做客我们节目的嘉宾一般会这么想。而且不少节目观众也会这么想。"

丹尼斯觉得这话有道理。其实一直以来他心头就隐藏着这个想法,只不过一直没有人当他面说出来。在 BBC 大楼昏暗的走廊里,他经常看见满脸怒容的人咄咄逼人地视喜剧为敌。他们巴不得想永远剥夺人们笑的权利。

"那你说说像维隆·威特菲尔德这样的人,到底想看什么节目?"

"你这话什么意思?"

"呃,假如他们视我们为敌……那他们怎么才能赢?要把我们彻底消灭吗?"

"哦,我想那不是他的本意。他只是希望你们的节目移到商业频道去播放。我没有为他说话的意思。但我认为他的观点是,不应该用纳税人的钱为苏菲·斯卓付薪水。"

基于私人恩怨,丹尼斯十分讨厌维隆·威特菲尔德。但对于威特菲尔德的同类,丹尼斯讨厌他们就是哲学、政治和文化层面的原因了。丹尼斯一直以来有个幻想,幻想自己拥有魔法,能把维隆·威特菲尔德变成哭哭啼啼的巨婴。现在巴里·班尼斯特送上门一个机会,让他可以将这幻想付诸实践。不过到时候,他会展现出足够的机灵劲吗?

"噢,好的。我同意上你们的节目。"丹尼斯道。

丹尼斯不知道上电视和一个知识分子辩论,要不要像和卡修斯·克莱①对阵的拳击手那样,需要专门训练。但他决定准备试试。在节目录制的前一晚,躺在床上,丹尼斯思索着维隆·威特菲尔德会向他发动哪些可能的打击,以及自己如何令人信服地出拳还击。威特菲尔德会说些什么? 在现场对《芭芭拉(和吉姆)》以及其他通俗喜剧连续剧会有什么非议? 威特菲尔德会不会觉得那些喜剧太过低俗? 针对这种低俗,他会说出什么俏皮话? 而丹尼斯能不能也想出俏皮话反唇相讥? 不,他估计自己想不出来,或者就算想出来,维隆·威特菲尔德也会说那些话儿一点也不俏皮。到那时丹尼斯就会缴械投降,而威特菲尔德自行宣布获胜。

要是威特菲尔德宣称纳税人的钱只能花在普通观众并不喜欢看的节目上怎么办? 到时丹尼斯该怎样应对? 他会质问威特菲尔德难道普通观众只能吞咽下那些精神粗粮,如果是那样,他应该身先士卒。可威特菲尔德又反过来问他,你怎么知道普通观众不喜欢那些精神粗粮? 到底谁是出资方? 辩论到那种程度,丹尼斯会再也控制不住脾气,直接骂威特菲尔德不应该睡别人的老婆。接着两人就会当场打起来,丹尼斯骑在威特菲尔德的脑袋上,打得他直求饶。丹尼斯心想,躺在床上这样胡思乱想下去会让他陷入很不利的境地。但他又确实睡不着。最后一直到天亮,他也没睡着,整个人精疲力竭,充满恐惧。

节目开始前,巴里·班尼斯特在休息室为丹尼斯和威特菲尔德互相做个介绍。两人假惺惺地握握手,尽可能假装是这档深夜知识

---

① 拳王穆罕默德·阿里的本名。

分子谈话节目里两个普通嘉宾之间的正常见面。但是等班尼斯特一离开，两人便陷入长时间尴尬的沉默中。我要是主动开口，那就真下贱，丹尼斯心想。

"谢谢你没把这次见面搞砸，"最后还是威特菲尔德先开口，"你很有风度。"

"你这话什么意思？"丹尼斯和颜悦色地说。他现在突然发现一种能令事态变得比威特菲尔德所能想象的更尴尬的方式，简直和丹尼斯当初脑海中设想出的无数种复仇方式一样，能让威特菲尔德大为丢脸。

威特菲尔德盯着丹尼斯，显然是在竭力判断丹尼斯对他和伊迪丝的私情到底知不知情。

"噢，"丹尼斯说，"对不起，其实没什么大不了的。"

"对于你，我只能说你是一位绅士。"威特菲尔德用无以复加的赞美语气说道。

"我们大家总不能都喜欢一样东西，对吧？"

"那是当然，"威特菲尔德的语气有些迟疑，"所以……我们不能……"

"对不起，你说什么？"

"你刚才说我们不能喜欢相同事情。"

"是的，"丹尼斯说，"这就是我的观点。"

"你说得没错。"

"不过我还是很抱歉。"

"我要向你道歉。"威特菲尔德说。

"谢谢你的道歉。"

丹尼斯内心一阵阵恶心。他强迫自己的目光和威特菲尔德对视。其实他现在愤怒得眼泪都快流下来了。自从他十二岁生日以来，他至今还从未流过泪。不过他现在倒是还能克制住不恶心地吐出来或流眼泪。

"我觉得我们这个星期的表现好多了。"

"这个星期？"

"是的，我说的是《芭芭拉(和吉姆)》。"

"你刚才说的是电视节目啊？"

"是啊。你以为我们刚才谈的是什么？"

威特菲尔德好大一会儿才缓过神来，最后说道："我以为你是想和我谈谈伊迪丝。"

"哦，"丹尼斯说，"不，老天。我刚才一直说的是节目。"

"你知道我并不喜欢这部电视剧。"威特菲尔德说。

"我们不可能都喜欢同样的事物，刚才不是这么说的吗？"丹尼斯道。他有点担心现在的这番澄清会令他吃亏不少。但他也看出来，把威特菲尔德蒙这么久，肯定令他十分恼怒。

"这部电视剧前面我看过，但这周播放的这集确实太差了。"

本周播放的这集名叫《演讲》。让丹尼斯感到惭愧的是，在整部连续剧中，这一集拍得确实不属于最好的。本来这一集的编剧创意挺好的：吉姆受邀回母校牛津大学做一场演讲。芭芭拉听了他在家的排练，提了一些修改意见，并决定陪他一起去。回到牛津，芭芭拉先是得罪了吉姆当年的导师，但后来又把他迷住了。不过丹尼斯并不觉得是自己没导演好，主要原因是剧情不流畅，大学房间的布景也不逼真，演吉姆导师的演员也选得不合适。不过上述这些都不是问题关键。关键还在于维隆·威特菲尔德。对那些拍得最好的剧集，他也极其讨厌。

"那些现场观众都被逗得忍俊不禁。"

"呃,是这样啊,"威特菲尔德说,"其实我都不知道你们从哪儿找来这些人做现场观众。"

"根本不用找,"丹尼斯说,"他们主动申请剧票。这些人来自全国各地,坐火车来的。"

"这点我深信不疑。"威特菲尔德说。

"他们都是些普普通通的人。"

"我承认你说的都是实话,"威特菲尔德说,"但这恰恰是我感到忧虑的。"

聊到后来,丹尼斯真恨不得想和威特菲尔德打一架。那些现场观众都是正常人。每个周日晚上他们不辞辛苦地来现场观看《芭芭拉(和吉姆)》。进一步说,他们是全国数百万观看这部电视剧的观众的代表。丹尼斯有时坐在观众席最边上,听他们之间的聊天。他们无话不谈,聊路上的行程,聊从事的工作,聊在现场多想喝一杯茶或抽一根烟。有时他还听见观众们在那儿背台词或以往的剧情。这些内容他们早已熟稔在心,但聊起来还是那么津津有味,时不时还根据自己的兴趣添油加醋一番。无论他们赶多远的路过来,这些观众永远那么兴奋。他们打心眼里觉得难以置信,居然自己能亲眼见到芭芭拉和吉姆的真人。虽然这些观众丹尼斯一个也不认识,不知道他们做什么工作,但他确信他们当中没有一个人是来自 BBC 三套的播音员,或者《泰晤士报》文艺副刊的评论家。自然,丹尼斯必定是很喜欢这些观众的,因为他们喜爱他的节目,同时他也确信一件事:这些观众也不是傻子。

"你难道不喜欢普通人吗?"丹尼斯说。

"我喜欢作为个体的普通人,"威特菲尔德说,"但是合在一起的群氓让我讨厌,他们似乎失去思考的能力。遗憾的是,BBC 所属各个机构部门现在好像觉得有必要去迎合这些大众。"

"我不认为我们是在迎合大众。"

"嗯,当然这正是我们在电波中需要严肃讨论的话题。但是……我们今后会怎么样呢? BBC 现在充斥着赛马、杂耍表演、流行乐队。他们的所作所为看起来像穴居野人。这样下去,十年后情况会变成什么样子? 五十年之后呢? 你们现在已经开始拿卫生间里的话题和渎神开玩笑了。今后若有观众追求刺激,你们是不是觉得当众拉屎也无不可?"

"我不觉得有人想看当众拉屎的节目。"丹尼斯说。

"现在还没到时候,"威特菲尔德说,"但是也快了。记住我今天说的话,到时你自有体会。而我只要一息尚存,就要和这种堕落思潮做斗争。"

"我可不可以总结一下你的意思,就是《芭芭拉(和吉姆)》这种电视剧会催生今后诞生《厕所三十分》这类节目?"

"我就是这么想的,伙计。"

丹尼斯不知道自己会不会发疯。真要疯了,他和伊迪丝会不会最后杀死对方,或者一起自杀,抑或去瑞典某个荒岛过野人生活。

这时巴里·班尼斯特走过来,带他绕到节目片场的后方。

"其他嘉宾快聊完了,"班尼斯特说,"他们要回到座位上,听你们聊。罗伯特会问你们几个问题,但他主要是充当提供话引的角色。最后还是希望你们两人自由交谈。"

罗伯特·米切尔是《午夜烟斗》的节目主持人。他戴眼镜,留着大胡子,定期为一些周刊和 BBC 三套撰稿。他现在正和两位男士谈论诗歌的死亡。

“好了，”班尼斯特低声道，“他们快结束了。等主持人马上转过来看你们，你们就上去。记住，这是直播节目，开始时胆子放大一些，说话不要拖泥带水。好吧？”

两人尾随班尼斯特从巨大的幕布豁口处穿过。

“我希望你和伊迪丝没在一起睡过。”丹尼斯低声对威特菲尔德说。当时两人刚刚在刺眼的强光中坐下。

“晚上好。”威特菲尔德的语气中透着得意，而此时罗伯特·米切尔还在说话，摄像机的机位也还没转向他。

罗伯特脸上闪出一丝不易觉察到的不快。而威特菲尔德开始不停地眨眼，并且大汗淋漓。他今天穿得太多了，衬衣、领结外面还有西服和开襟大衣。丹尼斯猛地意识到，威特菲尔德今晚出镜的表现会很糟糕，想到这里，他居然心头感到一阵失望。

不出丹尼斯所料，威特菲尔德一上来就将矛头指向那些轻松娱乐节目，主要是 BBC 三套播出的那些东西，指出这些节目内容空洞。威特菲尔德说这话时眼睛不再乱眨，而是怒目圆睁，而他的衬衣早已被汗水浸透变色。

“我倒是想知道，”丹尼斯一本正经地说，“有没有另外一种看待智力的方式。”

威特菲尔德居高临下地讪笑道：“我确信，当下确实有，那些生产喜剧的人已经重新规划了智力的边界，这样就能将他们自己也包含进去。”

“那你认为喜剧不属于智力范畴？”

“有些喜剧当然属于。那些新派讽刺剧拍得就很巧妙机智。”

“但别忘了，那些讽刺剧是由剑桥学生自编自演的。”丹尼斯说。

“的确如此，”威特菲尔德说，“他们都是聪明的家伙。”

"那莎士比亚喜剧呢?"丹尼斯说,"像《无事生非》《终成眷属》之类?"

"噢,我明白你的意思了,"威特菲尔德说,"你觉得《芭芭拉(和吉姆)》堪与莎士比亚媲美,是吗? 真厉害。"

"莎士比亚能让普通人发笑。"

"普通人不过是流氓无赖最后的托辞罢了。"威特菲尔德说。

"那你是什么意思?"

"《无事生非》这样的喜剧,"维隆·威特菲尔德用一种将对手诱入陷阱后洋洋得意的语调说,"滥觞于意大利文艺复兴时期。"

"《芭芭拉(和吉姆)》的源头也可以追溯到 BBC 广播剧的黄金时代。"

"我觉得你这样的类比太轻佻,忽略了……"

"我只是想说明,万事万物都有源头。"

"但源头并不都是来自意大利文艺复兴。"威特菲尔德说。

"这话确实没错,"丹尼斯说,"但意大利文艺复兴也不完全都是好的。许多色情作品的源头也来自文艺复兴。"

丹尼斯说这话时,脑子里其实也没有任何根据。但这话听起来像真的,说出来也显得振振有词。果然这番话让威特菲尔德又开始眨眼和淌汗。

"反正不管怎么说,《无事生非》自有莎士比亚语言那种华丽气派。"

"你这么说倒是让我想起一件事。"丹尼斯说。

威特菲尔德看丹尼斯的眼神已经透着惊恐,像战争片里垂死的纳粹军官。而丹尼斯还是彬彬有礼地微笑着。两人出现长时间的冷场。

"我觉得,能不能逗人发笑,并不在于语言是否华丽,而是能否掌握莎士比亚式的技巧和手段,"丹尼斯说,"这些剧情都构思精巧;我的编剧们花了很多心思在上面,在结构上,在人物刻画上,在……"

　　"不要叹气,姑娘们,不要叹气!①"维隆·威特菲尔德突然迸出这一句,"男人们都具有欺骗性。"

　　"真是恰如其分的例证,"丹尼斯说,"人们给莎士比亚封圣不是没有理由的,对吧?"

　　罗伯特·米切尔听到这里大笑起来。

　　"永远是骗子!"威特菲尔德说,"不是总是具有欺骗性。"

　　"嗯,听起来果然更好一些。"丹尼斯说。

　　"一点儿也不好。"维隆·威特菲尔德说。

　　"或许我们可以聊下一个话题。"罗伯特·米切尔打圆场道,担心威特菲尔德又汗如雨下地陷入长时间的沉默。

　　丹尼斯知道现在胜负已定。

　　"我觉得你仿佛穿越回四百年前,"丹尼斯调侃道,"正对着一群嘲笑莎士比亚的傻瓜而怒不可遏。"

　　"四百年前有电视吗?"威特菲尔德讥讽道。

　　丹尼斯不以为然地转了一下眼珠子,威特菲尔德气得满脸通红。

　　"不要对我转眼珠子。"

　　"令我担忧的是,"丹尼斯说,"威特菲尔德以及威特菲尔德代表的这类人见不得人们开怀大笑。说真的,我觉得他们压根不喜欢人类,估计要不了多久,维隆·威特菲尔德就要亲自从事着手改良人种的工作了。"

---

　　① 莎剧《无事生非》里的台词。

"噢,天呐。"威特菲尔德被丹尼斯一席话噎得不知说什么好。

罗伯特·米切尔此时也帮不上威特菲尔德什么忙,只能给他端来一杯水,好像威特菲尔德是个被炎炎烈日晒昏的老妇。

"丹尼斯确实说得头头是道,有理有据。不过在这之前,你曾说观看《芭芭拉(和吉姆)》的观众都是群脑残。"

"那不是我的原话。你这是把私底下谈话的内容拿出来进行歪曲和丑化。"

"对不起,不过你确实讲过相关的话。而且你用的就是脑残这个词来形容观看 BBC 喜剧连续剧的观众。"

"可是我用的是单数。"

"对不起,那我引用错了。不过这种话听起来让人觉得你有点儿居高临下。"

"我的原话其实是……"

"拜托,我倒是想好好听个明白。"丹尼斯乐呵呵地说。

"我说的是,如果能将某个脑残家伙逗笑,就是表演吃屎给人看,你们也乐意。"

丹尼斯原本就是想让威特菲尔德在电视上当众出丑。不过他倒真不是故意想成全威特菲尔德成为第一个在 BBC 爆粗口的人。不过既然威特菲尔德话已出口,丹尼斯也不能装作没听见。他只能按规矩办事,缄口不言,将目光投向罗伯特·米切尔,等待后者的安排。

"嗯,"罗伯特·米切尔清了清喉咙,"我要为,为刚才在激烈讨论中无意说出来的工业语言向各位电视观众道歉。让我们将今晚的节目提前几分钟结束吧,大家都冷静冷静。"

(在此后的几个晚上,罗伯特·米切尔又被迫进行了几次道歉,因为英国工会联盟致信 BBC,指出 BBC 有史以来第一次在荧屏上出现粗口,责任在于那个来自牛津剑桥的知识分子,而不是英国的工人阶级。)

"真的对不起。"威特菲尔德小声道。

"晚安!"罗伯特·米切尔说。

三个星期后,有一位评论家在 BBC 另一档节目中,讲了一句更恶劣的粗话。于是维隆·威特菲尔德的罪过也就被人忘了。不过他再也没在电视上露面。而丹尼斯事后也为自己当时在谈话中采取的下三滥伎俩感到懊悔。他也不知道自己这一仗是否赢得光彩。

12

苏菲最后实在找不出借口,只得同意父亲和玛丽姑妈头一次来伦敦看她,参观一下她的公寓以及录制现场。他们此行放弃了一些享乐和尊严:譬如苏菲给他们寄钱,让他们订火车头等车厢,但两人还是订了普通车厢;苏菲给他俩在她所住的同一条街尽头的皇家花园酒店订了两个房间,但两人得知房费一晚九几尼,就换到附近一间面积较小且提供早餐的家庭旅店。

"你原先给我们订的豪华酒店里,还有一间二十四小时营业的咖啡吧。"乔治·帕克说道,眉毛由于惊讶扬得要多高有多高。

他现在在女儿的公寓,坐在哈比达椅上。由于坐着不舒服,他不停地扭动身体。玛丽姑妈出去买东西了。

"是啊,"苏菲说,"叫迷宫咖啡吧,我去过。"

"酒店的餐厅居然在楼顶。"

"是的,我也去过。皇家屋顶餐厅。坐在那儿可以俯瞰肯辛顿宫。梅格和托尼①就在那儿住。我原本以为你们会喜欢那座酒店。"

"梅格和托尼?"

"我们圈里人都这么叫。"

"外面人才不这么叫呢。"

父亲和姑妈这次来,类似这种争论已经反复多次发生:圈里人对外面人,普通人对她认识的人,伦敦对北部地区,影视圈对全世界。很多事情放在过去一定让她感到惊奇,现在她已经对此安之若素了。

"其实我们住的地方不需要什么屋顶餐厅和不打烊咖啡吧。"

"你们是不需要,"苏菲说,"但是有人会喜欢的。"

"我们就因为这点才不喜欢这家酒店的。"父亲说。

"为什么?"

"如果那家酒店的顾客都是凌晨四点还在喝咖啡的人,那家酒店就不是我们这种人应该住的地方。"

苏菲觉得和他们这样争执下去没有意义。他们爱住哪里就住哪里。每人每晚还能省六几尼,连带早餐钱也省了。

父亲和姑妈想见见克利弗。苏菲觉得自己当初犯了错误,不应该告诉克利弗父亲和姑妈要来看她。克利弗听到这个消息后,也提出想见见他们。苏菲原本告诉克利弗,让双方在片场随便见个面算了。但克利弗觉得自己值得被更正式地对待。

"我是为你好。"苏菲这样对克利弗说。

"我不想你这样为我好。我和丹尼斯、布莱恩以及片场里其他人对你来说不一样。"

"怎么不一样?"

"我和你是屏幕上的夫妻,屏幕下的……"

① 此处指英国王室玛格丽特公主(英国女王伊丽莎白二世唯一的妹妹)和情人汤森。

"你胡扯什么？你到时可不要这么乱说话,让他们误以为……"

"我来请你和你家人。就定在星期六晚上。反正我不能和他们就仅仅在录制完节目后握个手,然后扬长而去。"

"当然不会仅仅握个手。但是大家在一起喝一杯就够了。"

"我觉得他们像是我的姻亲。"

苏菲明白克利弗说的是什么意思。他要将她逼疯了。他俩有时同居,有时又分开,她自己也不知道两人现在的关系是什么性质。在和克利弗相处时,她也会产生嫉妒心,虽然她明白这种嫉妒心完全莫名其妙,而且会让她陷入到一种她不愿意和克利弗形成的关系中。

"他们会误会我们之间的关系。"

"那就让他们误会好了,有什么坏处吗？反正我们的关系就是这样,他们爱怎么想怎么想。"

"我不希望他们认为我们是那种关系。"

"那我作为一个朋友也不行吗？"

"他们不会认为我们仅仅是朋友的。还选在星期六晚上,这一般都是请夫妇或情侣一道出席的场合。"

"我在希克餐厅订了桌,他们一定会喜欢。"

"你对他们很了解啊。"

克利弗是对的。父亲和姑妈都很喜欢希克餐厅,原因倒不是这家餐厅八点半就打烊,而是正如克利弗猜想的,他们老年人都希望在六点钟用茶点。假如这顿饭是苏菲买单,他们看了菜单准保就会走人。现在即便是克利弗付账,他们也不停地问这问那,并称赞他真是太盛情了。

"你是在追求芭芭拉吗,克利弗?"大家一坐定,玛丽姑妈就发问。

"我还处于仰慕中。"克利弗说。

"你们都还小。"玛丽姑妈说。

"我们的芭芭拉正处于空窗期。"父亲说。

"我现在改名叫苏菲,"苏菲道,"再说,我也不处于什么空窗期。"

"你不是空窗期吗?"父亲问道。

"跟我们大家说说吧。"克利弗在一旁说。

"我的意思是,当务之急是将事业推上轨道,其他的以后再说。"

"克利弗可以等,对吧,克利弗?"父亲问。

"当然,没问题。"克利弗说。

"不过这不妨碍你们先谈恋爱,对吧?"

"那是,谈恋爱什么都不妨碍。"

"我说的就是这个意思。"父亲道。

"噢,天呐。"苏菲听不下去了。

"我们没说什么吧?"父亲暗示地朝克利弗转一下眼珠子。

"我们能不能换个话题?"苏菲问,"你现在的工作怎么样,爸爸?"

可是苏菲父亲和姑妈大老远来伦敦,不是要和苏菲聊黑池的事。他们想知道苏菲演的节目,共事的其他影视明星,是否遇见过披头士乐队。克利弗刚在闲谈中告诉他们,有一次在聚会中和保罗·麦卡特尼擦肩而过,结果引来父亲和姑妈摇头惊叹。过了一会儿,喜剧演员兼魔术师莫里斯·贝克(著名的魔术先生)在邻桌落座,才让他们忘了刚才克利弗说的和保罗·麦卡特尼擦肩而过。

"天呐,"父亲惊呼道,"这不是那谁吗?"

父亲显然是指邻座那位魔术先生,而那位魔术先生先是回以微笑,等看到苏菲和克利弗时,故作夸张地做了一个喜剧性恍然大悟状。

"天呐,"他也重复一遍,"这不是那谁吗?"

苏菲父亲被此情此景逗得忍俊不禁。苏菲突然想起来,黑池当地报纸已经派出他们的头号摄影师来跟拍她父亲。父亲要是知道这事,一定会被自己的行为窘死。

过了一会儿,餐厅侍者重新安排桌子,这样他们五个人可以坐在一起。又过了一段时间,魔术先生开始表演魔术。魔术师最近正在为即将在帕拉丁剧场举行的一场综艺节目排练一个魔术。他今天晚上决定利用这个场合,先从中选几个桌边魔术片段,预演一下,正好为他们就餐助兴。他为苏菲父亲变出鲽鱼片配薯片,为玛丽姑妈变出熏鳕鱼配荷包蛋。他还一边说着笑话,一边将一些小玩意变没,手表呀,勺子呀,餐巾呀等等。苏菲担心她父亲心脏会受不了,因为他现在笑得声音太大,整个人太兴奋了。

莫里斯·贝克在表演魔术时,苏菲发现自己不光盯着他的手看,还仔细端详他的脸庞。令她感到意外的是,在表演的间隙,他面部表情暂时恢复平静时,他的长相显然还算帅气。以前她在老家时,每个星期六晚上看他在电视上表演节目,他总是做各种鬼脸,以显示困惑、欣喜、大难临头等各种情绪。那时苏菲不觉得他长得迷人。这次在餐厅看现场表演,莫里斯·贝克表情没有那么夸张,而且由于离得近,苏菲确信莫里斯能感到自己在专注地看他的表演。莫里斯在表演的大多数时间里,都表情平静,这样一来苏菲就能看清他瘦削的颧骨和棕色深邃的双眼。苏菲觉得,他比自己印象中显得更年轻,可能不到四十岁。他长得虽然没有克利弗帅,但克利弗太过虚荣,始终忘不掉自己是个女人迷。或许他在心里也认为,作为演员,他的杀手锏就是长相,而不是才华。所以对于长相必须给与最高度的保护和关注,因此没有必要像莫里斯那样表演时充满活力。苏菲猛地意识到,克利弗永远不会充满活力地去表演,按照他随心所欲的方式去演。他要么成为大师,要么一无所成。现在看来,大师他是成不了了。

"我可以问二位一个问题吗?"莫里斯问,"你们演的戏……仅仅是个戏吗?"

"你是什么意思?"苏菲说。

"我没有任何冒犯的意思,只是随便问问。"

"噢,我知道他是什么意思。"玛丽姑妈说。

"他是什么意思?"乔治问。

"你没听出来吗?"玛丽说。

"没有。"乔治如实说。

"爸爸不是说没听出来吗,"苏菲道,"我也没听出来。"

"你也没听出来? 他想问的是,在现实中,你俩是不是情侣? 如果不是的话……"

"玛丽姑妈!"苏菲叫道,"莫里斯可不一定是那个意思。"

"我正是这个意思,"莫里斯说,"你很善解人意,玛丽。"

玛丽一脸的得意。

"这正是……我经常在想,莫里斯,假如这姑娘还没有人……"

"或许演戏就是演戏吧,"苏菲道,"反正在剧中我已经有了男朋友。"

"你刚才还说你们不在谈恋爱。"乔治说。

"莫里斯不知道。"

克利弗在一旁插不上嘴,急得要命。他觉得好像身处雅尔塔会议,列强正在瓜分欧洲,他却只能在一旁无能为力地观望。

"他现在知道了,"乔治得胜般地说,"苏菲没有对象,莫里斯。

她像小鸟一样自由。"

"她也许就喜欢这种状态。"克利弗说。

"你曾有过机会,"乔治对克利弗说,"但你自己没把握住。"

"实在抱歉让大家如此公开地谈论这个话题,"莫里斯说,"不过我可以留一个你的电话号码吗?"

莫里斯在钱包里掏了半天,找到一页便笺和一支钢笔,将它们推到苏菲跟前。苏菲不知道该说什么好,无论她接下来做什么,总会得罪某个人。

"你还在等什么?"父亲道,"莫里斯·贝克要你的电话号码呢。你还在那傻愣着干吗!"

苏菲只好拿笔写下电话号码,因为这样做似乎是摆脱眼下尴尬局面最快速的办法。莫里斯·贝克拿起抄有苏菲电话号码的便笺,将它放入钱包时,苏菲都担心父亲和玛丽姑妈会欢呼起来。不过好在他们只是互相用胳膊肘轻推了一下。

"我们还是先别冲昏了头脑,"苏菲说,"现在还只是起步阶段。"

最后结账时,克利弗和莫里斯争执了半天,最后还是莫里斯买的单。

"我回家后要是说给人听,没人会相信大名鼎鼎的魔术先生曾请我吃饭。"乔治说。

"人们也不相信魔术先生会索要你女儿的电话号码。"玛丽姑妈在一旁接话道。

"谢谢美言。"苏菲说。

大家在餐厅外和莫里斯道别。莫里斯亲了一下玛丽姑妈的脸颊,吻了一下苏菲的手,而苏菲父亲站在一旁一直傻笑着,一副难以置信的表情。接着当莫里斯假装要吻苏菲父亲时,现场的愉悦气氛被推到高潮。大家几乎都把克利弗忘了。苏菲心里觉得有些歉疚。她怀疑父亲和姑妈压根没把克利弗当成大明星,因为克利弗一直跟她熟识,在一起合作,所以他们没把他看成什么明星。而他们在电视上看莫里斯的魔术表演已经很多年,对他仰慕已久。当克利弗走的时候,他们都没有向他乘坐的出租车挥手致意。

莫里斯掏出便笺纸,拨打苏菲电话时,她正在和《碾压》杂志的记者黛安喝茶聊天。黛安主动来苏菲的公寓,再做一期专访。黛安所在杂志的编辑对苏菲这位草根出身、没有男朋友、当年连电话都没有的电视明星很感兴趣。《芭芭拉(和吉姆)》是目前电视上最火的喜剧连续剧。那些读《碾压》杂志的姑娘,都以苏菲为榜样,喜欢跟踪她的讯息,这位编辑说。于是黛安坐在那儿,听苏菲一个词一个词地往外蹦,和电话里的人讨论星期六晚上的安排。黛安出于礼节不能仔细地听,但受好奇心驱使,又不能不听。最后她对电话的内容听得一知半解,反而感到更神秘了。

苏菲放下听筒后,准备继续和黛安聊刚才的哈比达家具,以及购买的那幅火红落日坠入蓝色深海的海报。

"聊聊刚才电话里的事吧?"黛安说。

"我刚才没和你聊星期六晚上的安排。"

"你当然不必告诉《碾压》的读者那些事。你只对我说吧。"

"那个人你不认识。"

"但我知道不是克利弗。"

"你怎么知道不是克利弗?"

"因为你说:'你好,莫里斯。'"

苏菲张大嘴,耸了耸肩,大笑起来。

"那人的确是莫里斯。"苏菲承认了。

"可传言都说你和克利弗在谈恋爱。人们看见你们同进同出。"

"我和克利弗谈恋爱,就不能和莫里斯一起去吃饭吗?"

"我也说不好。"

"我不会脚踩两只船的。"

"我只知道一个莫里斯,就是那个星期日在帕拉丁剧场里表演的大名鼎鼎的魔术先生。"

听到这里,苏菲的脸红了。她注意到黛安的眼睛睁得大大的。但她不想把这条消息泄露给外界。她想再拖一拖。

"你说的只知道一个莫里斯,是什么意思?难道你上学时没有同学叫莫里斯吗?也从没有亲戚叫莫里斯吗?为什么这人非得是那个大名鼎鼎的莫里斯?"

"刚才打电话时,你故意不想让我听到内容,所以不停地说好,不好,谢谢这种简单的答复。我嗅对了。我亲戚中是有叫莫里斯的,莫里斯叔叔和珍尼特婶婶婚后很幸福。他们住在雷德卡。"

"那是你的主观臆断。"

"那人绝不是你的亲戚或朋友。将要和你星期六晚上一起出去的就是莫里斯·贝克!"

"噢,真该死!"苏菲说,"这个电话干吗偏偏在你来时打过来?"

"也许你不在家时,他已经打了上千遍。"

"你要是给外界透露一点风声,我会杀了你。我和他以前从未约会过。"

"果然是魔术先生,我猜对了!"

"你是不是觉得我疯了?"

"不,"黛安若有所思地回答,"他这个人其实比外表看上去年轻,而且比你想象得要更帅。"

"比我想象得更帅?"苏菲假装无奈地咕哝道。

"你们准备去哪儿玩?"

"我不知道。反正他来接我。他说带我去好玩的地方。"

"去迪斯科舞厅吧。"

"哦,我喜欢去那种地方,"苏菲说,"你能推荐一个吗?"

"我喜欢去'苏格兰人'。"黛安说。

"我没听说过。"苏菲说。

"就是圣詹姆斯广场的'苏格兰人',那地方特别时髦。"

"不会是那种太前卫的地方吧?"

"对你来说没问题。而他是名人,一个人只要出了名,无论做什么,别人都会见怪不怪的。"

苏菲又像刚才那样咕哝了一声。

"你们约会后,你给我打电话好不好? 我真的很想知道事情的进展。"

苏菲答应了,是真心实意地答应。这事要是搁在以前,她是肯定不理会的。但现在不同了。现在她碰到很多无法预料的事要处理,而身边又没有朋友。

在苏格兰人迪厅前,他们先被告知莫里斯需要付三个几尼,以获得一个临时会员资格(本来苏菲要付,但门口的看门人坚持这是绅士的义务)。接着在他们后面排队的几个女孩认出了他们,并开始索要签名。这样一来,他们一下子就被擢升为荣誉会员。他们一开始被人认出,还很紧张,可一进入迪厅里,就没人注意他们了。这种不受人注意,反而让苏菲产生一种刻意的自省意识,仿佛他们在别人眼里其实算不上什么名人,或者在这个圈子里并不出名。这里所有的女孩气质都像黛安,皮肤黝黑,瘦骨嶙峋,穿着短裙,眼睛化妆成熊猫眼。而男孩们都像是流行乐队的吉他手或歌手。苏菲好歹还打扮一番,但莫里斯就惨了。他穿着西服,打领带。虽然莫里斯这身西装很不错,但让苏菲总觉得他真是黛安那位来自雷德卡的叔叔。

这家迪厅楼下是跳舞的地方,楼上有一间酒吧,到处烟雾缭绕,闹哄哄的,放眼望去全是苏格兰方格。苏格兰方格可以作为这家迪厅存在的理由,但这家迪厅的名字也可以作为这些苏格兰方格存在的理由。其实这两种解释都不是太能讲得通。他们进去后径直去了楼上的酒吧,因为即便是苏菲,也做不到从马路对面走过来后,就直接跳舞。在酒吧里,她找了一个靠角落的桌子坐下,等了几分钟也不见有人拿酒水单过来,于是莫里斯朝吧台走去。

不一会儿,一个穿着艳丽条纹西服、留着长发、相貌英俊的年轻男子占据了莫里斯的位子。

"你好,"他和苏菲打招呼,"我是凯斯。"

苏菲朝他报以微笑,但并没有介绍自己。

"我们是朋友,对吧?"

"我不这么认为。"苏菲说。

"哦,那么……我们不是朋友。"

"那倒也不是,"苏菲道,"我的意思是,我们压根不认识。"

"这话我听了好受一点。"

"不是朋友会怎样?"

"我和你说真话,"凯斯说,"有时我遇见某个妞,觉得以前在哪儿见过,可是由于我整天太忙了,真的就没再见过。"

"什么叫真的没见过?"

凯斯大笑起来。

"你听懂我的话了,真的没见过,就是再也没见过。"

"反正我是听懂你的意思了。"苏菲说。

"希望我这番话没引起你反感。"凯斯说。

"哦,那倒没有,"苏菲说,"你像是在叙述一个梦中约会。"

凯斯又将目光投向苏菲。

"不过我们是朋友,对吧?"

"不,"苏菲道,"谈不上是否是朋友。"

"我突然有种似曾相识的感觉,"凯斯说,"我觉得过去某个时候,在这里经历过完全一模一样的谈话。你来过这儿吗?"

"我刚到这儿不久,不一会儿。"

"我爸和我妈。"凯斯突然冒出这一句。

"对不起,你刚才说什么?"

"我爸妈喜欢你,但我不知道他们是怎么认识你的,我也不记得是怎么知道这件事的。就像不记得你一样。"

凯斯脸上的困惑是真实的。但苏菲明白过来,凯斯父母和她之间是什么关系了。但她觉得自己没有必要在这件事上纠缠下去。

"我不怪他们。你也很优秀。"

"谢谢。"

这时莫里斯拿着酒水回来了,但凯斯并没有挪位置。

"我朋友回来了,"苏菲语气和缓地提醒道,"很高兴和你聊天。"

凯斯抬头看到了莫里斯。

"就是他?"他对苏菲说,"真的吗?"

他站起身来,在莫里斯脸上仔细端详,像是在一个光滑镜面上找寻几个瑕疵。

"他多大岁数?"

"你很在意这个问题吗?"

苏菲总算忍住没笑出来。如果她笑出来,是对莫里斯的一种不忠,对他也不公平。虽然莫里斯确实至少比凯斯大十岁,但她觉得凯斯的意思,不仅仅是指年龄上的差异,还有别的方面。莫里斯似乎属于另一个完全不同的时代。此刻他像是在综艺节目中进行表演的魔术师,而迪厅里的其他人似乎生活在他专门为他们变出来的世界里。苏菲不想像她父亲那样,这次来看苏菲,只要见到二十五岁以下的年轻人,就不住地摇头。但凯斯以及苏格兰人迪厅里其他人,在长相、气质上和克利弗都有点像,没有一点生活留下的痕迹。过去苏菲一直想去一个充满年轻活力的城市生活,但现在她觉得这些年轻人身上由于除去了某种东西而有种不稳定感。

"我想你该让位了,小伙子。"莫里斯说。

"魔术先生!"凯斯喊道,"见鬼! 给我们表演个魔术吧,魔术先生!"

苏菲感觉莫里斯的表情复杂,带有一丝恐慌。

"我不能在一家迪斯科舞厅里玩魔术。"莫里斯最后说道。

"为什么不能?"

"你是和别人一起来的吗,凯斯?"苏菲说,"你应该去找他们。不然他们会担心你的。"

可惜这次苏菲说得有点多了。她的嗓音点燃了凯斯记忆深处某个小火花。

"你就是那个电视剧里演老婆的,所以我才认出你。我爸爸爱上你了。每次我去他那里吃饭,他都不让我说话,怕我打扰他看电视。他们一集都不落下。那部电视剧叫什么来着? 简直令人难以置信!

居然在屏幕外见到魔术先生和我爸爸喜欢的女星！我是来自'新兵蛋子'的凯斯。很高兴认识你们。"

他向莫里斯伸出手，后者只能先将酒水放桌子上，再和他握手。苏菲只是向凯斯轻轻挥挥手。

"呃，我本人倒是没看过你们二位的表演，不过感谢上帝，你们能让老年人高兴就已经很不错了。就是这样。"

这句"就是这样"意味着告别。说完，凯斯就走开了。

"新兵蛋子是干什么的？"凯斯走后，莫里斯问苏菲。

"他们是一个流行乐队。"苏菲道。不过苏菲过去也从未听过这个乐队。她只是觉得自己比莫里斯对这方面的事要懂的多一些。虽然两人对刚才发生的事没有公开表现出不满，但他们还是很快喝完酒，然后换到另一家更安静的餐厅，这样可以放松地边吃边聊。这样做并不代表苏菲觉得自己老了——她还不老。她觉得自己依然年轻，充满活力，事业有成，踌躇满志。但她毕竟是艺人，就算莫里斯·贝克不一定是她的意中人，这种老派生活也不一定适合她，她也要选择和莫里斯站在一边。

接下来的几周里，苏菲又和莫里斯外出就餐三次。第二次约会后，她请莫里斯来家喝咖啡，并吻了他。她想看看这个吻会不会带来些什么。可当两人嘴唇还没碰到一起，她就闻到一股腐朽的口臭味，让她联想起上学时的日子。当时有个小女孩叫珍妮斯·斯特林格，传说她连牙刷都没有。苏菲不想自己接吻时想起珍妮斯。接吻后，两人不幸地又迎来一番不体面的拉拉扯扯，欲拒还迎。这种套路玛乔丽以前就告诫过苏菲要警惕，但莫里斯却认为这是一种调情。苏菲明白两人关系基本到此结束了，但又不能在刚刚接吻十秒钟后就说出这种话来。于是就有了下一次外出进餐。苏菲又得花一晚时间听莫里斯讲魔术圈里的事以及在伯恩茅斯冬季花园的演出,之后两人又费劲地聊了一通。

　　不幸的是,那次接吻口臭事件后,苏菲同意和莫里斯再次约会,却被莫里斯不幸地误会了。他请求苏菲嫁给他。他带苏菲去了希克餐厅,因为这是距离他们最近的一个兼具历史底蕴和浪漫风格的场所。莫里斯让钻戒出现在香槟酒杯里,而餐厅员工在一旁欢呼喝彩。苏菲没有当场表态,于是那些餐厅员工就去其他房间各忙各的了。苏菲反应过来,一定是那天的欲拒还迎,让莫里斯决定去买钻戒。他一定觉得,苏菲当时的抗拒,说明她是个老牌的淑女。但事实完全不是那么回事。原因仅仅就是接吻后,苏菲并不想和他上床。

　　"是不是事情办坏了?"当围观者散去,莫里斯问苏菲。

　　"不,这是一个很不错的安排,侍者们在边上围观很浪漫。"

　　"接下来我就要听到'但是'了吧……"

　　"我们彼此并不了解。"苏菲说。

　　"我觉得至少你是了解我的,"莫里斯说,"我上电视比你早,而你又是女演员。"

　　"你这话是什么意思?"

　　"就是说,在电视上,你就不是你自己了,你扮演的是一个角色。而我在电视上,还是我自己,是莫里斯。"

　　可惜莫里斯台上台下的本色出演太过真实,台下的莫里斯和台上的莫里斯太过相似。首先,他无论去哪儿,每次必上妆,脸上总是似有若无地带着露齿的、虚假的笑容,像一个出故障的汽车大灯。

　　"我敢保证,你还有更多东西没展现出来。"苏菲说。

　　"不,没有了。你看到的就是真正的我,我对此并不惭愧。我俩的婚姻就是到了海枯石烂的时候,我也还是那个周日晚上在帕丁顿剧场表演魔术的莫里斯。"

苏菲对莫里斯这几次晚上约她出来心存感谢,差点要去告诉他,下次再和女孩子约会,这种台上台下一个样的话千万不要再说了,除非他想诚心将那个女孩子毁掉。

"我当然相信。"苏菲说。

"那么你的意思是,我应该慢慢来,不必着急。我们先相处着,好好接吻,拥抱。"

这时莫里斯又犯了一个错误。他用了接吻、拥抱这样的字眼。这种字眼只有苏菲祖辈的人才会用。好像老式音乐厅里经常演唱的一首歌就叫《我们好好拥抱接吻》。滚石乐队就绝对不会创作这种歌曲,那个新兵蛋子乐队也不会,苏菲心想,虽然她并不知道新兵蛋子乐队到底唱过什么歌。另外她也不知道喜剧魔术师是个什么职业。她觉得自己无法忍受嫁给一个滑稽魔术师,哪怕他的口气比玫瑰还芬芳,他的吻摄人心魄。在她心里,滑稽魔术师是走码头的,是属于她来伦敦躲避的事物,而不是来伦敦寻找的事物。所以她肯定不会嫁给他。

"我说的不是你那个意思。"苏菲终于摊牌了。

"噢。"

"我认为,就算我们相处时间再长,和现在也不会有什么区别。"

"为什么?"

莫里斯看苏菲的眼神十分诚恳。他真的发自内心想知道为什么。

"我觉得我不适合你。"

"你适合我。肯定适合。我知道。"

"情况恐怕恰恰相反。"

"我还是不明白你的意思。"

　　一直以来，苏菲对身边那些反应机智的人并没有觉得有多好，可是今晚如果莫里斯能够机智地知趣，早点结束，她今后一定会对机智者另眼相看。她一定会为他们买威士忌、鲜花，并写感谢卡，感谢他们如此机智。和丹尼斯在一起，就不会出现今晚这种尴尬的聊天。他在约会时当然不会让戒指出现在香槟酒杯里。但如果他发现对方永远不可能将戒指戴在手上，他也不会缠着问为什么。苏菲不想成为一个木讷的滑稽魔术师的妻子，也没有必要成为。但她也明白，如果她嫁给一个魔术师，外界也不会大惊小怪。

　　最后苏菲用明白无误的语言告诉了莫里斯，令他心碎欲绝。说完后，苏菲独自一人回家了。

13

当比尔变得习以为常，不再对剧情中的怀孕情节排斥，也不再对现实中的怀孕事件烦心，他就喜欢和托尼开起玩笑。他说托尼要为一个月内两起怀孕负责。托尼不想扫他的兴，顺着他的话，说剧中孩子的父亲身份存疑，有可能是汤姆·斯隆，或者是丹尼斯，而比尔也很难说在其中没有责任。但不管怎样，托尼是要做父亲了。他的生活中一下子多出许多预料之外的事情。

托尼和比尔现在搬到一间更大点的办公室，这样希泽尔也有单独的地方办公，而他俩可以在后面的隔间工作。当琼来办公室告诉托尼怀孕的消息时，她并没有像往常顺道过来那样，径直走到他们的办公桌旁，而是故意站在希泽尔的桌边，让希泽尔去通知托尼她到了。托尼一看到琼就知道是什么事情了。

他将琼带到门外大街上，以避开他人好奇的眼神，然后紧紧搂着她。

"你能相信吗？你把我的肚子搞大了。"她说。

212

听到琼用这种粗俗又不失生动的字眼,托尼不禁乐了。此前他从未让琼怀孕过。他总是在宽慰她,哄着她,说不要紧,明天就会好的等等这些话。但是最近确实出现好的迹象,至少没再恶化。

"我们得搬家,"托尼说,"搬到一所带花园的房子里去。"

"先别折腾了,"琼说,"稳当一阵子再说。"

他们现在居住在坎登镇一间公寓里。琼喜欢这儿的商店、电影院和集市。

"搬到一个绿化好一点、更安静的地方,比如说平纳①。"

"真的吗? 噢,亲爱的,不过我们先得忙别的。"

"你担心什么?"

"当务之急当然是孩子出生。我害怕。"

"对不起,确实是这样。"

"我不知道我会不会是个好妈妈。"

"你会是一个伟大的妈妈。"

"你也会是一个伟大的爸爸。"

"哦,老天,"托尼说,"可我还在想着花园这种事。"

"你现在什么心情?"

"我感到很骄傲!"

托尼一直怀着这种骄傲的心情,直到将这条消息告诉比尔。

也许事情正常、健康地发展下去都会如此,但是在这过程中,托尼和比尔变得越来越像两个不同的人。现在每当一天的工作结束后,托尼都头疼欲裂,就像他当年服兵役时,每次那些愚蠢的训练后

---

① 伦敦西北的一个小镇。

头疼一样。此前托尼和比尔配合默契,两人好像拥有一个大脑,或者说两人除了各自的大脑之外,还创造出一个共有的大脑,他们可以往这个大脑里塞进去素材、线索、情节和人物等等,像是一个澡盆里的两个水龙头,可以在热水和凉水之间自由方便地调节。两人只需交谈一番,就可以着手撰写剧本。

但是在写这部电视连续剧时,托尼和比尔很难再找到这个共享大脑。两人只是由于才华和境况相似,被强行捆绑在一起,虽然竭力用同一个声音说话,但是突然之间,每句台词、叙述时的每个选择都要经过一番辩论和舌战。在这过程中,两人各有小小的胜负。也许这种情况对其他的写作搭档来说是常态,但对托尼和比尔来说,他们以前并不是这样,所以感到很艰难。

托尼在想用什么办法将琼怀孕的消息透露给比尔,同时又不招致他的讥讽和嘲弄。比尔其实喜欢琼,彼此见面时相处挺融洽。也许是托尼多疑,他总怀疑在比尔心目中,认为他和琼是名义夫妻,只是由于懦弱和顺从两人才在一起。过去托尼和比尔好像一支粉笔画出的明暗不同的色泽,但现在托尼自己却变成了口味多端的奶酪。当然托尼这款奶酪味道并不那么浓烈,他更像是涂抹在食物上的薄薄的奶酪层,而不是那种法式蓝色、布满霉菌气孔的奶酪。托尼是个性格温和的已婚男人。在琼没怀孕时,两人就整晚地厮守在家里,看电视,听广播,聊聊每天的见闻,分析分析剧本。每周他俩去看一两场电影,并在回家的路上对电影进行仔细的剖析。托尼能整晚地听琼谈论剧本。琼自己写不了剧本。她曾经尝试过,但从没有结果。不过她却总是能知道剧本什么地方有问题,还有哪些欠缺,需要在右转时他们却写成了左转,本应该热火朝天的场面,他们却写得平淡乏味。托尼甚至开始觉得,两人关系从长远看,维系的因素是琼的才华和两人共同的兴趣,而不是激情的性爱。

而比尔还是去那些不为人知的俱乐部和酒吧酗酒,去会那些狂野危险的人物。这些家伙肆无忌惮,为了自己的性倾向宁愿冒着进监狱的危险。比尔已经将目光投向大众娱乐之外,那是一个托尼并不了解的世界。他走进上演哈罗德·品特、N. F. 辛普森、乔·奥顿剧作的剧场,结识了彼得·库克、达德利·摩尔以及《私眼》①杂志那伙人。比尔还为奈德·谢林新的滑稽剧《不是演戏,更是生活》写了一些俏皮机灵的片段。他甚至还写了一篇名为《两千岁的同性处女》的文章,以讽刺当局拖延公开《沃尔芬登报告》②。这篇文章理所当然地没有地方发表,但他却以此为荣。托尼感觉比尔正在写一些更长篇幅的东西。那些作品会将他带到《芭芭拉(和吉姆)》到不了的地方。托尼对比尔这些做法心存钦佩。他也希望自己能更像比尔一些,但他明白自己终究不会是比尔,而且将来很可能也不会变得像他那样。

"哦,见鬼。"当托尼告诉比尔这个消息时,比尔这么说道。

比尔最近挂在嘴边的这种粗话显得刻意为之。他和托尼当年刚出道时,曾竭力避免污言秽语,因为他不想人们认为他是个没文化的乡巴佬。可现在当他认识的作家和演员有近一半人说话都粗俗无礼,他也开始出口成粗,一逞口舌之快了。

"怎么把她搞怀的?"

托尼害羞地笑了。"就是正常怀孕,正常的。"

"你是正常先生,"比尔讥讽道,"他妈的正常先生。"

---

① *Private Eye*,英国一本以讽刺揭露各种丑闻著称的杂志。
② 英国国会于 1957 年发表的《沃尔芬登报告》,建议法律不应该禁止成年人之间在私下自愿进行的同性恋行为。该报告当年在英国社会引起强烈争议。

"我就是这种人。"托尼说。

"你可不就是这种人嘛。"

"我不知道是不是这样,比尔。我现在是名电视剧编剧,可我十五岁就离开学校,并曾在奥尔德肖特公厕里被逮捕。我和我妻子婚后总共做爱十几次,成功率不到一半,现在却发现自己要当爸爸了。你还觉得这样正常吗?"

"就这最后一点还算正常。"

托尼大笑起来。比尔的话让他想起母亲当年对父亲恶狠狠的挖苦。

"反正你是把一切拧巴的东西都熨直了,"比尔道,"你现在想做一个体面人了。"

"一切都是顺其自然地发生,不是我刻意的。只是都恰好适合我罢了。"

"嗯,不错。我们两个中有一个成为这样,挺不错的。"

"为什么?"

"我们现在不是正在写这个吗?写正常先生和正常太太吗?"

"是啊,女的长得像塞布丽娜,男的为哈罗德·威尔逊工作。"

"嗯,我们正在写一对正常夫妇。"

"首先,我不相信每个人都是正常的。其次……我们是正常人又怎么了?有什么不对吗?我们想写什么就写什么,写完后还有一千八百万观众收看。这就是喜剧连续剧,不是吗?它能让我们融入到某个整体中,而这正是我喜欢的。你会发现,你笑的事物和你老板、你妈妈、你邻居笑的一样。至于《泰晤士报》的电视剧评论家们和女皇陛下,我可管不着。我觉得这一切很棒。"

比尔叹口气。"好吧,还是祝贺你们吧。"

倒霉的是,第二天丹尼斯就被叫到汤姆·斯隆的办公室。斯隆告诉他,英国独立电视台准备在他们拍的第二部连续剧最后一集播放的当晚,推出一档全新的智力竞赛节目。

"是相同时间吗?"

"没有,他们还没有疯。不过他们确实觉得《正合你意》比较弱。"

"《正合你意》是一部剧情类正剧,关于大萧条期间约克郡一家纺织厂的车间生活。这部剧确实较弱,没有人爱看。"

"我该怎么帮忙?"丹尼斯嘴上虽然这么说,但心里也没底。他要是真出手相助,肯定会惹来麻烦。

"你们这部剧的最后一集准备怎么拍? 应该拍点大家都爱看的,尽量不要让观众起身去换台。"

"哦,好的,"丹尼斯说,"你记得吗,第一集时,芭芭拉说她来伦敦想当一名歌手,然后她就去试演……"

"可她没有唱过歌。"

"你没听过她唱歌,但苏菲确实有一副好嗓子。可以拍芭芭拉想出人头地,凭自己本事而不是……"

"我打住你一下。我们在最后一集别扯上政治。"

"这是政治吗? 一个无聊的年轻女孩想干一番大事?"

"我觉得有政治意味。"

"当然你要是想看出政治意味来,那肯定就有。"

丹尼斯本来曾鼓励托尼和比尔给芭芭拉写点事情做,结果两人的回应非常富有想象力。可惜现在他估计得让他们写点别的了。

"为什么不能把她写怀孕? 他俩为什么不能有孩子? 有什么原因吗?"斯隆问。

217

丹尼斯不想向斯隆解释,说克利弗和苏菲不愿意在剧中演家庭戏。

"他俩结婚时间还不长,吉姆……"

"这不是理由。就这样。先写她怀孕,这样就什么情节都有了。"

"那好吧。"丹尼斯无奈地说。

"见鬼!"当丹尼斯告诉托尼和比尔这么写时,比尔又爆出这句粗口。托尼在一旁大笑。

"有什么好笑的?"比尔说。

"因为你说过,每次都听到某某人要生孩子了。"托尼说。

"比尔为什么要这么说?"丹尼斯问。

"我不知道。你该问问他本人。"

"这就是夫妻之间该死的逻辑,"比尔说,"谁都概莫能外:一男一女相遇,结婚,成家,生子。有点像……食物。摆在盘子上形态各异,但是吃到肚子里只有一种方法,然后再从另一个通道出来,看起来,闻起来就一个样了。谁愿意写那种东西。"

丹尼斯一脸不解地望着托尼,托尼耸耸肩。

"我也拿他没有什么办法。"托尼说。

"在拍下一部之前,她可以流产吗?"比尔说,"或者写引产也可以? 引产好玩吗?"

"你去问一个术后感染死于败血症的女人就知道了。"丹尼斯说。

"可死人听不见我的话。"比尔道。

"你有时候真混蛋,"丹尼斯说比尔,"那个可怜的女人为什么不能怀孕?"

"她当然能，"比尔说，"但她要是有了孩子，我刚才讲的那些话就是对的。然后接下来的十六集，我们还怎么编？"

"有了孩子也会很好玩的。"丹尼斯说。

"那你给我们讲讲关于孩子最好笑的事。"

比尔当然是故意下套，但丹尼斯误会他的意思，还试图正经地回答这个问题，以平息比尔的担心。

"好的。当我侄女三个月大时……"

"噢，老天，饶了我们吧。"比尔说。

"看来你根本就不想听。"丹尼斯道。

"一个婴儿会毁掉一切的。"比尔说。

"借你吉言，我马上就要当爸爸了，丹尼斯。"托尼说。

"太好了，"丹尼斯道，"你好好跟比尔说说。"

"我从不关心别人在业余时间做什么，"比尔说，"不过……"

"你这话讲得不对。"托尼道。

"让我们还是回到《芭芭拉(和吉姆)》这部戏吧，"丹尼斯说，"看看有没有什么办法能让这部戏更合你的口味。"

"如果写她怀孕，她得怀多长时间？"比尔问。不过还没等托尼和丹尼斯对他这句玩笑话给出不同的答复，他就又补充道："是啊，是啊，确实很搞笑。我是说在屏幕上要演多久她怀孕？"

"你让我即兴回答吗？"丹尼斯说。

"不即兴回答，你还能回去查查什么公式吗？"比尔讥讽道，"难不成还有官方版的电视怀孕周期？"

"在下一部的第一集里可以预热一下，第二集正式写她怀孕。"

"老天！"比尔惊呼道。

"没你想得那么糟糕，"托尼说，"还是有东西可写的。"

"请举个例子。"

"譬如婴儿洗礼这件事。我们可以设想一下,吉姆是个无神论者,所以他反对这件事。我们可以拿出一集的篇幅来戳戳愚蠢的英国牧师们这个笑点。"

"我们也许需要先讨论一番,"丹尼斯说,"别忘了汤姆·斯隆是个长老会教徒。"

看到丹尼斯小心翼翼地生怕招致汤姆·斯隆长老教式的愤怒,比尔朝他投去鄙夷的一瞥。

"你的意思我听懂了,比尔。不过托尼说得对。总之,写他们的家庭生活,并不意味着要停止你一直以来擅长写的内容。你还是有自由创作的空间。"

"你也没说要写几个星期的内容。"

"随你的心情。"

"好的。"

"估计写完后会发现,从来没有哪个漂亮姑娘怀孕时会怀着这么多怨气和不情愿。"托尼想。

最后大家还是听从比尔的主意,由芭芭拉来告诉吉姆和全英国的电视观众,他要当爸爸了。这是个很好的安排,既出其不意,又很巧妙。托尼觉得,比尔的职业精神、想象力和才华总能盖过他心中的犹豫和戾气。但在《出人意料》这一集里,在实际演的过程中,芭芭拉却什么也没对吉姆说。因为这种爆炸性新闻,他注定早就知道了。在戏中,芭芭拉和妈妈打电话时,吉姆信步走进客厅,借助逐渐减弱的翻报纸的声响,吉姆和录制棚的现场观众同时就明白了怎么回事,而这正是托尼和比尔追求的效果。克利弗最后的表演也非常到位,满足了所有人对这一场景的期待。汤姆·斯隆第一次来到录制现场,对他们的表演十分满意,于是拿出两瓶香槟到后台。香槟反过来又让克利弗和苏菲一起上了苏菲的床。

苏菲渐渐明白了,演员就是这样,这是没办法的事:他们最后总是会睡到一起。过去是这样,将来也会这样。总的来说,演员比普通人更有魅力,这是他们天生的一大优势,也许也是唯一真正的优势。在很多情况下,除了长得好,他们并没有其他优势。这些有魅力的人,花大量时间在一起,由魅力不如他们的人为他们进行穿戴、化妆,并通过调节灯光进一步凸显他们的美,还夸赞他们如何出色。他们经常被圈在离家很远的豪华场所,在美妙的酒店里彼此房间相邻。生活中的种种这一切都在怂恿他们夜半偷情。克利弗和苏菲总是不停激怒对方,彼此挠对方的痒处。他们一会儿睡在一起,一会儿又发誓再也不上床,但真在一起睡觉也很享受。苏菲明白这样下去虽然没什么害处,但肯定也不会有什么结果。克利弗是那种明天早餐之后的事情都不会考虑的人,现在他出演的这部电视剧倒是为两人提供了一种虚拟的将来,还将它浪漫化。

"我不介意和你有个宝宝,"苏菲后来对克利弗说,"当然我是指在戏里。我为以前讲过的话感到抱歉。"

"我明白你的意思,"克利弗说,"我的想法和你一样。我也为以前的事抱歉。"

"我想我们会成为一对很好的荧屏夫妻。"苏菲说。

"对我来说,也许是一个很好的实习,"克利弗说,"在某种程度上,我可以亲身体验一下。"

"的确如此。"

苏菲喜欢克利弗的这种责任感,不想让他泄气。但她还是想让对话尽可能比较实在。

"要知道,大多数时候,角色就像个塑料玩偶。"

"那是,不过也具有象征意义。"

"你这么认为吗?"

"肯定是啊。在戏中我成为一个不同的人,一个我连见都没见过的人。观众会说,你是演员,这就是你的工作。但我觉得这个意义不仅局限于此。戏中吉姆会变,我和他一起变。"

"我想说的是……吉姆不像你这么多变。我没有冒犯的意思。"

"我一点也不介意。但你为什么这么想呢?"

"吉姆是个忠诚的丈夫,对吧? 他深爱自己的妻子,还有一份体面的工作——"

"什么叫体面的工作?"

"我也讲不好,反正就是上班穿正装,做的都是重要的事。"

"没错。但如果让我评价自己的话,我觉得我把他演得足够好了,不可能有更大发挥空间了。"

"我只是说说而已。我的意思是,吉姆已经做好当爸爸的准备,但你却还没有。"

"有必要这么侮辱我吗?"

苏菲觉得自己确实在竭力羞辱克利弗。

"不,我当然没这意思。我的意思是……你能设想成为一个真正的父亲吗?"

"噢,那我真没想过。"

"真的? 从未想过?"

"当然,我今后肯定会成为一个父亲。但我现在无法想象成为父亲会是什么样子。只是……没有这种想象力。这也是我喜欢芭芭拉的孩子的一个原因。"

"也是你的孩子。"

"是的,你说得没错。我确实应该这么想。不过如果托尼和比尔要是专门为我来写,我可能会领悟得更清晰一些。"

苏菲在他肩膀上亲了一下。克利弗可爱,风趣,却无可救药。

《芭芭拉(和吉姆)》第三部

14

　　托尼和比尔已经忘了拥有时间这件奢侈品是什么感觉。他们的时间用在计划、交谈、写作和改写上。时间就是金钱，是一张美观挺括的十英镑新钞。他们舍不得破开了花。他们要将它存起来，花在那十六集的连续剧上，而且每一集都要比他们先前写过的那些剧更滑稽、更真实。他们想找一些更机灵、体面的方式来演绎剧中的育儿问题，让人们最后忘记孩子是个烦人精。

　　当然他们现在需要喘一口气。他们已经精疲力竭，如果放松一两周时间，比如晒晒太阳，吃吃喝喝，呼呼大睡，胡思乱想，反正不要在点着日光灯的恶劣的办公室环境里对视，那么他们接下来的写作会更得心应手。于是比尔和一位演员朋友去了丹吉尔①。托尼和琼在尼斯海滨订了一间酒店，这是他们第一次也是最后一次享受两人假期。托尼和比尔都从未出过国，哪怕以前服兵役时也没去过国外。他们的父母甚至连护照都没有。他们模模糊糊地觉得，国外就是美得出奇的地方。有好几次同事们、演员、作家和经纪人都告诉他们，国外的海水更温暖，天空更蓝，而食物则是无论在伦敦花多少钱都买不到的。但这些同事没有一个像托尼那样狂热。他回国后，逢人恨不得就揪住他们的西服翻领，怒目圆睁地劝他们订票，不订票他就绝不罢休。他心想，大多数英国人竟然不知道，只需区区数小时，他们就能到异域他乡，到时他们会为自己当初在黑斯廷斯、斯凯格里奇或湖区度过的每一秒钟无比后悔。不过这样可能也好。

他们实际旅行时间比当初计划的要短一些，因为两人的度假时间太难协调一致了。比尔那位演员朋友的保留剧目汇演季八月份才开始，而那时琼已经做好了年假安排。不过这一切都无所谓。对于假期来说，四个月和三个月有什么区别呢？

在此期间，托尼和比尔还受托要将《笨战友》的精华部分改编成电视剧剧本。他们原本并不担心时间问题。他们相信，大多数改动都是语法层面而不是结构层面的，所以秘书希泽尔就能担当许多工作。电视剧和广播剧没那么大的不同，就像西班牙语和意大利语差别没那么大一样。无论在哪一种语言中，笑话终归就是笑话。

令他们始料未及的是，《笨战友》当初似乎并不是用意大利语，而是用拉丁语写的。里面那些笑料当年就已老套过时或被人熟知。他们还内疚地回想起，那时写作时借鉴了不少他们推崇的喜剧。剧中为数不多的几个女角，不是泼妇就是蠢货。那些男角也乏善可陈，像跳梁小丑，而他们刻画这几个人物时，居然还想使他们讨观众喜欢。时代在前进，要想将《笨战友》搬到荧屏上，就需要重新编剧。但托尼和比尔都不知道，自己还想不想回忆那段服兵役的时光，也不知道其他人对那段经历是否还感兴趣。他们觉得自己老了。连披头士乐队

---

① 摩洛哥北部古城、港口，著名的旅游城市。

都全体没服兵役。他们觉得现在的英国像是一个陌生的国度。他们打算花一两个星期时间写试播集的剧情,但怎么写也写不出来。这令他俩既恼火又释然。这时他们突然发现,留给他们写《芭芭拉(和吉姆)》第三部的时间只剩不到三个星期了,而这部剧才是他们真正上心的。

这种情形可以解释,但不可以开脱他们写第三部第一集时的惊慌失措。在这一集里,他们想写芭芭拉和吉姆为了迎接即将出生的孩子,在布置一个新家。在现实中,托尼也正在为自己孩子的出生而做准备。他最近在电视上看了一档家庭自助手工节目后,也想自己试试在家里装个水槽。结果一动手,就鸡飞狗跳。水龙头第一次打开时,排污管一下子掉下来,琼在一旁的笑声像排出来的污水。这一下子给了托尼灵感。在《新卫生间》这一集里,吉姆也决定不请管道工,照着电视上的节目自己动手。他不光动手装水槽,还事事亲力亲为。托尼在写作时有个既模糊又精确的构思,一个水槽加一个浴缸再加一个卫生间,就足以引爆一场喜剧大戏,把全英国乐翻天。这比单纯写一个怀孕期间略微有些神经质的琼要强多了。但是一个剧本内容越精致,趣味性就越弱,托尼的这一发现或许对未来的喜剧编剧们有帮助,但对他和比尔自己却一点用处没有。因为现在已经太晚了。他们已经把那张十英镑的票子全部压上去了,渐渐快花没了。他们没有余额了。

"你可以说这是我的主意。"第一次彩排前托尼说。

"我会的,因为确实都是你的主意。"比尔道。

"你其实明白我这句话的本意。"托尼说。

"但片子出来后,我的名字也会在字幕上,所以我就得维护它。"

"你想把你的名字从字幕中拿掉吗?"

"当然不!"比尔马上答道,"不想。"但他说"不"时,语气已经少了几分肯定。

"你是什么意思?"

"你觉得我是什么意思?"

"那你说说。"

"我意思是,这种事情我们以前从未经历过。"

托尼大笑起来。

"我知道这样会意味着某些事。你想让这部戏由其他人来写吗?"

"不。"

"什么意思?"

"不,就是不。这是个糟糕的想法。"

"为什么?"

"你是想说,观众如果觉得这部剧是垃圾,我可以把自己名字拿掉;如果观众觉得这部剧还不错,我就能分享一半荣誉。"

"我觉得是。"

"这样会导致很多后患。我们不能这样搭档。不过今后倒是可以考虑考虑我们怎么搭档。"

"有后患又能怎样?"

"我们应该在一个字还没写之前,就有约在先。比如'我自己一个人想写这一部分'或者'孩子长牙这部分,你能接过来自己写吗'?也许这种各自分开写对我们都好。"

托尼彻底明白比尔的意思了。这把他吓得胆战心惊。

"还需要再加工一下,"全体演员对完台词后托尼说道,"如果能加一点特效,滑稽效果会更好。”

演员对台词时,剧本没有激发出一丁点儿笑声。就连丹尼斯也束手无策。平时剧本初稿不理想时,他都会出来替大家解围。

“还特效?”克利弗说,“这只不过是个漏水的水龙头而已,又不是《十诫》①。”

“你连剧本还没读懂吧?”比尔说,“这是一场洪水。浴缸,卫生间,水槽……”

“厉害,”克利弗说,“卫生间发大水。你们真想这一部一开头就从厕所幽默②开始?”

“这不是厕所幽默,”托尼说,“这是和卫生间有关的幽默,水槽,浴缸,两者不一样。”

“但不管是水槽还是浴缸,外表都没什么可笑的。”

“你是说像劳莱和哈台③吗?”比尔道,“或者像哈罗德·劳埃德?④”

“正是。”克利弗说。他有点迷惑,不知道为什么比尔这时站在他这边说话。

比尔转了转眼珠子。

“你觉得劳莱和哈台不好笑吗,克利弗?”丹尼斯问。

克利弗笑了笑。

“我来告诉你们,这一集让我想起了什么,”克利弗说,“它让我想起了露西尔·鲍尔演的一集连续剧。不过苏菲,你先别激动,我是

---

① 指史诗电影《十诫》,尤以美国导演戴米尔执导的 1956 年版最为著名,内中有大量宏大场面和超越时代的特效,“过红海”为其最有名的场景之一。
② 厕所幽默在英美文化中常代指和排泄、性有关的低俗笑话,常含有色情内容。
③ 美国双人喜剧组合。
④ 美国喜剧演员。

指那不好的一面。"

但这话已经太晚了。

"给我加点戏，"苏菲对托尼和比尔说，"现在我除了在一旁尖叫，什么都没做。"

"我不知道卫生间发大水，你能做什么?"托尼说。

"为什么芭芭拉不能看自助手工节目?"

"为什么总是吉姆想着试试? 如果看电视的是芭芭拉会怎样?"克利弗也说道。

"我觉得，苏菲的意思是，她要自己动手，在卫生间做一回管道工。"丹尼斯说。

克利弗哼着鼻子轻蔑地笑着。

"有什么好笑的?"苏菲说。

"让芭芭拉在卫生间当管道工，我看这个想法行得通。"丹尼斯说。

"是的，想法不错，"克利弗说，"但是不现实。"

"为什么不现实?"丹尼斯问。

"你们是在指我，还是指芭芭拉?"苏菲问。

"你是在嘲笑一个女人做管道工不靠谱吗?"托尼说。

克利弗一时成了众矢之的。不过托尼这个问题正好给他一个台阶下。

"我是觉得，她会将卫生间搞得一团糟，"克利弗说，"不过要不这样，也就没好戏看了。"

"她是会把这一切弄得一团糟的，"托尼说，"不过女人在卫生间当管道工，这件事本身并不好笑。"

"我不赞同你的意见。"克利弗说。

托尼事后回忆,大家的这次热议,几乎将这一部剧的关键核心揭示了出来。如果拍成让吉姆修理卫生间管道,剧情会乏味且一目了然。而让芭芭拉故意把一切弄得一团糟,却充满滑稽效果,让人耳目一新,并且完全可以预料观众的反应。也许这正是电视,或者也可以说是生活的真谛。

录制过程中,一位观众本来身体就不舒服,再加上又笑得前仰后合,最后吐在前排座椅的靠背上。至于卫生间发大水这个笑点,经过托尼和比尔重构、提炼、修改,最后变成了一个外表丑陋、闪闪发光、声音巨大的美式摩托般的剧情。现场观众被逗得笑翻了天,最后不得不重新录制对话。苏菲凭借着扮演管道工的炫目表演,最终在大众娱乐界为自己赢得了和露西尔·鲍尔齐名的口碑。片中吉姆突然闯入,发现芭芭拉一脸无辜地站在马桶水箱上的镜头,更是被BBC连续四年选入圣诞特辑的片头,成为《芭芭拉(和吉姆)》的经典标志。而比尔在绝望中,也开始严肃考虑自己写小说的事了。

15

自打伊迪丝离去后,丹尼斯就频繁地受邀参加宴会酒局,比过去结婚时参加的总次数还要多,这还不包括他母亲定期强迫他参加的那些令他感到屈辱的相亲性质聚会。在大家眼里,他现在是名正言顺的单身汉。他被介绍给各种单身女人,有些和伊迪丝惊人地相似,有些显然和伊迪丝正好相反。和伊迪丝相似的女人,不外乎都是身材高挑,瘦骨嶙峋,受过教育,有思想;和伊迪丝相反的女人一般身材矮胖,但也都是知识女性。丹尼斯的剑桥学位就像一个明白无误,又令人无法挣脱的虔诚的宗教信仰,向外宣示女方聪明伶俐这个条件,是无论如何不可改变的。但丹尼斯发现很难说服自己,那些矮胖的知识女性是适合他的类型。他承认自己在这方面见识浅薄,但对此却无能为力。

和伊迪丝真正相反类型的女孩是那种不矫揉造作、反应机灵、泼辣爱玩、身材凸凹有致的金发女郎。丹尼斯其实暗恋苏菲很久了。虽然一开始他在心里不愿意承认。但是最近,他内心频受伊迪丝厌恶症的困扰。那些在苏菲身上发现的、令他尊崇的品质,在他前妻身上统统没有。也许他这样对待伊迪丝并不公平,他俩分开后,她也可能有改变。但丹尼斯对此抱有怀疑,因为很难想象维隆·威特菲尔德这种人能激发出伊迪丝身上深埋的爱玩爱闹的天性。

至于他本人,他知道自己和苏菲并不属于同一类型。克利弗和莫里斯都是常人眼里的帅哥,只要你能忽略克利弗的塌鼻子和莫里斯的傻笑。这两人也已经成名,虽然苏菲可能会被有关两人传闻的内容吓倒,但丹尼斯知道,总的来说他们比他更占优势。也许伊迪丝确实是被维隆·威特菲尔德的思想吸引,但如果威特菲尔德的思想仅仅深埋在大学历史系的尘埃里,她或许愿意去通过阅读《泰晤士报》文艺副刊去享受他的思想,而不是和威特菲尔德在床上共享这种思想。

丹尼斯一直以来就笃定认为,最好的选择就是暗藏于心。公开表白,几乎肯定会自讨没趣。运气好一点的话,他会收到小小的恭维,比如他这人多么讨人喜欢,她又多么珍视他的友谊以及职业上的扶助。反正估计没有哪个制片人会甘冒和剧中女主角闹翻的风险去做这种表白。如果这个女主角是个大嘴巴,那他和剧中男主角的关系也会玩完。到那时,这一切会对他造成严重的心理创伤。

不过与此同时,丹尼斯愈来愈觉得自己很难将这一切包得严严实实。他觉得这和爱情无关。爱情意味着要勇敢,否则就不成立:一个男人如果不敢对自己心爱的女人表白,那他肯定配不上她。所以丹尼斯最后下定决心,在克利弗和苏菲宣布订婚时,自己一定得说点什么。

克利弗和苏菲是在排练《到来》这一集的头一天向大伙宣布订婚

消息的,就在全剧组对台词结束后。这一集最后几页台词是托尼写的。当时受自己心情驱使,托尼的语言一丝不苟,充满柔情蜜意。苏菲和克利弗这对演员爱侣也被剧中情节感染,按捺不住地向大家公布了恋情。消息宣布时,在场有一位叫桑德拉的女演员。她的演技蹩脚得离谱,是丹尼斯找来扮演接生婆这个小角色的。桑德拉听到这个消息后第一个开口,而此时托尼、比尔和丹尼斯还咧着嘴惊讶不已呢。当然对丹尼斯来说,这惊讶中也包含着痛苦。

"真是个美妙的消息,"桑德拉说,"我很高兴亲耳听到这个好消息。"

"说真的,我们不知道你也会在现场⋯⋯"

"我觉得,你们见到我在场,还是宣布了这个消息,我感到荣幸。"桑德拉说。

"你不应该感到荣幸,"克利弗说,"在一个理想的世界里,你应该⋯⋯"

"住嘴,克利弗。"苏菲制止他。

"你们将来准备结婚吗?"比尔问。

"不然我们干吗要订婚?"

"你们演员总是不停地订婚,但最后有一半无果而终。有点儿像假性怀孕,也像胃肠胀气。"

"你们这些话我概不接受,"克利弗忿忿地说,"就桑德拉说的还好听点,比尔把我们的订婚比作放屁,而其他人则闭口不言。"

"对不起,我们大家都为你们感到高兴。"托尼说。

这时他们都盯着丹尼斯。他到现在还没开口。

"是的,"丹尼斯说,"我还想再加工一下。"

"不着急,"比尔说,"我们就在这儿等着呢。"

"问题是,我想亲自问问苏菲。"说到这儿,他紧张地笑了一下。

托尼希望自己是在场的所有人中,唯一知道丹尼斯内心想法的人。他知道丹尼斯这句话不是在搞笑。

"我知道你在做什么。"托尼道。

"他在做什么?"克利弗问。

"很好,很不错。"

这时托尼站起来说:"我是斯巴达克斯。①"

比尔大笑,也跟着他站起来。

"我也是斯巴达克斯。"

"我还没看过《斯巴达克斯》呢。"克利弗说。

"如果我们大家都向苏菲求婚,她就不知道该选哪一个好。那样她会感到生不如死。"

"啊!"丹尼斯说,"好的。"

他也站起来。

"你不用站,丹尼斯。"托尼说。

"哦。"

"你刚才起过头了。你不能做两次。"

"可我没说'我是斯巴达克斯'。我想说的是,我要苏菲嫁给我。"

"这就是你要说的那个意思,我是斯巴达克斯。"

托尼能感觉到自己紧张得汗都出来了,这汗水代表着他刚才想出的疯狂妙计从脑海中渗出,流到排练的房间里。他们可以再排练

---

① "我是斯巴达克斯"是著名导演库布里克执导的电影《斯巴达克斯》里一句经典台词。斯巴达克斯领导的奴隶起义失败后,战友们为掩护斯巴达克斯,而在罗马士兵面前英勇地宣称自己是斯巴达克斯。

下去了。

"恭喜你们!"丹尼斯对他们说。

"谢谢。"苏菲道。

当其他人重新开始读剧本时,苏菲还在盯着丹尼斯。

《碾压》杂志记者黛安想对苏菲和克利弗这对情侣做一次采访。但克利弗没有空。于是黛安和苏菲两个女孩最后一起出去吃了顿饭作为庆贺。这顿饭是黛安请的。

"他是怎么向你求婚的?"

"他带我到特拉图酒店,买了一瓶香槟,请钢琴师弹了一曲《我是如此爱她》①,然后拿出戒指,单膝跪地。"

"噢,天呐!"

"你说天呐,是表示好还是不好?"

"当然是不好,多尴尬啊。搞得这么夸张。"

"你和我想到一块去了。"

"那你当时怎么做的?"

"我对他说,不要这么做作愚蠢。你要是搞突然袭击,逼我表态,我就马上离开。"

"结果他还是趁你不备,向你求婚。你终归答应他了。"

苏菲大笑起来,笑声中夹着叹息。

"可以这么说吧。后来又发生了许多事情,他总是纠缠不休。为了让他闭嘴,我只好答应。真的。"

"挺浪漫的,像一个童话。我为《碾压》读者感到高兴,他们悬着

---

① 披头士乐队的一首代表作。

的心可以放下了。你们让大家又开心了一回，我也跟着沾光。"

"他们也开心了一回。"苏菲说。

"你指谁？"

"我是说大家。可关键问题是，我开不开心？我也是个人。"

"那你当时干吗同意了？"

"因为……呃，因为这会让大家开心。尤其是大家都关注这么久了。这种公众期待很难抵挡。"

但实际情况并非如此。苏菲和克利弗一道外出时，人们会笑着和他们打招呼，开玩笑，索要签名，但没有人对他们说"快结婚吧！"办一场婚礼，会让报纸、杂志高兴，这点苏菲心里明白。但她也明白，真正起决定性的压力来自内心想满足观众的期待。只要稍微再跨一小步，她就会让自己的人生和剧情严丝合缝，吉姆和芭芭拉，苏菲和克利弗，如果再生一个宝宝，那就和荧屏上她要生宝宝的剧情也合上了。她内心开始盼望自己结婚怀孕，因为那样她将获得双重体验，比单一剧中角色或现实中的女人享受更多的乐趣。不过苏菲也知道，这种乐趣不会长久，因为它的本质是虚幻的。于是她发现自己开始渴望一些别的东西。

"你爱他吗？"

"噢，别问这种无聊问题，黛安。也许现在是你该离开《碾压》杂志的时候了。"她说。

话一出口，她就明白自己说得过于尖刻了。毕竟，问一个刚订婚的女孩子这个问题不算愚蠢。

"那可不可以换个说法，'我绝不能容忍别的女孩子把吉姆偷走'？"

"这个可以说。"

《每日快报》赶在《碾压》杂志之前,率先披露了苏菲和克利弗订婚的消息,另外几家报纸也跟进报道。还有一家报纸宣称已发现芭芭拉怀孕了。至少对这些媒体来说,《芭芭拉(和吉姆)》的回归对于他们来说是头等大事。

这是令人激动的一周。星期四这一天,丹尼斯得知汤姆·斯隆给他打过电话,让他立刻回电话。

丹尼斯起身。

"坐下,"比尔说,"等把这一幕讨论完,再给他回电话也不迟。"

丹尼斯又坐下来。他知道在托尼和比尔眼里,他就是 BBC 养的一条狗。所以他时不时地摆出一点姿态,向他们证明自己也是有独立性的。虽然在回电话这件事上,是比尔让他这么做的。

"我们刚才讨论到哪儿了?"

"我在考虑接生婆要不要在这里多说几句台词?"扮演接生婆的桑德拉说。她花了很多排练时间在考虑要不要给自己多几句台词。她觉得接生婆这个角色融合了医疗专业人士、婚姻顾问、牧师、第三父母、旁白等诸多因素。

"不。"比尔说。

"我恐怕不敢苟同。"桑德拉说。

丹尼斯又站起身来。

"坐下。"克利弗说。

虽然这次别人还是要他坐下,但丹尼斯却再也坐不住了。他去给斯隆回电话。

"呃。"打完电话后回来,他先清了清喉咙。

"好消息还是坏消息?"克利弗问。

"这该由你们自己来判断。"

"噢,上帝。"比尔道。

"什么?"

"如果要我们自己判断,就不会是什么好事。比如说,不可能是涨薪水。"

"我也不认为汤姆·斯隆会突然给我们涨薪。合同都签完了。"

"那他到底决定什么了?"苏菲问。

"嗯,"丹尼斯说,"归根结底,斯隆是负责决定 BBC 轻娱乐节目的……"

"噢,上帝,"克利弗道,"苏菲问的不是这个。她要问的是,斯隆在电话里说了什么。"

"啊!"丹尼斯哼哈着,"这个嘛。"

"你两个小时前从进门起,就这样哼哈,"托尼不满道,"可我们还是一头雾水。"

"我刚才和马西娅·威廉斯打电话了。"

"难以置信!"比尔叫道,"她要干什么?"

"谁是马西娅·威廉斯?"苏菲问。

"我知道,"比尔说,"你们肯定想问我为什么说难以置信?"

"我以为你是在讥讽呢,那她到底是谁?"

"她是首相的秘书。你知道人们说她什么?"

"注意点,"丹尼斯说,"我们在 BBC 的地盘上。"

"噢,不要像蠢驴那样,丹尼斯。"比尔道。接着,好像要故意跟丹尼斯唱反调似的,他大声地说:"**人们说他们在乱搞!**"

"谁?"

"**威尔逊和马西娅。**"

"我太郁闷了,我本想制作一部精致的喜剧连续剧,可没想到你们写剧本的思想这么幼稚。"丹尼斯说。

"去死吧。"比尔骂道。

"真有这事?"苏菲睁大眼睛问道。

"应该是真的。"克利弗说。

"应该是,"丹尼斯鄙夷不屑地重复道,"如果用一个词来概括这类捕风捉影的小道消息,这个词就是'应该是'……上帝啊。"

"不过我们确实不敢肯定。"克利弗说。

"是啊,要是可以肯定,就是事实了。"

"人们到底传了什么?"苏菲问。

"都是些谣传。"丹尼斯说。

"别理他,"比尔对苏菲说,"这家伙不是人,是个机器人。"

丹尼斯显然被比尔这句话刺痛了。"我对别人的绯闻没有兴趣,不能说明我就是个机器人,"他反驳道,"只能说明我是个……君子。"

"你们尽说一些无关紧要的。"克利弗说。

"你们想不想听,马西娅和我说了什么?"丹尼斯说,"有人感兴趣吗?"

"让他说,"苏菲道,"'马西娅和我'。"

"她打电话是想告诉我们,哈罗德首相和夫人玛丽非常爱看这部电视剧,从不落下一集。"

"那至少玛丽知道她丈夫每个星期四晚上八点不在搞那事。"苏菲道。

"反正没和其他人搞,"比尔说,"说不定那天是他俩固定搞的日子。"

"不要说得那么黄。"苏菲说。

"我不理你们了,我要继续干活,"丹尼斯说,"马西娅说——"

"让他说,"苏菲道,"'马西娅说'。"

"马西娅说,首相先生希望现实生活中,能有一个像吉姆这样的机灵小伙子替他工作。她问我们想不想去唐宁街10号玩玩。"

"我们是去见马西娅吗?"苏菲问。

"我估计我们是去见首相。"丹尼斯说。

接生婆桑德拉激动地鼓起掌来。

"真是难以置信,"她说,"我们居然要去唐宁街10号。"

"啊,没错。这是真的。"丹尼斯说。

"噢,你们千万别在我把这周的戏拍完后,说我不能去。"接生婆桑德拉说。

他们推测,桑德拉的意思是,她平时工作比他们守时,并且在排练时愿意主动去对新写的台词。

"恐怕确实像你担心的那样。"丹尼斯说。

"他们指名道姓说我不能去了吗?"桑德拉问。

"那倒没有。不过……他们压根不知道你的存在。"

"可是首相夫妇要是坚持每周都看这部电视剧的话,那他们下周就能在屏幕上见到我——"

"他们邀请的是团队,"丹尼斯说,"你觉得你是这个团队的一分子吗?"

"是啊,"桑德拉说,"我觉得你们很欢迎我。"

丹尼斯无奈地将目光投向苏菲,因为估计其他人也帮不了他的忙。

"如果能多出一个位子,可以让贝蒂·佩特威去。"

贝蒂·佩特威在剧中扮演芭芭拉的妈妈,到目前为止已经出镜三次了。托尼和比尔正打算在孩子洗礼那一集中再次用她。

"就是贝蒂也去不了。"丹尼斯说。

"但她是你的妈妈。"桑德拉说。

"我知道,很糟糕,对不对?"苏菲阴沉着脸说。

不过这样一来,桑德拉心理就平衡了。一场道义危机被化解于无形。这都是苏菲的功劳,她真聪明,丹尼斯心想。但一想到这里,丹尼斯自己的心情郁闷起来。

那天晚上,苏菲给父亲打了电话。但父亲没有像她预计得那样惊喜。

"我爸爸说,我们应该拒绝邀请。"第二天拍戏时苏菲说。

"我不听你爸爸的,"比尔说,"我想去得要命。"

"我也是。"托尼说。

"那很好啊,"克利弗揶揄道,"哈罗德首相只要拿到和编剧们的合影,就心满意足了。"

"你可得了吧。"比尔说。

"请问你父亲为什么反对我们去?"丹尼斯问。

"他觉得国家被这帮狗崽子管理,我们不应该去给他们捧场。"

"那这帮狗崽子要把我们领向何方?"比尔说,"狗窝在哪里?"

"你问你父亲为什么不高兴了吗?"

"我觉得他就是随口一说。他说话向来故作高深。"克利弗说。

"他不满意他的工资。"苏菲说。

"说到工资,没有人满意自己的工资,"克利弗说,"不过我相信工资还是够老百姓喝茶吃饼干的。"

"他还担心有色人种。"

"有色人种在黑池给他惹过什么麻烦吗？"

"上周有个有色人种朝我吹口哨，"桑德拉说，"那人是个擦玻璃的。"

"真是奇耻大辱！"比尔讽刺道，"应该将他遣返回国。在历史上，还从未有擦玻璃的白人朝妇女吹过口哨。"

"反正从未有过白人朝我吹过口哨。"桑德拉说。

旁人都很识趣，一言不发。

"他还认为，哈罗德首相应该为罗德西亚①的史密斯先生②提供更多支持。"

"噢，"比尔说，"这么一来，所有事情都能解释通了。"

"是吗？"苏菲颇感兴趣地问。

"是的。看来你老子是个帝国主义小丑。我敢打赌，他一定爱看《每日快报》。"

"你是怎么知道的？"

"你思考过这些事情吗？"比尔问，"或者你觉得你父亲就是这样一个人？"

"我不知道，"苏菲说，"这些事情我以前从未认真考虑过。"

"你以前从未考虑过这些事？"

"你这么问真有意思。"

"你这么聪明的女孩子，干吗要去关注那些有毒的垃圾？"克利弗道。

"你觉得那些是垃圾？还有毒？"苏菲反问道。

---

① 英属殖民地，即今天的津巴布韦。
② 英属罗德西亚殖民地总理，主张白人少数统治，长期镇压黑人民族主义者。

"那当然。"克利弗说。

"大家都这么认为。"比尔也说。

苏菲环顾一圈会议桌,没人表示异议,只有桑德拉突然翻手提包找止咳糖丸。

"噢,"苏菲说,"我也说不好。"

苏菲足足花了一个月时间来补课。她听《有问题吗?》①。任何人只要对国际时事稍微流露一点兴趣,她都会主动和他们攀谈。她还购买《新政治家》和《听众》②,因为比尔要求她每周看上面三篇文章。她不能十分看得懂,但也渐渐明白比尔的结论是正确的:确实所有人都认为她父亲的观点是有毒的垃圾。同情伊恩·史密斯,或者抱怨有色人种,就仿佛在说《橱窗里的小狗多少钱》③比《摇摆与嘶吼》④更好。其实最后她只需知道这些就够了。她不敢肯定,那些和她共事的人,她聆听的人,她敬仰的人是不是在所有事情上都是正确的。随着年岁渐增,她变得更加迷茫。不过有一点她是搞明白了,那就是在她同事和朋友眼里,她父亲信奉的那一套价值观就像百货公司打折的女式套装,既落伍又不招人待见。你可以不关心时尚,但如果你整天和时尚界人士厮混,就应该明白他们在笑话你。

比尔曾经一度非常关注《芭芭拉(和吉姆)》的收视率。但是拍完《新卫生间》后,他开始更重视 BBC 喜剧节目的那批铁杆观众。这些人在看电视时绝不会睡着。他想赢得那些小众实验剧场观众的尊

---

① BBC 四套的一档时事讨论节目。
② BBC 于 1929 年创刊的一个周刊,1991 年停刊。
③ 一首活泼的童谣。
④ 披头士乐队最后一张专辑的主打歌曲。

敬,想赢得那些将他剧本梗概拒之门外的讽刺剧制片人的尊敬。他还想引起他在艺术俱乐部新结识的年轻聪明的同性恋者的注意,甚至还包括电视评论家们,他们也许偶尔喜欢这部电视剧的某一集,但并不想正儿八经地写一篇关于它的评论。过去他和托尼一度受那些先锋实验艺术群体推崇,后来他们失去那些家伙的支持,却也不感到遗憾。他们转而需要来自大众的喜爱,为此他们尽全力去迎合大众。现在他们对这种来自大众的爱又感到腻味了。比尔觉得自己更羡慕那些社会现实主义者、超现实主义者、艺术实验主义者和讽刺作家。这些人一般面色苍白,瘦得皮包骨头。都是因为没钱导致的,比尔心想。他自己现在有钱了,要再多的钱也没什么用。再说了,他现在想挣钱随时能挣到,所以他将视线投向别的地方。

但他现在想要的那些东西,《芭芭拉(和吉姆)》无法给他带来。新拍的《到来》这一集,让事情变得更糟。对于这部电视剧,比尔并不觉得多么地引以为荣,虽然剧情非常丰富:分娩痛苦,吉姆约会时失踪了,紧张兮兮酿成大错的出租车司机,还有那个接生婆。桑德拉扮演的接生婆可爱传神,她甚至邀芭芭拉和她一起估算王室成员的零花开销。这一集还多了个宝宝和亲子之爱。录制时,比尔用眼角余光瞟到托尼虽然竭力掩饰,但依旧激动得热泪纵横。比尔稍稍对自己有些憎恶。他们写的这部剧获得了时下最高收视率,而且照这个趋势,也会创下他们有史以来作品的最高收视率。录制前,公关部的工作人员借来一个婴儿。剧组和婴儿母亲签了合同,这样苏菲就可以抱着这个宝宝摆拍几张照片。(婴儿是男孩,名叫蒂姆西,小名蒂米。在该集播放前,绝大多数报纸都刊登了这几张照片。)不过正如比尔事前担心的,这个宝宝让拍摄变得更难了。洗礼那一集拍得很精彩:他们创作了一个教区牧师的角色。此人信仰并不虔诚,只是由于太懒，岁数又大干不了别的，只能当牧师滥竽充数。《社交晚宴》那一集也有好几处亮点。吉姆邀请一位老同事和他妻子来家做客。在听了芭芭拉对晚餐的安排后，吉姆决定让她靠边站，自己亲自下厨。虽然吉姆没怎么明说，但显然他担心芭芭拉的菜谱太家常，太落伍，太英国。这一集的前半部分，比尔觉得新鲜犀利，戳中了芭芭拉工人阶层出身和吉姆中产阶级趣味的笑点。但后来他们失去了锐气，故态复萌，又回到《新卫生间》那一集的老路上。在后半段，坐在前两排的现场观众都发了马金托什防水布，以免被飞溅的贝夏梅尔调味汁弄到身上。这个安排令观众们更兴奋。事后，丹尼斯告诉剧组人员，他的上司非常喜欢做饭这一段，讨厌前面喋喋不休的闲聊：他们对剧本的头条批示就是"多来点贝夏梅尔调味汁，少来一点伊丽莎白·戴维①"。

"我认识的人里面，没有人干这种活，"比尔对托尼说，"大家都在令父母烦心，而不是让父母开心。"

"那他们干什么活？"

"他们在皇家剧院的舞台上表演性爱，或者以颓废的浪漫派诗人为题材，拍地下电影。"

"没有人拦着你，"托尼道，"你业余时间可以挣外快，只要在上班时间能创作出全英国最受欢迎的大众喜剧就行。"

"不是每个人都认为这部电视剧是全英国最受欢迎的喜剧。"

"没关系啊。就算全国有一半人不看我们，我们也能活。"

"就怕另一半人中有些是聪明人，他们已经放弃我们了。"

"你说的聪明人是指谁？"

---

① 伊丽莎白·戴维(1913—1992)，英国著名的烹饪图书作家。

"在皇家剧院舞台上表演性爱的那些演员。"

"他们每周四晚上都出去演出,没空看我的电视剧,"托尼说,"所以我们不必担心。"

现在唯一能让比尔提起兴趣的,就是芭芭拉和吉姆之间的唇枪舌剑,结果这种类型的戏就越写越多。其他时候比尔都在凝神沉思,思考文如其人的问题。

每天早晨,比尔早早来到办公室,趁托尼还没到,开始写《索霍男孩》。此前他从未用散文体写过东西,所以一开始并不顺手:他起先固执地认为,要想获得评论界关注,就必须每一句话至少包含五个从句。他还疯狂地挖掘副词,因为给《芭芭拉(和吉姆)》写台词,不需要副词,不用写"他们有心无力地说,蹑手蹑脚地走,或冷若冰霜地挤出笑容",只要写"他们说,他们走,他们笑了"就行。但写完《新卫生间》的剧本后,比尔想做点别的事,让自己冷静下来,于是开始认真考虑这部小说,分析其中哪些内容他不满意。结果他决定让笔下的主人公的语言更加口语化。这个主人公是来自西米德兰兹郡的男同性恋小伙子,离开家乡,来伦敦闯荡。小说标题也由《索霍男孩》变成《一个索霍男孩的日记》。比尔突然感觉,自己至少也开始写一本书了。他定了个目标,不隔行的稿纸每周写二十页。有几周他还超额完成任务。等到他和托尼把《芭芭拉(和吉姆)》第三部的剧本写完,他自己也用打字机打完了厚厚一沓稿纸。从某种程度上,这也可以算是一部手稿了。

16

不到十天的时间里,苏菲接连见了露西尔·鲍尔和哈罗德·威尔逊。这两次会面时间几乎发生冲突。要是在几年前,这简直像学生作文里的情节一样异想天开,但现在却连巧合都算不上。苏菲现在定期和名流见面。她和这些名人并不认识,但总是被安排在同一个房间,和他们寒暄。和苏菲聊过的名人中,有乔治·贝斯特、汤米·库珀,玛丽安·菲斯弗和雷吉·克莱。趾高气扬的乔治·贝斯特还向苏菲索要电话号码。现在这些名人对苏菲来说如同家常便饭。而露西尔·鲍尔却是明日黄花。对苏菲这一代人来说,露西① 已经不再是大明星,但当黛安给苏菲打电话,告诉她露西即将在伦敦做一期电视特辑时,苏菲觉得自己无论如何要向露西尔·鲍尔当面表示谢意,感谢她对自己过去的激励。

"不过,她会理我吗?"苏菲问黛安。

"她如果不理你,那她太傻了。你现在是当红的苏菲·斯卓,而她是过气的露西尔·鲍尔。你们见面,对她比对你更能加分。"

250

"不要这么说。"

"这是事实。"

"见面时我对她说什么好呢?"

苏菲现在已经能感到自己的紧张心情。她搞得不好就像露西在喜剧中演得那样出丑,摔一跤,把自己名字写错,误拿了露西的包被警察抓起来,只不过如果她那样,就会一点也不好笑。

"你就说你多么喜欢她演的戏,她给了你许多灵感,诸如此类的话。"

"然后再说什么?"

"她可能会问你一个问题,然后你就可以走了。"

"她会问我什么样的问题?"

"肯定是你能回答的问题。她肯定不会问你直角三角形斜边的平方是多少。"

"你给我举个例子吧。"

"苏菲,你当演员多久了?"

"噢,天呐。那我就告诉她,这是我演的第一部戏。她就会接着问,那为什么我一上来就演主角——到时你陪我去,好吗?"

"那我给杂志写一篇报道吧。题目就叫《苏菲露西会面记》。"

"叫《露西苏菲会面记》更好。"

"哦,如果那样,她会一下子得意起来。"

"我没有那个意思。如果按照你原来的标题,反而会让人觉得我很得意。"

"不是。"

---

① Lucy,即露西尔(Lucille)。

"所以我把顺序换了一下,你明白吗?"

"我知道你没有得意。"

"唉,我还是不去算了。你把我搞得太紧张了。你干吗要告诉我这个消息。"

"露西剧组星期一在白金汉宫外拍摄。"

"该死,我星期一偏偏还有空。"

"我就记得你星期一不拍戏,所以特意打听了他们那天在哪里拍戏。"

"她肯定没听说过我。"

"是的。但我敢保证,她会彬彬有礼的。到时自然会有人向她介绍你。你是当今的红星。"

"他们会这么介绍吗?"

"如果不介绍,露西就会奇怪,干吗无缘无故要和你照张相。"

"因为她长得好看啊。"

"苏菲,露西现在五十多了。她应该比你更感到害怕才对。"

露西比她父亲还大? 这怎么可能? 想到这里,苏菲愈发不自在了。她害怕在露西身上看到自己未来的影子。

到两人见面那天,露西并不显得比苏菲父亲还老。她好像穿着一件福莱塔芬外套。这件时髦的白色外套侧面,印着大大的橙色三维字体的字母。她的身材和腿形保持得很好,但面容确实显得枯槁。她的妆很厚,整个脸一片粉白,两只眼睛深凹在脸上,是面部唯一具有表情的五官,眼神像深埋在大雪里惊恐的动物。她岁数大了,不能像过去那样,和一群戴着毛皮高顶帽的年轻人在哨兵岗亭外做策马腾跃状。据黛安说,还有一个名叫"戴夫·克拉克五人组"的流行乐

露西在伦敦

队在旁边临时搭的一个舞台做模拟表演。（最后剪辑时，他们把这一幕剪掉了。这部《露西在伦敦》的片子拍得很糟糕，但即便这样一部差片，也没给那些戴毛皮高顶帽的舞蹈演员留镜头。）

"你认为这一切都是写出来的吗？"黛安问。

"那当然，一切都要有剧本。"苏菲道。

"天呐，我真盼望也有机会写剧本。"黛安说。

苏菲聚精会神地盯着露西的表演。

"她看上去有些不同。"苏菲低声道。

"她的脸动过。"黛安说。她的声音很大，苏菲向她嘘了一声，示意她小声点。

"你是什么意思？干吗还要动脸？"

"就是做面部手术，"黛安说，"这样看起来会更年轻一些。就像整容那样。我觉得她好像将眼睛往里收了收。"

"收了收？"

"就是拉皮，去皱。你看到了吗？就是眼睛周围妆化得最浓的部位。但这样她也就没法做表情了。真悲哀！答应我，你以后绝不要这么做。"

苏菲没有回答。她明白，总有一天她会和露西一样面临选择，要么做各种手术，最后令自己无法再演戏；要么让眼睛、胸部、下巴顺其自然地老化。如果是后者的话，那么连《露西在伦敦》，或者《苏菲在好莱坞》这种片子也没人来请你。她现在只盼望露西尔在白金汉宫外的表演不要出丑，那样就不体面了。但话又说回来，像达尔茜（她在《芭芭拉（和吉姆）》结婚一周年那一集中露过面）那样待在家里等电话铃响就体面了吗？或者就彻底息影，身材发福，将剩下二十五年的余生用来回忆自己当年也曾青春美艳，大红大紫过。她劝自己不要花太多时间考虑最后的结局,但总是忍不住去想,身处职业生涯巅峰,就好比在摩天轮最高端。你心里清楚不能停下来,两个方向必须选择一个。

露西和伴舞的卫兵终于将节目录制完了。在休息的时候,一个年轻人过来带苏菲走到露西跟前。苏菲突然反应过来,露西尔要见她了。她的眼神会和自己的眼神相碰。苏菲觉得自己要稍微弯一下双膝。

"你好,亲爱的。"露西说。

"你好,"苏菲说,"我喜欢你这身衣服。"

"是吗,宝贝?恭喜你在电视剧里演得那么好。"

"你看过我演的电视剧吗?喜欢看吗?"苏菲话刚出口就后悔了。她显然犯了一个错误。她发现自己犯错误,是因为她觉察到露西头脑里的一扇门向她关闭了。这扇门装在露西大脑和她眼睛之间。她的眼睛虽然还在望着苏菲,但仿佛已经和她隔着一块电视屏幕。露西已经不在这里了。

"噢,没关系的,"苏菲现在的声音小而尖,不像是她平常的说话方式,"你不用看那些片子。对不起。"

"谢谢你专程来问候我,亲爱的。"露西说完就走了。没有人给她们拍照。

"真是个装模作样的老太婆。"黛安说。

"唉,是我把这一切搞砸的。"

"你做错了什么?"

"我不该问那个问题。"

"为什么不能问?"

"我那个问题越界了。"

"你又不知道界限在哪里?"

但苏菲已经知道了。这是一种微妙模糊的感觉,旁人难以意会,只有露西和苏菲知道。(就她俩!苏菲和露西!但这种将苏菲和露西归为一类,其他人归为另一类的划分其实也很武断)。苏菲早就看出这一点,但她没有理会,因为她太贪心了。苏菲向露西索要自己在她心目中存在的证据,露西没法给她,因为苏菲没有存在过,可能将来也永远不会存在,反正不会像露西当年在苏菲心目中的那种存在。苏菲害怕自己会一直这样贪婪,没有东西能将她的欲壑填满。她的欲望没有止境。

他们五个人乘坐两辆出租车前往唐宁街。其实如果挤一挤,一辆出租车就够了。但克利弗说,如果警察和随从看见他们在车里脑袋胳膊都贴在一起,实在太寒碜。苏菲想和克利弗坐一辆车,但他说不能把两大明星放在一辆车里,其他无名之辈坐另一辆车。

"我根本没这么想过。"苏菲说。

"你不这么想,"比尔道,"是因为你脑海里压根没有明星和普通人这种观念。"

"你知道我说的是什么意思,"克利弗说,"你们对我来说不是无名之辈,但其他人确实不知道你们。"

在唐宁街 10 号门口,他们敲了敲门,仿佛这是一幢普通住宅。一位秘书先将他们引到接待区,然后带他们上楼。沿着楼梯的墙上挂着英国历代首相的肖像画和照片。苏菲在心里暗自惭愧大多数首相她都认不出来。

马西娅·威廉斯在楼上一间会客厅迎接他们。她的表情很兴奋,或者装作很兴奋的样子。她和苏菲握手时,用力摁了摁苏菲的胳膊。苏菲觉得她人很好,很难想象她这种人居然会做别人的情妇。她根本不像做情妇的那类女人,看上去很精明,但是有点龅牙。苏菲不知道哈罗德是不是饥不择食。他或许一年到头见不到青春靓丽的女孩,最多只在工会联盟议会①的会议上或访问苏联时碰到一些。马西娅·威廉斯或许是哈罗德身边气质形象最接近拉蔻儿·薇芝②的人了。苏菲这时猛地自省起来,后悔没穿一件长一点的裙子。她不希望哈罗德看到她之后,对自己的现状不满,如果马西娅是他的现状或者部分现状的话。假如首相大人见面后对她青睐有加,她又不想峻拒首相大人,那就尴尬了。

哈罗德·威尔逊和马西娅·威廉斯

---

① 英国全国工会理事会,旗下包含 54 个成员工会,被视为工会的代表机构。
② 美国女演员,选美小姐出身,以性感著称。

大家坐定后，马西娅叫人端来了咖啡和饼干，并从咖啡桌上一个漆器盒子里拿出香烟给他们享用。他们聊了聊唐宁街 10 号怪异的外表，具有欺骗性的面积尺寸，以及另一条街的另一个入口。马西娅对他们的问题回答得滴水不漏，让苏菲怀疑他们问的每个问题，她本周都已经回答上千遍了。

　　"哈罗德首相在路上，马上就到，"马西娅说，"我们可以趁机先聊聊。"

　　"好啊！"苏菲说。

　　"自从我开始看《芭芭拉（和吉姆）》，"马西娅说，"我就在谋划一些方案。"

　　"哦，"丹尼斯说，"什么方案？"

　　"你们每次拍吉姆上班，都是用 BBC 的办公室做背景。所以我在想，你们愿不愿意到这里来取景？"

　　"天呐！"丹尼斯惊叹道。

　　"我不是说你们每周都来，"马西娅说，"因为就算我喜欢那样，哈罗德也会抱怨的。"

　　听了她的话，大家都礼貌性地笑了笑。

　　"不过拍一集应该可以。"

　　"太棒了！"克利弗说。

　　"那我们马上着手做这件事。"

　　"哦。"丹尼斯说。

　　"现在的情况是，人们都说这次选举将很乏味，哈罗德会轻松获胜，所以我们绞尽脑汁想增加一点刺激，"马西娅说，"否则，如果我们碾压对手，大局早定，投票人数就会变少，到那时我们就是赢了也不会有什么动静。"

大家听了这话纷纷点头微笑,但没人开口说话。

"当然我们不会让你们剧组在选举中站队的,"马西娅说,"BBC也不会同意的。但如果芭芭拉和吉姆在剧中就某些政治热点话题进行有趣的辩论,那会比广播上政党辩论的效果更好。人们太喜欢这部剧了。"

"谢谢你的美言。"比尔说。

苏菲不知道除了她之外,其他人是不是都已经晕了。首相秘书居然邀请他们去唐宁街 10 号拍摄。大家除了"天呐""地呐"地惊呼,已经不会说话了。

"我们很乐意来这里拍。"苏菲说。

"那太好了!"马西娅满脸兴奋地看着他们。

丹尼斯、托尼和比尔都盯着苏菲,好像就该轮到她说话一样。

"不过我有点不确定……"丹尼斯说。

"哈罗德来了。"马西娅说。只见哈罗德嘴里叼着烟斗走了进来,好像不叼烟斗就没有人会认识他似的。

大家纷纷起身做自我介绍,除了苏菲,因为还没等苏菲张口,哈罗德先说了。

"你一定是芭芭拉。"他说。其他人在一旁客套地陪着笑。

"是的,"苏菲说,"我叫苏菲。"

哈罗德听了一愣。

"在剧中演芭芭拉。"她又补充一句。

"对,对,"哈罗德说,"我认出来了,很好。"

照他们以前听到的说法,哈罗德每个星期四晚上准时推掉手头一切工作,点上烟斗,和妻子一起坐下来享受半小时的欢乐时光。可是现在哈罗德本人却告诉他们,他对这部剧只是并不陌生罢了。或许苏菲由于职业的缘故过于敏感，但所闻和所见确实差异不小。

"你老家是哪儿的？我闻到一股红玫瑰的味道。"

"那就对了。我来自黑池，威尔逊先生。"

"噢，那我打赌你肯定向 BBC 隐瞒了这一点，对吧？BBC 一般不给北方佬这种机会。伦敦周边郡的公学里优秀的小伙子太多了，都很合我的胃口。"

首相雷达般的目光逡巡众人的面部表情。托尼和比尔都在看苏菲。马西娅注意到托尼和比尔看苏菲的样子。丹尼斯还在礼貌性地微笑着，就像伦敦周边郡公学里的小伙子那样。但是他的笑容只是徒有其表，并非发自内心。

"你尽瞎说，哈罗德。"马西娅说。她一张口，苏菲就听出来她和哈罗德什么关系了。马西娅生气的样子像是女儿在对父亲说话。他们之间肯定没有绯闻。"你很清楚芭芭拉来自黑池。"

哈罗德又露出困惑的表情。

"她不叫苏菲吗？"

"噢，老天，"马西娅摇了摇头无奈地说，"剧中的芭芭拉也是来自黑池。"

"对，对。"哈罗德说。他对自己刚才无意中暴露看这部剧的时间根本没超过五分钟似乎并不介意，或许他有其他事情要担心。"你们觉得马西娅的主意怎么样？"首相问，"你们愿意来唐宁街 10 号拍一集吗？"

"我跟丹尼斯说了，你在现实中多么盼望能有一个像吉姆这样机灵的小伙子为你做事。"马西娅说。

"我的手下干得都不错，"哈罗德说，"不过这里永远容得下聪明的年轻人。"

"等我看到吉姆一定转告他。"克利弗一本正经地说。

马西娅大笑起来。

"谢谢你。"哈罗德语气不十分肯定地说。

这时进来一位摄影师,抓拍了几张克利弗和苏菲与首相交谈的照片。然后首相就告辞了。

在回去的路上,他们挤在一辆出租车上,因为大家情绪激动,义愤填膺又咯咯大笑,谁都不愿意放弃这样一个难得交流的机会。首先是众口一词地抱怨:"他根本不认识我们!""他一秒钟也没看过!""完全是一场公关秀!"

接着丹尼斯将话锋一转,内容从一种难以置信,转变到另一种难以置信。"我们刚刚去过唐宁街 10 号!"他一说完,其他人纷纷附和。"我们刚见过哈罗德!""我们和首相喝咖啡!""见鬼!""哈罗德和马西娅!"聊天的第三波转向马西娅。苏菲确信哈罗德和马西娅没有绯闻,但大家对她的看法不感兴趣。苏菲也知道自己这个观点不受欢迎。大家都知道,在将来很长一段时间里,甚至在他们的整个余生,他们和别人聊天的话题都将是今天早晨的这次会见。他们会告诉父母,告诉兄弟姐妹,告诉儿孙,而现在在出租车上的聊天,将成为那些复述的第一稿。如果人们觉得他们是得到特许,可以对首相台下的私生活管窥一豹,他们会义不容辞地做相关的宣传。最后当车子开到帕丁顿附近,车上七嘴八舌的惊叹和欢呼,才让位于默默的思索。

"你们觉得他授予披头士乐队英帝国勋章前,听过多少他们的唱片?"比尔说。

"噢,比尔现在把我们和披头士乐队相提并论了。"托尼道。

"你们觉得我们也能获得英帝国勋章吗?"苏菲道,"我对此反正无所谓。"

"比尔说得对，"丹尼斯说，"如果一切按照这么发展下去，哈罗德是想沾我们一点光。因为现在是工党执政，这部剧能为工党增光添彩，哪怕他一点没看过。"

"对不起，我要说的不是这个，"苏菲说，"没有人回答我刚才的问题。我们会获得英帝国勋章吗？"

"如果我们按他说的做，就能获得。"托尼说。

"你们什么也得不到，"克利弗在一旁得意地说，"要得也是我和苏菲得。没人会关注编剧。"

"还有制片人。"丹尼斯补充一句。

"我们可以去唐宁街 10 号拍一集吗？"苏菲问。

"不行。"托尼、比尔和丹尼斯异口同声地否决道。

"但我告诉马西娅，我们可以去。"苏菲说。

"是的，"丹尼斯说，"我们都听见了。"

其实苏菲对这件事并不在意，不在意自己能不能得到英帝国勋章，至少今年能不能得到，是不在意的。甚至连哈罗德·威尔逊到底看没看过这部电视剧，她也不在意。如果他看过，那么这次见面就属于个人的心血来潮，满足他和马西娅的私心。但不管怎样，与西娅这次是发出正式邀请，属于官方性质。丹尼斯说得没错，哈罗德想沾光，那就意味着他们现在已经自带光环了。

他们没去唐宁街 10 号拍摄，甚至在大选期间都不被允许拍这部剧，因为 BBC 董事长觉得《芭芭拉（和吉姆）》题材过于政治化，而 BBC 要恪守中立的政治立场。

"一派胡言，"比尔道，"在这件事上，我们绝不能屈服。"

"是的，"丹尼斯说，"我要去董事长办公室，告诉他我们要接管水晶宫队的转播。"

"说正经的，"比尔说，"我们到底该怎么办？"

"我觉得丹尼斯的意思是，"托尼说，"我们什么都不要做。"

"你可以接受，对吧？"

"我不介意放一周的假。反正我们手头有很多活。"

托尼和比尔已经着手写一部名叫《床下的激进分子》的新剧本，是关于一群倒霉的苏联间谍被困在克里考伍德的故事。安东尼·纽利已经指示他们着手写剧本。希泽尔将手头能推掉的活帮他们全推掉了。

"聊以安慰的是，会安排我们重播的。"丹尼斯说。

"如果他们在大选期间停播，那新剧拍出来往哪里塞呢？"比尔问。

"噢，该死。"丹尼斯说。

"我就是不愿意他们随心所欲地取消一部剧的播放。"比尔说。

"他们并不是随心所欲，"丹尼斯说，"是每到大选时才这么做。说不定到下次大选时，他们会禁止你喋喋不休地攻击阶级不公现象。1971年春天某个时候，这可能就会成为放一周假的因素。"

"凭什么？"比尔说，"你是认真的吗？每到重要时刻，他们就钳制舆论？"

"只是一个温柔的提醒，"丹尼斯说，"提醒你写的是一部关于已婚夫妇的情景喜剧，而不是一份工党宣言。"

"是啊，一个温柔的提醒，"比尔说，"关于一部情景喜剧温柔的提醒。凡事都他妈该死的温柔，尤其是你。"

"平静点，比尔。"托尼劝道。

"比这更难听的骂我都挨过。"丹尼斯说。

"像你这样的老妇人，他们干吗不把你折腾得狠一些呢？"比尔不满地对托尼说,"折腾到你彻底完蛋为止。"

　　每个故事到最后总会有这样一个时刻,"瞧! 到这儿一切都能讲通了"。现在就到了这个时刻。多年以后,丹尼斯回忆起来时会说:"关于那次大选争吵之后,一切都回不到从前了。"但托尼是讲故事的人,他知道如果一直仅盯着叙述脉络,故事的线索还是能捋回到最开始。前提是,故事本身是好故事。

　　奇怪的是,这次争吵对托尼来说影响是全方位的。难道真有人介意自己白领薪水不用干活这等好事? 当然,这件事本身确实挺气人的。托尼心中的怨气蓄积着,只要有出口就会发泄出来。

　　"你真准备去问他们,往哪儿塞新拍的剧集?"事后托尼问比尔,"我不想去问。"

　　"你想撇开我单独给他们写?"比尔反问道。

　　"不是,"托尼说,"当然不会。但我总要干点什么。我有老婆和将要出生的孩子要养活。"

　　"哦,是吗,托尼? 我不知道这个情况。你该早一点告诉我。"

　　"那会有点不公平。"

　　"对不起。"比尔说,但口气并没有太多抱歉意味。

　　托尼察觉到一丝异样。是和刚才说的老婆孩子有关吗? 也许吧。小家庭对男人来说总是意味着一些东西。如果这个男人是单身,外加天性自由散漫,甚至还不得不写有关小家庭剧的剧本来谋生,那情况就更复杂了。显然托尼的小家庭比其他小家庭对比尔的刺激更大。托尼不想琼和她未出生的宝宝,成为他和比尔关系决裂的导火索。他不想站错队。但令他害怕的是,现在有点晚了。他和比尔的隔膜很久以前就已经产生了。

《芭芭拉(和吉姆)》第四部

17

第三部最后一集播出后三周,罗杰·尼古拉斯·霍尔姆斯在布希母婴医院降生。整个分娩时间较短,用了五个小时。但对托尼来说,却仿佛长得看不到尽头。他一开始在产房外的走廊上抽烟,并想通过做《泰晤士报》上的填字游戏来分散注意力。但产房里传来的可怕噪音以及助产士和护士们急促的步伐,令他心神不宁。最后他去了医院里的酒吧,并且每到准点就回来看看。等到他最后一次回来时,他的儿子已经在三十分钟前呱呱坠地了。

他原本担心自己对孩子的降临无所谓。在拍戏时,当芭芭拉生孩子时他就哭了。他希望自己这种反应是出自人类正常情感,但事后又怀疑这仅仅是他对这部剧太投入而已。或者他这个人对虚构的事物容易动情,比如当年看到《音乐之声》剧终时,他就哭得稀里哗啦。这次亲手抱着自己的骨肉,他立刻不由自主地抽泣起来,哭声仿佛发自肺腑。这次他不用再担心了。看来的确每个人都爱自己的孩子。托尼希望男同性恋者们都能拥有这个时刻。他也希望比尔能体会自己这种心情。

"你没事吧?"琼说。

"没事,"托尼道,"太谢谢你了。"

"没关系。"

"我的意思是,谢谢你为我所做的一切,不是谢谢你刚才问候我。谢谢你的坚持,谢谢你生下孩子。"

这种想法也许不合时宜,但这个孩子确实不是爱情的结晶,不是甜蜜爱情在浑然忘我状态中轻松制造出的一个产物。这个孩子属于另一类奇迹。他是一对看似不可能的配偶在精心合谋后,努力制造出来的。他的出生是电视剧剧情的翻版。

琼和托尼度过了愉快的几周。他们一起散步,坐在公园里吃冰淇淋,宝宝在一旁睡觉。在经过一番模拟之后,托尼终于开始承担起丈夫和父亲的角色。这也是很艰难的工作。小宝宝让一切都变得困难,令人恐慌。托尼一下子觉得自己快喘不过气来。如果居家过日子也是一项工作的话,托尼现在掰手指数日子,盼望圣诞节和其他节日早点到来。可惜生活没有可暂停的时间,永远都不会有。就连重回办公室,他也不再感到喜悦,因为他还要养家糊口,需要认真严肃地对待生活。毕竟有三张嘴靠他喂。现在所有担子都落在他身上。琼已经不上班了。托尼现在脑子里全是婴儿车、学步带和按揭贷款。转眼之间,一切都变得比他当初预料得要匮乏。在办公室的每个小时他都无精打采地度过,不是摆弄回形针、橡皮筋这些玩意,就是听收音机里的音乐。这不像仅仅是磨洋工,更像某种不祥之兆。他能一直这样装模作样混下去吗?真的会有那么多灵感——关于台词、笑点、人物、情节、插曲——用以喂养和培育一个孩子?

他指望比尔，但比尔已经不再是当年的那个比尔了。虽然他每天也来办公室，但心思已经不在这里，甚至也不想将心思放在这里。他大多数时间都是反复播放披头士乐队的黑胶唱片《左轮手枪》，听得托尼都腻味。

"你还记得他们那时哼着'我爱你耶耶耶'吗？"

"我觉得是'她爱你'。"托尼说。

"无所谓，没什么区别。"

"干吗说这个？"

"披头士乐队从唱这首歌，到今天这个境地，不过……三年。我们今后何去何从？"

"你想去哪儿？我们应该去哪儿？"

"不停地动。"

"往哪儿动？"

"我无法想象一种单一固定的家庭生活，和儿女亲家待在一起，庆祝结婚纪念日，在家里或去外面尴尬地一起用餐。生一堆娃娃。卫生间，尿布，新地毯之类。"

"搬家！"托尼说，"这是个好主意！搬新家！"

比尔耸耸肩。

"也许吧。反正现在也没其他好主意。"

"你好像对这个想法不是很激动。"

"这算不上一个富矿，不够我们开采五年，对不对？如果我们继续在第二部还搞这一套，就是在注水。"

"我们怎么到这个地步的？"

"我不知道。"

"是因为《至死方休》那部剧吗？"

《至死方休》正在热播，大家都在讨论这部电视剧。没有人再谈论《芭芭拉(和吉姆)》，因为人们从不同时谈论两部电视剧，尤其当其中一部还在走老套路。在《至死方休》里，男主人公阿尔夫·拉姆塞①改名为阿尔夫·加内特。因为阿尔夫·拉姆塞刚刚为英格兰队赢得世界杯，没人或者至少 BBC 不想这个新近封爵的名字和剧中那个刚愎自用、好斗成性的角色因为同名而扯上关系，蒙羞受辱。但其实剧中的阿尔夫和那个足球明星性格一样，而且令人惊讶的是，英国观众就喜欢他这种桀骜不驯的性格。这和编剧塑造人物时的意图大相径庭。

　　"我不关心《至死方休》，"比尔说，语气既愤怒又受伤，"我关心的是，我们还陷在老套路里，没走出来。两个人，一场婚姻。还有什么更多的内容可写吗？你是有家室的人，还能挖掘出什么笑点？还有什么情节可写？说说看，你是这方面的专家。不过坦率地说，自从结婚之后，你的喜剧灵感好像消失了。"

　　"我彻底废了，这就是原因。废了，而且还有点吓着了。"

　　"上帝保佑，什么吓着你了？"

　　"你吓着我了。还有你说的那个不停地动。"

　　"难道你不想动吗？"

　　"是的。我哪儿也不想去。"

　　"这不是真话。"

　　"是真话。我现在很幸福，只想着写剧本。"

　　托尼的意思是，他喜欢编剧这份工作，享受这份工作，这是一份报酬丰厚同时又是他能胜任的工作。这一切对他来说像是奇迹。他

---

① 阿尔夫·拉姆塞为英格兰队赢得 1966 年世界杯，是英国第一位被封爵的足球
　　教练。

觉得自己的运气比当初想象的要更好。所以他愿意按照丹尼斯、BBC和观众的意愿去写剧本,在剧本里穿插着合他胃口的笑话、评论和喜剧场景。他一旦做上手了,就会被允许反复做下去。他脑子里也不再想别的事,不考虑自己还有什么必须要吐露的心声,也不关心被电视喜剧这种媒介形式束缚住会不会产生挫折感。他只需要将三十页的剧本安排得井井有条,像机械师修汽车,大夫看病那样就可以了。他无法想象,机械师会抱怨汽车发动机的构造太简单。每一台发动机问题都不相同,就好比剧本每一集都有新的挑战。既然能胜任工作,干吗不一直做下去呢?

"你真有雄心壮志。"

"让人们开心,难道不是最好的事吗?"

"但我感觉我们在不停地回到原点。"比尔说。

"我们一直在动,哪怕是原地绕圈也是在动。"

"你真觉得我们可以一直这样干下去吗?"

"干得好好的,干吗不一直做下去?"

"你不会厌倦吗?"

"我们的讨论越来越像那种女性杂志里面的问题了,"托尼说,"'亲爱的伊芙琳,我们的婚姻变得乏味无趣,我害怕我丈夫出轨。我该怎么做呢?'"

"她会建议你穿蕾丝内衣。"

"如果有帮助,我会试试。"

"她还会建议你换个方式去做事。但她不会告诉你的真话是,你只需反复做同样一件旧事,最好熬到你丈夫岁数大了,兴味索然,就完全忘了出轨这件事。"

"我原以为写一本小说对你来说就够了。"

"关键问题是,我太喜欢写小说了。写小说让我意识到,我错过太多东西了。"

托尼叹口气。"现在太难了,是不是?"

"什么太难了?"

"我不知道你是怎么想的。反正就是这件事。你和我的关系。或者姑且称为我们的婚姻。一开始觉得对方和自己志同道合,但时间一长却发现情况并非如此。"

"其实退伍后我就发现,我们两人并不相同,"比尔说,"那时你临阵脱逃。"

"你说我什么?"

"你自己心里清楚。"

"你说我临阵脱逃?"

"那你管它叫什么?"

"你认为我和琼结婚,是因为我害怕了?"

"不然你为什么要这么做?"

"我……呃,我是爱上她了。"

"看来你是两边通吃啊?"

"我可能是男女都爱,或者男女都不爱,我也搞不清楚。另外我觉得我这个人是完全……不设防的。"

"这点很好。"比尔说这话时没有任何戏谑的意味。

"谢谢。"

"看来琼对你来说,是个水到渠成的选择,对不对?"

"为什么是水到渠成?"

"因为选择起来不费事啊。瞧瞧,你现在和老婆还生活在平纳的一栋漂亮小房子里。"

听比尔这么说，托尼无奈地耸耸肩。

"是的。这种生活适合我。我很幸福。我没法像你那样去活。"

"其实我也不知道自己该怎样活。"

"你总是在做离经叛道的事。"

"现实中那些条条框框就是狗屎。"

"我知道。不过你既然有选择的空间，干吗要选一条让自己碰壁的路。"

"我以前别无选择。"

"我知道。不过我以前是可以有选择的。当然，这并不意味着我总是要做那种最乏味、最保险的活。"

"我确信你现在就是在做最乏味、最保险的活。"比尔说。

托尼知道，比尔的话没有恶意，也不是找茬。托尼突然明白比尔的想法，那就是事物之间都是环环相扣。如果托尼不是同性恋，当年他们合写《芭芭拉（和吉姆）》的那段时光，对比尔来说会大不一样。当然比尔接触的人各不相同。但是他读过的书，看过的戏剧和电影，听过的音乐，和托尼都不一样。他飘荡到一个离托尼在平纳的小房子很远的世界里。

"我们需要的不仅仅是一个答疑解惑的女性专栏作家，"托尼说，"我们需要一个婚姻指导顾问。"

听到这话，比尔的眼睛一下子亮了，是几个星期以来头一次。

"我还是没明白，"当托尼和比尔告诉丹尼斯这个创意时，他说，"芭芭拉和吉姆有什么问题吗？"

"芭芭拉和吉姆的问题就是，两人的性格截然相反。"

"可是他们一直如此，"丹尼斯说，"这部电视剧要表达的就是这个。"

"是的,所以下面的结尾就顺理成章。因为两人太不同了,才要竭力维持住婚姻。所以他们需要帮助。"

"我们再来捋一遍,"丹尼斯说,"你们是在写一部喜剧,对不对? 还是在写一部《周三剧场》①? 最后要写成丈夫掐死妻子吗?"

"为什么婚姻顾问不能成为喜剧的素材呢?"比尔问。

"去求助婚姻指导的夫妻,有多少对是笑逐颜开的?"丹尼斯揶揄道。

"有多少对是想要这样?"托尼说。

"离婚是会传染的。"比尔说。

"这个不用你来告诉我。"丹尼斯说。

"对不起,"比尔说,"我忘记你的事了。"

"问题就在这里,"丹尼斯说,"你总不能拍完戏后,逢人就道歉吧。"他目光锐利地看着比尔,"你们产生这想法,是不是因为《至死方休》这部剧?"

比尔回避丹尼斯的目光。

"那部剧是不是让你们方寸大乱?"

"我就是想写点现实题材的内容,"比尔说,"在现实中,像芭芭拉和吉姆这样的夫妻确实需要帮助。"

丹尼斯叹口气。虽说他喜欢和聪明、有想法的人共事,但有时他想,和那些没心没肺的傻瓜合作,说不定也能取得同样的成功。

"那他们打算维持下去吗?"丹尼斯最后说道,"我希望这个婚姻能维持。"

---

① 《周三剧场》是 BBC 于 1964 年播放的一部长达 175 集的电视连续剧,每集剧情独立,内容多涉及社会争议话题,如无家可归者和流产等。

"我们先把这一部拍完，再考虑别的吧。"比尔说。

丹尼斯找来女演员南茜·罗森来演马格瑞特。南茜·罗森是迄今他们碰见过的最时髦的女演员。甚至，比前世界纪录保持者伊迪丝更时髦；伊迪丝父亲是大夫，而南茜父亲是勋爵，在诺森伯兰郡有个小城堡。南茜从小上的是学费昂贵的寄宿学校，但后来被开除了。据她本人讲，开除的原因是做爱时抽烟。这个梗她以前已经用过多次，但至今还是屡试不爽：因为它不仅能招来听者的大笑，而且托尼注意到，她一说这个，克利弗就开始摆弄他的烟盒。不过他不敢隔几分钟就递给南茜一支烟，怕苏菲产生什么联想。（不过苏菲已经起疑心了。）

苏菲是那种海报女郎式的性感，大腿、胸脯、金发，一应俱全。但年长十岁的南茜却别有另一番风姿，更加野性，更加不羁。她不知道从哪里搜刮到一肚子荤段子，都是对那些礼仪手册中各种规矩的戏仿，比如"绅士总是让女士优先用法兰绒浴巾擦身子"，"淑女从不亲自用手去给人戴套"。她这种人在现实中不可能充当婚姻导师的角色，除非你带着非常具体的婚姻问题向她求助。但她却是出色的喜剧女演员。此前丹尼斯已经在好几部布莱恩·里克斯①的闹剧中，注意到她的表演了。在剧中，当他们让她多扣上几粒扣子，将黑色波浪长发绾成一个发髻，她的气质举止立即转为庄重大方。那些导演就是看上她一口圆唇元音。托尼和比尔以前做过调查（当然他们不常做这种事），发现从事婚姻指导咨询的都是一些毕业于私立学校的乏味妇女。她们的丈夫一般都是主教、外科大夫或企业主管。马格瑞特几乎可以说每天晚上都会回位于汉普斯台德或樱草山的美宅。

---

① 布莱恩·里克斯(1924—2016)，英国演员、导演和制片人。上世纪五六十年代在伦敦白厅剧场出演系列闹剧名噪一时。

275

但南茜和马格瑞特不一样。她也许会嫁给某个企业主管,但结局不是两人分手,就是婚后不久她杀了丈夫。

托尼和比尔发现南茜演技出众后,特意为她改写了剧本。在剧本第一稿中,芭芭拉和吉姆走进马格瑞特办公室一场戏,长度就有十五分钟。剧本前半部分都是关于两人如何争吵哭闹,最后结论是他们的婚姻需要帮助。剧本修改后,这部分内容压缩到几页,电视剧这一集直接从原来剧本的中间开始,暗示两人关系的恶化已经持续好几个月之久,这样可以让南茜更快地出场。

录制时,南茜的表演赢得满场喝彩。她带来了惊喜。大家都没料到这部剧会变成有三个主角,而他们之间的互动给这部剧以及整个剧组注入了一股新的能量。这个主题也吸引了媒体的极大关注。"以往的喜剧在涉及婚姻危机这个主题时,从未有婚姻咨询顾问这样的角色提供建议。近十年来,随着离婚率的飙升,《芭芭拉(和吉姆)》的出现恰逢其时,富有勇气,同时还保留了其特有的诙谐和魅力。真是功莫大焉。"《泰晤士报》评论道。

托尼希望马格瑞特干好这份工作。他自己家庭今后的幸福就仰仗她了。不幸的是,就算马格瑞特是世界上最伟大的婚姻咨询师,她也不知道该怎样对待南茜。

克利弗原以为订了婚之后,许多自己想做的事情都不能做了。他认为,这就是有未婚妻和没有未婚妻的区别。奇怪的是,和苏菲订婚后,他并没有花太多时间被迫做自己不喜欢的事。苏菲并不想准备婚礼,也不想将他介绍给她的亲戚朋友。不过她也没有什么朋友克利弗不认识。苏菲自己也尽可能不和家人联系。但就是这种不作为,反而让克利弗有一种掣肘感。假如他想坐下来和苏菲谈谈这些事时,估计苏菲会显得通情达理,又符合实际。她既不天真幼稚,又不吹毛求疵。她会说自己目前对婚姻生活没做好准备。如果实在不行,取消婚约也可以。从某种角度来说,苏菲的想法完全合情合理。不过他还是想维持和苏菲的婚约,因为人们好像会因此更喜欢他。结果就是,克利弗竭力将业余活动压缩到最少。无论是动机还是结果,他都一直在践行一夫一妻制。

　　而他的新同事南茜却是完全不同的类型,性格更鲜明,也更常见。克利弗知道,在他和南茜的关系上,要怪只能怪他自己。但这件事多多少少都是南茜惹的祸:她干吗要那么勾引他?她干吗要当他面开那种下流玩笑?(没错,那种黄色笑话她当着别人的面也说,但克利弗还是忍不住觉得她是故意说给他听的。)她干吗总和他聊性出轨以及她自己如何精于此道?

　　苏菲和南茜,一个是他现实中的未婚妻,在剧中是他妻子;一个是他现实中的情人,在剧中扮演他妻子的婚姻指导顾问。这真是奇妙的关系。他第一次和南茜睡觉时,是为了和自己打个赌:他想证明南茜只不过爱吹牛,骨子里很保守,甚至可能还是处女。不幸的是,事实和他设想的不一样。南茜不是在说大话。她一点也不保守。她要还是处女,那世上就没有初夜时紧张小心这种事了。他迄今还从未遇见过哪个处女高声反复地要求……反正事情就是这样。两人关系今后维持得是长是短,取决于南茜对他展现诱惑的程度,克利弗自己是无法用毅力和勇气去抵挡的,因为他压根没有这些素质。但南茜一如既往的下流作风,对酒精和药品的依赖,以及爱吹嘘自己和某某大人物有染的恶习,对克利弗来说都是坏消息。过去她可能还精神失常过一两次。克利弗不知道,能否指望南茜像自己希望的那样管住嘴。不过就算你用手蒙上眼睛,对一切坏消息视而不见,但那样也容易将下一页的好消息漏过了。

18

当丹尼斯看见一个中年妇人远离挥舞着签名本的人群,满脸戚容地站在剧场后门看着苏菲时,他的心不由得一沉。如果他运气好的话,他接下来将获得十五到二十分钟和苏菲独处的时间。他们可以乘出租车去贝斯沃特的"明"餐馆。他们发现在整个西伦敦,周日晚上只有这家餐馆还营业。接下来两人共处的时间,取决于比尔、南茜和克利弗三人在酒吧喝多久。他们喝完后去和他俩汇合。在完成繁重的拍摄任务后,苏菲不愿意再和大家出去玩。自从大嗓门、讲荤段子、穿低胸装的南茜加入剧组后,她更不愿意参与这些活动,虽然克利弗经常被南茜逗得哈哈大笑。最近两三周里,都是丹尼斯将她从这种聚会中带出来。

但就算两人在一起,他好像也不知道该怎样和她打发时间。假如《芭芭拉(和吉姆)》能拍上二十或三十部,那么他和苏菲在出租车上关于工作的闲聊,以及两人默默研究"明"中餐馆菜单的经历,或许会催生某些事情。苏菲也许最后会明白,丹尼斯一直耐心而细致入微地关注她拍完戏后默默的内心自省,于是向丹尼斯吐露爱意。到那时她和克利弗的婚约肯定已经告吹。丹尼斯要是爱打赌的话,不妨下五十便士的赌注,赌到时苏菲一准在两人还未进教堂时就把戒指扔还给克利弗。当然如果赌两人结婚后又离婚,那么可能胜率更高。

如果《芭芭拉(和吉姆)》真能拍到第三十部,丹尼斯那时就六十多岁了,二十世纪也快结束了。不过如果他坚持吃绿色蔬菜,坚持远距离徒步,并戒掉烟斗的话,他的身体条件将足以胜任一场圆满的婚姻。其实就算到时候不行,他也会觉得没关系。三十年后,他将不再关心婚姻这件事了,甚至他现在都能确认自己并不关注这件事。他和苏菲的前景并不那么重要。那可不可以他现在就向苏菲表白呢?试试水?他可以告诉苏菲,他愿意后半辈子和她同睡一张床同时井水不犯河水?那样说,苏菲会不会觉得他是个怪人?如果能有多余的卧室,他愿意分房睡,只要每天早晨能和她一起吃早餐,他就会感到很幸福了。

和苏菲的关系今后怎么发展,丹尼斯说不好。但他可以确定那个左顾右盼的中年妇女肯定是苏菲的妈妈,就是那个苏菲小时候抛弃她的妈妈。她和苏菲长得有点像,尤其是眼角和嘴角。她紧张落寞的神态,让人觉得很难会是其他情况,或者还有其他解释。只是她平庸的姿色,让人有一点生疑。毕竟和一个已婚男人私奔的女人,长得怎么也得过得去吧,更不要说这个女人还是苏菲的妈妈。不过十五年在一个女人的一生中,是长长的一段光阴,尤其当这十五年过得还比较失败,就更是如此。

自从苏菲将她小时候的故事告诉他,丹尼斯就一直在等待这一刻的到来。名人身上总会发生这种事,失去联系多年的父母又露面了,他们试图去找寻自己应沾的光,通常也是图财。这种事通常要花很长时间,各种道歉和自我辩解,愤怒和指责。丹尼斯觉得母女俩没十分钟谈不完。他那幸福的、神圣的苏菲时间正受到威胁。

"你好!"苏菲冷淡地和母亲打个招呼,"你什么时候跑过来的?"

"对不起,"母亲说,"我知道我来会让你吃惊。不过你不用陪我说话,我只是想见见你。"

"你没当过现场观众吗?"

"我申请过很多次,但运气不好。"

"于是你就来这儿找我,是不是?"

"我就想看看你,然后你再看着我离去。就这样。"

"我们还去老地方吗,苏菲?"丹尼斯问,"还要再等等你吗?"

"再等我一会。"苏菲说。

"好的,"丹尼斯柔声道,"我在这方面不是专家,但我敢断言,这种事情不是片刻能处理完的。"

"你好,"苏菲母亲和丹尼斯打招呼,"我是芭芭拉的妈妈。"

"是的,我已经猜出来了。我是丹尼斯,《芭芭拉(和吉姆)》的制片人兼导演。"

他和苏菲母亲握握手。

"很高兴见到您,帕克夫人。"

"我觉得她现在不应该叫帕克夫人,对吧?"苏菲说。

丹尼斯能感觉到这句话里的怨气。这灼热的怨气能将他的双手烘热。

"既然你母亲在这里,那你就问一下吧。"丹尼斯说。

苏菲母亲感激地朝丹尼斯笑笑。

"我现在是博得斯通夫人。"格洛里亚说。

"你不应该叫博得斯通夫人，"苏菲揶揄道，"你叫什么夫人都行，如果没再婚，还叫帕克夫人也行。但你不能将夫人一词，用在你娘家姓氏前面。"

"呃，我现在就让别人这么叫我，"格洛里亚说，"而你怎么称呼我都可以。"

她的嗓音里听不出挑衅或冷漠的意味。她刚才的话是忏悔之辞，是一个人将几个人的生活弄得乱七八糟后幡然醒悟的忏悔。苏菲已经能感觉到心中开始出现同情的征兆，但她将这征兆扼杀了。

"但你现在不能随便怎么称呼我都行，"苏菲说，"我现在叫苏菲。"

"对不起，"格洛里亚说，"虽然我看到关于你的报道都是苏菲这个，苏菲那个，但我总在想这就是我们的芭芭拉啊。而说到苏菲，我总是过一会儿才能反应过来。"

"你不用过一会了。"苏菲说。

"我们要去贝斯沃特一家中餐馆去见克利弗和其他几位同事，"丹尼斯说，"这家中餐馆叫'明'餐馆。不过你要是不习惯中餐，那儿也有牛排配薯片，或者煎蛋配薯片。或许……"

"你就是把整个菜谱背下来都没用，"苏菲冷冷地说，"她不和我们一起去。"

说完苏菲头也不回地朝在一旁等待的出租车走去。丹尼斯一脸歉然地看着格洛里亚。

"对不起。"丹尼斯说。

"我总要试试。"格洛里亚说。

"希望能再见到您。"丹尼斯说完就走开了。但很快他又转过身来。他现在是联系两个世界的唯一纽带。他有责任将这两个世界尽可能长久地联系在一起。"您今晚住在伦敦吗,格洛里亚?"

"是的。"

"您能告诉我住哪儿吗?"

"噢,没问题。我住在罗素广场迎宾馆。不过这家宾馆并不在罗素广场上。"

"啊,"不过见格洛里亚没有再进一步说明,丹尼斯只好追问,"那它具体位置在哪儿?"

"噢,你这人真不错。在法灵顿路。我明天早晨回去,大约十点半走。"

"好的。"

丹尼斯觉得最好找格洛里亚要一个家庭住址,因为苏菲的怒气到明天早晨未必能消掉。

"那您的家庭住址是哪儿? 能给我写一下吗?"

当格洛里亚在包中摸索纸张时,苏菲乘坐的出租车开走了。

"对不起,"格洛里亚说,"她没等你就走了。"

"这个您不必担心。"

"请转告她,我不想从她那里获得什么。"格洛里亚说。

"我会告诉她的。"

格洛里亚说的是真心话,但丹尼斯知道这话可能当不得真。

他拦了一辆出租车,等到了餐厅,发现苏菲已经入座。丹尼斯暗想上帝还是公正的,因为其他人还没过来。

"你和她聊了什么?"苏菲问。

"我能先要一杯酒吗?"

由于餐厅周日晚上十点就停止供应酒水,丹尼斯想提前抓紧时间点几杯。格洛里亚的意外出现让他颇为窘迫,而拍摄也不顺利。剧组人员都尽心尽力,南茜演得也很卖力气,但无奈自从芭芭拉和吉姆开始按照婚姻导师的建议来行事,剧中的笑话就没多少了。他点了一瓶啤酒和一杯葡萄酒,先喝了口啤酒,才回答苏菲的问题。

"我问她在伦敦哪儿住。"

"你想干什么?"

"也许用得上。"

"那她现在家在哪儿?"

"她住在莫克姆①。"

"她为什么住那里?"

"这个问题你得问她本人。我不觉得居住在莫克姆需要什么特别的解释。"

"她折腾一通,结果就住在几英里之外。"

丹尼斯本想轻佻地调侃说,莫克姆和黑池的距离不值得唠叨,但他及时打住了。因为他反应过来,这个问题大有深意,丹尼斯以前显然没太多思考这个问题。但总的来说,很少有母亲会丢下孩子和同事私奔,跑得无影无踪。苏菲少年时期一定充满耻辱和羞愧。在她心里,格洛里亚应该住在一个很远很远的地方才对,远得难以想象,比如巴塔哥尼亚②或塔斯马尼亚③这种地方。

"她来伦敦做什么?"

"我想她应该是专门来看你。"

"我可不会去什么莫克姆看她。"苏菲说。

---

① 位于英格兰西北兰开夏郡的度假小镇。
② 位于南美阿根廷南部高原。
③ 澳大利亚南部的岛州。

“你倒不用大老远去看她，”丹尼斯说，“我知道她在伦敦住的地方。”

“该死，那我应该怎么做?”苏菲说。

“你想怎么做，就怎么做。”

“你希望我去看她，不然刚才你不会回去和她聊。”

“那倒不是。我只是想让你可以选择。我不希望你坐在这儿，因为犯了错误而痛苦自责。”

“你说到点子上了。”

“什么点子上?”

“我错过一件事。现在反应过来了。因为刚才我太生气了。事情从一开始就是这样。我努力想让自己出名，这样我母亲就能在报纸上读到我的名字，在电视上看到我的样子，然后就主动跑过来看我。”

“再然后呢?”

“见面后，我让她滚开。”

“瞧，你就是这么做的。”

“我漏掉了，因为我刚才太生气了，反而忘了说让她滚开。”

“在那种情形下，你气得忘记说也正常。”

“那我现在该怎么办?”

“这取决于你对心怀歉疚、曾经是你母亲的那位中年妇女有没有用。”

“其实没多大用处。”

“你想要一句道歉吗? 因为我觉得她好像想向你道歉。”

“该死，”苏菲说，“我当然想要道歉。”接着又对丹尼斯补充一句:“谢谢你。”

这时克利弗、南茜和比尔赶过来了。三人都喝得有点微醺,吵吵嚷嚷,丑态百出。刚一到,南茜就开讲了。这次的故事是她一个朋友在皇家歌剧院的包厢里和一个前内阁大臣做爱。丹尼斯发现,南茜好像有一大堆精于此道的朋友,但她在讲述这些朋友的故事时,偏偏又能提供一些不可能从当事人嘴里说出来的细节。克利弗和丹尼斯看法相似,觉得南茜其实是打着别人的幌子讲自己的事,所以每次他都全神贯注、津津有味地听着,就像一个小男孩盘腿坐在家里的电唱收音两用机前,听《迪克·巴顿》①。

"你能送我回家吗?"在一片惊讶的喘气声和哈哈大笑声中,苏菲平静地对丹尼斯说。

看来丹尼斯头顶不仅有一个上帝,他老人家还很公正仁慈:丹尼斯通过主动和格洛里亚打交道,又让他赚取和苏菲在出租车上独处十五分钟的时间。

苏菲带母亲坐出租车去里茨大酒店喝咖啡。原因很简单,一方面她有这个实力,另一方面,她知道母亲在这种地方会手足无措。

"那我还能赶上十一点半的火车吗?"当发现里茨大酒店并不像苏菲随口说的那样拐过一个街角就到时,母亲问道。

"你必须要坐那趟车吗?"

"如果错过了,我就得再等两个小时。"

"我觉得等多久,取决于你晚到多长时间,对吧? 如果你一点二十五才到,只需等五分钟就能坐上下班车。所以这个没法算。"

听了这话,格洛里亚只好默默地看着车窗外。出租车到了大酒

---

① BBC 录制于二十世纪四十和五十年代的一部惊悚广播连续剧。

店,她们进去时,门房叫着苏菲的名字,还告诉她要提防吉姆。苏菲大笑地说她会的。她以前来里茨大酒店时,类似的场面也出现过,这也是今天她带母亲来这儿的原因之一。

在宽敞的酒店大堂里,她们找一个沙发坐下,点了咖啡和饼干。

"你现在出入的都是这种地方?"格洛里亚问,"里茨大酒店这种档次的地方?"

"我想去哪儿就去哪儿,"刚说完,苏菲觉得这话显得有些狂妄,便又补充道,"不过大多数时间我都在工作,不然就待在家里。我工作很努力。"

"嗯,这个沙发坐得真舒服。不过坐在上面,要想挺直身子可不容易。"

苏菲在等母亲说点什么,希望母亲的话里能闪现出对自己女儿过去十五年生活的一些兴趣。但格洛里亚好像沉浸在松软的沙发和这家酒店谜一般的客人身上。

"你就只想说这儿的沙发多么软吗?"

来之前,苏菲告诫自己一定要克制,但现在看来是克制不住了。

"说真话,我不知道该说什么好。"格洛里亚说。

"那你为什么来伦敦?"

母亲耸耸肩。

"我肯定要来。"

"这些年你一直住在莫克姆吗?"

"不,我们搬过几次家。他在博尔顿找过一份工作……我们搬过去了。还有一阵在兰开夏郡。他走了之后,我才搬到现在住的这个地方。"

"他去哪儿了?"

"我不知道。我想他可能回黑池了。"

"你和他结婚了吗？"

"没有。他喜欢自由自在的状态，拈花惹草的。"

里茨大酒店从她们母女身边走过的客人，没有人会认为苏菲母亲是一朵鲜花。苏菲也知道母亲现在是体态臃肿的中年妇女。但在苏菲记忆中，母亲一直就是一朵鲜花。在成长过程中，父亲总是说母亲如何迷倒男人，和人跑掉。所以苏菲在想象中将母亲装扮一番。但现实中，她就是个手拿马金托什雨衣和老款手提包的女人。她那手提包又破又旧，苏菲恨不得一把夺过来扔进最近的垃圾桶里。

"我没什么好说的，芭芭拉。苏菲。真的，没什么好说的。关于我的事情都没什么意思，也没什么秘密。我这些年来的故事冗长、乏味、空洞。"

"那你当初做的目的是什么？你那时希望得到什么？"

"就是为了生活得更好一些。可惜我没有实现，明白这点也算是收获吧。"

"不会吧。"

不过事实就是如此。苏菲能理解这种追求更好生活的心情。她来伦敦时，没伤害任何人。可是如果当时情不得已，她也是能狠下心来，因为她的理由是她有才华，如果听任才华泯灭，那还不如杀了她。但她当时也不敢确定自己的想法靠不靠谱，不知道自己能否得到拯救。当初母亲抛夫弃女，对苏菲打击很大，成为她过去生活的一部分。但格洛里亚当年没想过去伦敦闯闯，看看有没有适合自己的事业，或者试试自己到底能走多远。她只想着傍上一个男人，然后和他一起去博尔顿。苏菲自己就从未想过嫁给一个男人，生活在小地方。"黑池小姐"坏就坏在这个名字上。结婚后随丈夫姓是一回事，选美小姐前面冠以家乡小城的名字,又是另一回事。

"我心怀歉疚,你知道吧?"格洛里亚说。

"不。我怎么知道。你又从没告诉过我。你都没和我联系过。"

"哦,我想和你联系,但你父亲不同意。不管怎么说,我感到很内疚……你父亲说,我最好离你远远的,他说你恨我。"

苏菲没吭声。这是实话:她确实恨自己母亲。这是一种孩子式的恨,不能当真,再加上父亲在一旁挑拨,所以就显得不成熟。但这是一种恨。她又想起头天晚上她对丹尼斯说的那些话。她一直盼着母亲来找她,这样她就可以不理她了。假如当初格洛里亚是个更称职的母亲,更有魄力,性格更暴躁一些,那苏菲的梦想将永远实现不了。她们会有很多次不愉快的会面,对谁也没有好处。苏菲不会有一腔怒火,也不会来伦敦。她会当上黑池小姐,而她母亲在海滩躺椅上为她鼓掌欢呼。她会嫁给一个拥有汽车陈列室的有钱男人。如果当初格洛里亚没和苏菲父亲分开,结果会怎样?苏菲现在会在哪儿?肯定还待在黑池,很可能就在黑池百货公司。

母亲既毁了苏菲一切,又成全了苏菲一切。苏菲想花上几个钟头,庆祝母亲成全自己这一切。于是她带着母亲去购物,最后当她们不再互相对视,她们就开始正常地交谈起来。当两人在商场女装区货架中穿行,对各种手包挑挑拣拣时,很自然就会在这空隙问对方一些问题。工作情况,玛丽姑妈,表兄弟,伦敦,博尔顿。就这样一直回忆下去,从苏菲在化妆品柜台做店员,一直回忆到她还在上学时。但她俩没有谈格洛里亚离家出走的那一天。苏菲从未想过去谈论那天的事。

"我告诉你的丹尼斯,我来这儿什么也不想要,"母女俩走到塞尔夫里奇大街时,格洛里亚说,"这儿的东西比家乡的要贵。"

"谁告诉你丹尼斯是我的?"

"他不是你的男朋友吗?"

"不是。我和克利弗订婚了。"

"你订婚了?"

"是的。"

"那你准备结婚吗?"

为什么所有人都把她的订婚和将来的结婚看作两个互不相干、各自独立的事情? 他们好像在说,一个是接吻,一个是怀孕。接吻可能会导致怀孕,但这中间需要发生很多事情。没错,她有时也觉得和克利弗最后成为夫妻的可能性不大,但如果别人也这么看,她又觉得这是自己的事,轮不到别人来管。

"是的,我们准备结婚。"

"真的吗?"

"你没见过克利弗和我在一起的时候吧? 你没见过他吧。"

"没见过,但我见你和丹尼斯在一起。他在照顾你。"

"那是他的工作。"

"追着向一个失去联络多年的母亲索要家庭住址,也是他的工作?"

"那是他在多管闲事。"

"他对你体贴入微,对吧?"

苏菲觉得自己嗓子一紧。

"嗯,他人很好。你对我和克利弗的事一无所知?"

"我怎么会知道?"

"杂志上有一些文章报道过。"

苏菲觉得这样的文章大概有好几百篇。经纪人会给她寄剪报,两天一次,寄到她信箱里。

"我从没看到过。"格洛里亚说。

"那你平时看些什么?"

"我没订报纸。我只看电视新闻。"

苏菲和克利弗的关系还没上电视新闻。

"没有人从报纸上撕下相关报道送给你看吗?"

"没有,"格洛里亚说,"没人知道你是我女儿。"

如果苏菲一直留意的话,那么格洛里亚表现出的隐忍,以及为过去赎罪而抛弃自尊的意愿可能会持续奏效。但现在苏菲的注意力,临时被她母亲不知道她订婚的事吸引过去。这事刺痛了苏菲。自己母亲怎么也应该知道,她和克利弗订了婚。她和克利弗都是名人,两人在一起,也具有名人效应。于是和母亲临分开前,苏菲在火车站外的杂货亭买了一大摞杂志,里面肯定有一本登载她和克利弗的文章。

那周稍晚时候,苏菲给黛安打电话,后者于是带着一个摄影师来苏菲的公寓。苏菲给克利弗做了玛德里酱圆形猪肉片,摄影师在一旁拍照。用餐完毕后(其间还拍了照片,其中一张是苏菲和克利弗一起对着镜头端起葡萄酒干杯),苏菲和克利弗坐在豆袋椅上,假装翻阅收藏的黑胶唱片(这时摄影师拍了更多照片),并笑着用手指着对方,好像在争论披头士和滚石哪个更棒。两人还和黛安聊起未来的打算。事后黛安写了两篇稿子,一篇发表在《碾压》杂志上,另一篇发表在《连线》上。可是当文章刊登后,苏菲却不知道自己是否还那么在意和母亲聊的那些事了。

19

比尔不知道该怎样对待自己写的书。他不认识任何出版商,也不认识任何文学经纪人。他不知道要不要把一部四百页的文稿扔给同事和朋友,让他们拖回家读完后,对你作为一个作家同时作为一个人,给出善意而诚恳的评价,因为这是一部你号称纯粹直抒胸臆的书。但是能帮你看这种书的同事和朋友并不多。比尔心里清楚,自己写的这本《一个索霍男孩的日记》,并不是煽情的书;他只是写了一本自己想读的书,在书中讲述了他这种人所知道的真相。他没有把事情的来龙去脉描写得过于具体,但也没有过于晦涩的文笔,以至于人们读后不知道究竟发生了什么。他甚至都不知道自己这本书能否出版,因为他在书中描写的那种爱情在当时的英国依旧是不合法的。这是不是意味着对这种爱情的描写,也是不合法的呢?

最后他决定告诉托尼自己写完了,看看托尼有什么反应。

"我可以读一下吗?"

"你想读里面的什么?"

"我想读里面你写的一切东西,你这混蛋。"

"那倒不必。"

"我就知道你会这么说。"

"如果读完后,你讨厌怎么办?"

"我不告诉你,不就得了嘛。"

"那你读的意义何在?"

"那你说一切阅读的意义是什么? 我也不会告诉格雷厄姆·格林,我不喜欢他最好的那本书。"

"但你肯定没和格雷厄姆·格林在一起合作写过剧本。"

"所以如果我觉得你写得不好,就更不会对你说了。"

"到时你只会恭维我说,这是一部天才之作。"

"差不多是这样的话。"

"那我们来重新捋一下刚才的对话。"

"你是什么意思?"

"托尼,你要读我的书吗? 读完说说你的感受好吗?"

"你这么问,和刚才有什么区别?"

"刚才是你求我让你读,现在是我求你帮我读,算是帮忙。"

"我又不是维隆·威特菲尔德那样的评论家,我没法告诉你书中有什么问题。就算有问题,我也看不出来。"

"我不需要维隆·威特菲尔德那种货色。你只需告诉我,读起来像不像一本书,内容是否枯燥乏味,我是应该把它扔进垃圾桶里还是拿出来示人,我会不会因为这本书被抓起来。"

"我又不是法律界人士。"

"我知道。你就说说,我会不会因为这本书被 BBC 解雇,或者从酒吧里被人撵出来就行了。"

"想不到你这么抬举我。"

"呃……"

"我来读读。"托尼说。

"你觉得大概要读多长时间?"

"书稿用多长的绳来捆?"

"你是说我的书有多厚?"

"是的。"

"四百页,隔行打字。"

"书的枯燥程度如何?"

"去你的。"

在接下来的三天时间里,托尼把这本书读了两遍。但他对比尔说还没开始读呢。第一遍时,由于读得太快,所以没来得及想好说什么,只记得当时是在哄孩子入睡后,托尼脱衣服进卧室开始读,等琼看完电视回卧室脱衣服睡觉,他还在读。

"写得怎么样?"琼问。

"写得……呃。我也说不好。"

"我看你读得爱不释手。"

"是的,因为这是我最要好的朋友写的。"

"我也读过我要好朋友写的稿子,很多都令我读不下去。那些稿子还短呢。"

"是吗? 反正这本书写得很牛。"

"牛在哪儿呢?"

"嗯……反正厉害。"

"你这人以后年纪大了,不管做什么工作,千万不要干和语言有关的工作。你词语太匮乏了。只会用这几个词吗?"

"这个……我以前从未读过这样的作品。"

"写得这么好吗?"

"我不知道。反正……是写他自己。"

"那就是说,他有自己的声音。"

"如果仅仅说自己的声音,那每个人都有自己的声音。"

"不,不是每个人都有自己的声音。大多数人没有本事将自己的声音写到纸上。我以前尝试过一次,结果写的东西看起来像一个学生在费力地写简·奥斯丁的评论。看来比尔在写作上已经上路了。我想知道他牛在哪儿,厉害在何处。"

"你知道,就那些东西。很刺激。你知道吗? 我觉得我没本事把自己所做的事写出来。"

"照这么说,这是一本情色书?"

"我对情色书不在行,情色书对我也没多大影响。"

琼转了一下眼珠子。

"不好意思,"托尼道,"不过这本书要是出版,肯定会惹出轩然大波。"

"写得……真那么露骨吗?"

"这本书和《查泰莱夫人的情人》或《芬妮·希尔》不是一个类型,但是有很多男同描写。"

"那你准备怎么跟比尔说?"

"我要对他说一句以前说过的话,这是一部天才之作。"

"去你的。"比尔说。

"我说的是真话。"

"什么样的天才之作？狄更斯式的还是托尔斯泰式的？"

"和他们的不一样。"

"你读过托尔斯泰吗？"

"没有。不过我猜他不会对男同有研究。我不知道，比尔。我没读过太多书。我能说的就是，你这本书一点也不枯燥，你有自己的声音。我想，这种声音在其他地方是找不到的。"

他们又谈了一会书中的人物。据比尔的说法，这应该算是一本流浪汉小说，当然他得向托尼解释一下这个词的意思。这本书里充斥着令人难忘、性格乐天的小混混，混迹于索霍区的投机分子，不得志的艺术家，据比尔说，就是经常在科洛尼俱乐部见到的那种人。他们还谈了书中间的一段，是书中叙述者对自己童年的大段描写。托尼说，只有读到这地方，他才意识到自己原来是在看一本书。

"一本烂书。"

"我绝对没有这想法。一开始我都觉察不到自己在阅读。看到这里，我才反应过来，我眼前的是一部当代小说杰作。"

"我讨厌这部分内容，"比尔说，"写这部分折磨了我好久，写得一点也不自然。我之所以不删掉，是因为怕破坏全书的整体性。"

"那你这部书稿准备怎么办？"

"我准备送给希泽尔。"

希泽尔现在是他们的经纪人，同时也是秘书。每年当丹尼斯给比尔和托尼打电话，谈新剧的剧本时，比尔和托尼都让希泽尔和丹尼斯谈报酬，因为在钱的问题上，希泽尔能拉下脸，丹尼斯有点怵她。所以托尼和比尔在工资之外，又额外付给希泽尔 10% 的薪水。她和丹尼斯打交道倒还客客气气，这也是托尼和比尔希望的。但她同托尼和比尔不认识的人打交道时，比如监制《床下的激进分子》的独立电视台制片人,以及想让他俩写安东尼·纽利剧本的电影制片人,她就不客气了。她和那些家伙谈事情时,托尼和比尔都不好意思待在同一个房间里。

"她会读书稿吗?"

"我想应该会吧。我也正想听听她的建议。她姐姐在出版社工作。"

"好吧。"托尼的语气泛着疑虑。

"她这个人性格严苛直爽,不像我这样,有事藏着掖着。"

"是的,"托尼说,"不过你只是不愿大肆声张罢了。"

"她挺好的,"比尔说,"她知道该怎么处理这部稿子。"

"送给布莱恩·布莱恩出版社的迈克尔·布莱恩吧。"第二天一早,希泽尔对比尔说。

当她把装书稿的包还给比尔时,避开了他的眼神。

"好的,"比尔说,"迈克尔·布莱恩。"

希泽尔在写字桌前坐下,拿起电话,准备开始一天的工作。

"是……为这事打电话吗?"比尔问。

"是的。"希泽尔说。

"谢谢。"比尔说。他踱到办公室后方,站定。"你是怎么想的?"

"布莱恩·布莱恩出版社。"希泽尔说。

"如果他们对我的书感兴趣,你能做我的经纪人吗?"

"不行。"希泽尔斩钉截铁地说。

"谢谢你读这部书稿。"

"我没有读,没全部读。只是看了一点,觉得应该投给迈克尔·布莱恩。"

比尔把书稿交给迈克尔·布莱恩,之后再也没有和希泽尔聊过这本书。

布莱恩只有一个。迈克尔·布莱恩觉得单独一个布莱恩听起来不像个出版社的名字,于是再加一个布莱恩。

"那另外一个布莱恩是谁?"以前人们总是这么问他。

"哦,两个都是我。"他随口答道。

布莱恩大比尔十岁,相貌英俊,大嗓门,贪杯,是个不折不扣的同性恋。他对出版那些令人们不适的书籍深感兴趣,并引以为荣。对这些书籍感到不适的人中,当然就包括希泽尔。他出版过有关乱伦的法国小说,关于嗑药的美国小说,现在正好想出一本关于同性恋的英国小说。他的很多时间都花在防止他出的书被行政当局、海关、警察以及张伯伦勋爵办公室人员查封扣押。不过他对禁书这种事并不十分在意,反而还觉得打官司是一个出版商的分内事。对他来说,出版一本不冒犯公众的书,反而是浪费时间和精力。"那种事就让其他人干吧。"他如是说。

布莱恩带比尔到波迈俱乐部进餐。这家俱乐部以牛排、腰子布丁、糖蜜馅饼著称。布莱恩似乎永远对这种不和谐的搭配着迷。

"这家俱乐部一半会员都是律师,他们总在想着如何让我关门大吉,"布莱恩说,"可惜他们谁也不知道,我就坐在他们当中。"

比尔觉得这话恐怕不符合事实。他虽然认识布莱恩时间不长,但已经看出来他不是个谨言慎行的人,也不会用正常音量的嗓门来说话。他还喜欢在说话时刻意强调那些可能会得罪人的语言,所以他那些包含不伦之恋、年轻天主教教士等内容的谈资,坐在餐厅距离他们最远处的食客都能断断续续听到。

"我觉得你的小说写得很棒,"他斟上一杯波尔多红酒,品了一口后说道,"你是哪儿的? 我以前怎么没听说过你? 你平时忙些什么?"

"我是写剧本的编剧。"

"厉害。写过什么我有所耳闻的剧吗?"

"我主要写电视剧剧本。你看过《芭芭拉(和吉姆)》吗?"

"哦,没有,"布莱恩说,"我干吗要看《芭芭拉(和吉姆)》这种玩意? 你为什么问这个?"

比尔被问得局促不安起来。他本以为,他写剧本和《芭芭拉(和吉姆)》,两者的关系不言自明,但布莱恩却没看出来。

"呃,那部剧是我写的。"

"什么?"

"《芭芭拉(和吉姆)》是我写的。"

"那我猜他们一定只让你写和吉姆有关的内容。"布莱恩说完大笑,好像对自己这个笑话很得意。

比尔挤出一个笑容。在谈工作时,被人点破他的性取向,这让他感到很窘迫。长期以来在工作时,他竭力隐藏自己的性取向,但他也不知道自己喜不喜欢这样。

"那这部剧你写得怎么样?"

"写得很好,非常受欢迎。"

"人们都爱看?"

"是的。"

"到底有多少人看?"

"最近有些下滑。"

比尔他们因为这部剧大获公众垂青,但现在这部电视剧的收视率却在下滑。英国的电视观众显然对婚姻不和谐这个话题到底有多大喜剧潜力,并不十分确定。BBC 观众调研部还和几个关心宝宝蒂米的观众交流过。

"我只想知道受欢迎是什么意思?"布莱恩说。

"呃,收视率最高时有一千八百万观众在看。现在降到一千三百万左右。"

布莱恩看着比尔,又大笑起来。

"你知道这个国家人口总共只有五千万,对不对?"

"是的。"

"所以你刚才说的不是在开玩笑吧?"

"没开玩笑。"

"老天! 你有没有听说过让·弗朗索瓦·杜兰?"

"知道,就是写《巨蟒的胡子》那本书的。"

"你读过吗?"

"我买了。"

"这本书获得很高评价,《泰晤士报》文艺副刊的'聆听'栏目在采访作者时,称赞它是今年欧洲年度最佳图书。迄今只卖出七千二百二十九本。当然今天上午说不定还有人在买这本书。"

"是的。"

比尔知道,出版业和电视业不一样。他不知道的是,英国其实和澳大利亚一样,是个荒岛之国。

"我们会尽力做好你这本书,"布莱恩说,"出版估计会备受争议。你想在封面上署名吗?"

"是的。"

这是他写的书,他想让自己名字印在封面上。

"那你做好准备了吗? 怎么和 BBC、你的家人以及其他方方面面

299

的人交代?"

"我只需要和少数几个人谈谈就可以了。"

"我希望这本书出版后,不要因为书中提到某个人,就要打官司。"

英国议会已经展开对新版《性骚扰法案》的辩论。法律将会修改,同性恋者不用再担心被关起来。罗伊·詹金斯说过:"身患这种无能症的人,一辈子都背负沉甸甸的耻辱。"比尔知道詹金斯的话是出于好意,却令同性恋者并不因此感到好过一些。

"你什么时候出这本书?"

"越快越好,现在就行。"

比尔突然感到一种放松后的无力感。他已经厌倦了猜测一千八百万他不认识的人的心思和感情。他现在转而想去和几千个他能理解的人交谈。

第二天上午他就要和一个同事聊聊:苏菲来排练时,带来一个提议。

"你今晚有事吗?"在排练的第一次茶歇时,苏菲问比尔。

"没什么事,你想干什么?"

"那你出来和我、克利弗吃个饭怎么样?"

"克利弗请客吗?"

"我来请。"

"太好了。"

"我想让你见见我的一位朋友。"

"好极了。"

"黛安。"

比尔蒙住了。

"她就比你小一点儿，"苏菲继续说，显然没有注意到比尔惊慌的表情，"但是没小太多。她很可爱，聪明伶俐。我不知道她为什么至今还没有男朋友，就像我不知道为什么你至今没有女朋友一样。"

比尔认识苏菲三年了。这三年间，他一直对苏菲隐瞒自己的性倾向，同时又主观地认定苏菲早就看出来了。他现在反应过来，自己对苏菲的要求未免太高了。

"啊。"比尔不知道该说什么好。

"你不会说，我给你介绍晚了吧?"苏菲道。

"呃，是的，有点晚。"比尔说。

他带苏菲到室外散了一会步，抽了一根烟。苏菲惊呆了，接着向比尔道歉，表示自己太对不起他了。而比尔却发现自己是多么喜爱苏菲。

"那么这么长时间以来，你写这种男女居家生孩子的剧本，是不是觉得很难?"苏菲问，"你很讨厌我们吧。"

比尔只是笑笑。他觉得自己和这个世界已经相安无事。

20

　　到最后，一切都在加速分崩离析。一个星期二的晚上，就在《芭芭拉(和吉姆)》第四部结束前几周，托尼和比尔讨论芭芭拉和吉姆分手的可能性。当时他俩是收工后，聚在一家酒馆里，聊最后一集的剧情，这也是为了能止住收视率大幅下滑的颓势而做的努力，大家都已经精疲力竭了。

　　"我已经没有力气再去为剧中这场婚姻奋斗了。"比尔说。

　　"这次是最后一下。"托尼说。

　　"最后一下之后呢?"

　　"先度假，然后写安东尼·纽利的剧本，《床下的激进分子》，那部剧不能再拖了。"

　　"再然后呢?"

　　"再然后? 我也不知道。也许我们就该退休，去贝克斯希尔养老等死吧。"

　　"等死前干什么?"

"吃吃喝喝。"

"我觉得他们应该结束了。"比尔说。

"你是指谁?"

"芭芭拉和吉姆。我不知道该怎样把他们从这个沟里拉出来。我甚至都不知道自己还想不想这么做。"

托尼和比尔曾为剧情中发掘出婚姻顾问这个创意而感到欣喜。声音甜美、喜剧感强的南茜的出现,令相关剧情更加出彩。她帮助第四部进入到情节略显老套、节奏稍微缓慢的轨道中。在第四部剧中,每一集都是从婚姻咨询办公室开始。男女主人公各种诉苦,顺便开各种玩笑。马格瑞特给芭芭拉和吉姆布置家庭作业——进行练习,解决问题。在三十分钟剧快结束时,通常作为马格瑞特建议的后果,一个以前从未曾料到的新问题会出现。关于婚姻指导这部分,比尔和托尼已经讨论了好几个剧情框架,都是他们拍脑袋独创出来的:吉姆来自南方,芭芭拉来自北方;吉姆支持工党,芭芭拉支持保守党;吉姆胆小而多思,芭芭拉性急而率真;吉姆是"牛剑"高材生,芭芭拉十五岁就辍学。尖刻的评论家看到这里也许就会说了,这种婚姻除了电视剧本可以这么编,在现实中不可能存在。但是没办法,电视剧行业就是这么要求的。托尼和比尔深谙个中精髓。他们还算做了些推陈出新的工作,将性、婚姻、为人父母等元素融为一炉。他们现在完成了一个非常棒的骨架。这个骨架结构复杂震撼,堪比自然博物馆里的梁龙化石。

"我的老天。"托尼听了比尔的话,倒吸一口凉气。

"我不是说,你知道,就是那个意思。关于这个,我们可以好好聊聊。"

"你真会那么做吗? 准备彻底终结这部连续剧? 没等我发表

303

意见?"

一瞬间托尼脑海里闪过不祥的念头,律师和剧本所有权争论之类。

"不。当然不是。如果你想继续写,你可以单独写下去。"

"这么说,你肯定不想再写了。"

"我从未说过这话。我只是……把这个想法拿出来,和你讨论。"

"没问题,那我们下一步怎么办?"

"我不知道,"比尔猛喝一大口啤酒,说道,"我做决定了,我正式退出。"

"你刚才还说,先看看再说。"

"我看过了。但我不喜欢看到的东西。"

"你什么时候看的?"

托尼知道自己这话讲得有些惊慌失措。他背着比尔深深吸了口气。

"就刚才。"

"喝啤酒的时候?"

"我没有喝醉。我只不过喝了四分之一品脱罢了。"

"我知道。但是……你是刚才才下决心的吗?"

"其实我几周前就做好决定了。但我不想在工作时宣布这个决定,让大家措手不及。我一直在寻找机会。"

"你准备离开《芭芭拉(和吉姆)》?"

"我们刚才不是一直在谈这个话题吗?"

"我只想再确认一下。"

"我觉得他俩的戏已经走投无路,"比尔说,"如果你觉得还有戏,你来写下一部,我会帮你。但我确实认为,芭芭拉应该让吉姆离开。"

"该死!"

托尼心里一阵难过,好像分手的不是芭芭拉和吉姆,而是他和琼。

"你没事吧?"比尔问。

"没事。芭芭拉和吉姆又不是真人。"

对托尼来说,他们就是真人。他们现在要离婚了。这是件令人悲伤的事。托尼需要他们幸福地在一起,这样他也能靠这部剧支撑自己的小家庭。他后悔不应该愚蠢地同意引入婚姻顾问,从而令芭芭拉和吉姆的婚姻陷入危险,将以前不可想象的事变为可能。

"不管怎样,"托尼说,"我还是准备继续做下去,只要他们还让我继续做。"

"他们会让你继续做的,"比尔说,"丹尼斯知道你可以不需要我。"

"你不会瞧不起我吧?"托尼问。

"我干吗要瞧不起你?"

"因为接下来我还要假装一切都好像没发生过,明年他们又幸福地在一起,和好如初。而我还要挖空心思编新的卫生间故事。"

"干这行是很艰难的,就得做那些不得不做的事。"比尔说。

"谢谢。"

午餐后南茜来了,穿得没有平时那么讲究。她一来,整个片场气氛就变了。原先慵懒、和谐而专注的氛围一扫而空。苏菲变得易怒,而克利弗则像一个走在雷场的士兵一样,小心翼翼,但心里知道肯定躲不掉失去一条腿。

305

今天的剧情是,芭芭拉和吉姆接受马格瑞特关于如何减少嫉妒心危害的建议。

"他们就是……太古板,对吧?"等丹尼斯唠叨完这一场长长的婚姻指导戏后,南茜说。

"谁古板?"丹尼斯问。

克利弗忙不迭地朝门口走去。

"我去透透气。"他说。

"哈哈,"南茜看着他离开,"我看出来了,你是该出去一下。"

克利弗没理她。苏菲感到莫名其妙。

"为什么说他古板?"

"他古板得令人有些作呕,"南茜说,"不过谢天谢地,现在的女人比过去更懂事了。"

"我不太明白你的话是什么意思?"

"就拿嫉妒来说吧,"南茜道,"我就不嫉妒。"

"那挺好的啊。"苏菲说。

托尼原本在下一幕剧本的空白处写东西,闻听此言,停下了笔,看着这两个女人。房间里有一种气氛,但到底是什么气氛,托尼也形容不好。

"我觉得我们各自的作用不同,对吧?"南茜对苏菲说。

"你是说在剧中吗?"苏菲问。

"在现实中。"南茜说。

"但愿吧。"苏菲说。

苏菲敷衍的回答,表明她没兴趣往下聊,这更勾起了南茜想吸引苏菲全部注意力的兴致。

"你在做朴实无华的事情方面很在行,而我更富有异国情调,不

306

信你问问克利弗是不是这样。"

"我打断一下。"比尔和颜悦色地说。

"打断什么?"苏菲问。

"比尔不想让我把和克利弗睡过觉的事说出来,"南茜说道。"他认为这会破坏工作环境。"

"我就知道会这样。"比尔说。

这下苏菲终于什么都明白了。

"你是说,你和我未婚夫上过床?"

"我未婚夫,"南茜学着苏菲的语气,"天呐,现在是 1959 年,我是奇切斯特选区①的议员。"

"我今天下午收工了。"苏菲说。

"可以理解。"丹尼斯说。

大家一起目送苏菲离开。

"南茜,我觉得芭芭拉和吉姆以后不再需要你进行婚姻指导了。"

"从什么时候……"

"嗯,就从现在,真的。"

"我签的合同上,还有两集。"南茜说。

最后丹尼斯不得不送南茜离开片场。

"也许我们也应该把昨晚讨论的内容告诉丹尼斯。"当丹尼斯回来时,托尼说。

"是说那件事吗?"

"是的,就是那件事。"

"我以为你现在不想和他说呢。"比尔道。

---

① 奇切斯特是英国议会最古老的选区。南茜模仿自己是该区的代表,目的是讽刺苏菲古板落伍。

"但现在我们已经别无选择，"托尼说，"我们写的是喜剧连续剧的剧本，不是《宝琳历险记》①。现在他们已经无可救药了。"

于是托尼和比尔怀着严肃歉疚的心情，开始讨论芭芭拉和吉姆离婚的事。

苏菲找到克利弗时，他正在路边长凳上抽烟。苏菲在他身旁坐下，从他烟盒里拿出一根烟，听他说各种道歉的话。克利弗现在肯定彻底蒙了。他就像那种做错事的傻瓜，只有在闯完祸后，才反应过来自己到底做错了什么。他向苏菲道歉，赌咒发誓，把自己骂得狗血喷头。苏菲却发现自己的怒火一下子烟消云散。她把戒指还给克利弗，但不是扔给他。

"说真的，我原以为你会表现得比现在这样子更生气，"克利弗说，"我觉得你会打我一顿。"

"其实一直以来，我就不相信你在我们的事情上是认真的，"苏菲说，"所以在我内心深处，我觉得这一天迟早要来。"

"那你以前是认真的吗？"

"我倒是希望我是认真的。"

"为什么？"

苏菲差点笑起来，但忍住了。为什么？这个问题问得好。过去她天经地义地认为自己应该和某个人共度一生。但她一时想不起来，是什么让自己觉得这是一件天经地义的事。在对待自己的事情上，她有点漫不经心，就好比她忘了吃饭，然后突然发现自己随手拿起一块发霉的面包，或剥开一根变黑的香蕉。苏菲不知道克利弗对

---

① 拍摄于 1914 年的《宝琳历险记》，是默片时代最著名的悬念剧。

她来说,是否就是那块面包或香蕉。当然他没有发霉,也没变黑。但苏菲内心肯定有某种东西,某种模糊的需求,促使她投向他。她开始反思,自己是不是由于寂寞才这么做。

"我们还能一起工作下去吗?"克利弗问。

"我不想让那些家伙失望,"苏菲说,"我会和你对付着把这部剧拍完。前提是,大家一致同意不需要再搞什么婚姻指导。"

"你的意见合情合理。"

"我能问你一件事吗?什么叫异国情调?有什么了不起的?"

"对不起,我没明白你说什么?"

"南茜说,你喜欢她身上的异国情调。"

"噢,该死。"

"这到底什么意思?"

"没什么意思。"

克利弗又点了一根烟,猛吸一口,用手把玩苏菲还给他的那枚订婚戒指。

"好吧,我知道她说的是什么意思了。但这为什么对你这么重要?"

"对我不重要,现在就不重要。"

"那以前为什么重要?"

"因为……"

苏菲耐着性子等克利弗回答,可是克利弗半天也没说出个所以然。

"我觉得我们以前挺好的,我的意思是,你知道吧。"

"知道,"克利弗赶紧说,"以前是挺好的。"

"可以说非常好。"

"是的,非常好。"

"所以我就不明白了。"

"你还记得过去是什么样吗?"

"我们在一起的时间不长。"

"不,我的意思是……这个地方,这个国家。"

"我们是在说同一件事情吗?"苏菲说。

"是的。"

"那我不记得了。来伦敦前,我什么都没做过。"

"我不是说你本人,"克利弗又点燃一根烟,猛吸一大口,"我的意思是……这儿。"

"你是说这个国家。"

"正是。"克利弗一下放松下来,觉得苏菲终于听明白了。

"你刚才就说过一遍了,可我还是没听懂。"

"哦。"

"你再说清楚点。"

"过去人们凡事都藏着掖着。每个人都心存恐惧。什么也不说。像南茜这样的女人……"

"她这种女人过去就有,这点我敢肯定。"苏菲沉着脸说。

"的确如此! 但现在……你到处能碰到这种事。这就很奇葩了。现在你无论是在书报上读的,去电影院看的,还是在广播上听的,都是这种事。过去我的心理是,我不想落伍,不想今后我的孩子问我,当别人都在纵情享受爱情时,我不想说,你知道……"

"我只和一个著名的女演员睡过觉。"苏菲替克利弗补上后半句。

"我确实和许多女演员睡过。"克利弗无可奈何地说。

"南茜只不过是又一个罢了。"

"是的。她看上去……摩登。就是法国游客去卡纳比街①想寻找的那种调调。"

"你觉得外国游客来英国，是为了看年近四十、满嘴荤段子的性感女明星吗？我觉得他们来是为了看我们的时髦年轻人，披头士乐队这样的。"

"我就知道，说了你也不懂。"克利弗哭丧着脸说。

苏菲真正害怕的是，她还是黑池小姐，就是说，虽然她已经历过很多事情，但还在原地，是一条小池塘里的大鱼，一个被小地方的权贵、麦金托什雨衣和没牙的老年人簇拥的漂亮女孩。在床上她也不想成为那种人。她不想自己成为一种奖品，吝啬得谁也舍不得给。但克利弗说的是另一回事。他在说他们突然身处的这个时代。这就像走进一个没有收银机的糖果店，很难不成为一个小男孩。克利弗说的和苏菲没有半点关系。

《芭芭拉（和吉姆）》第四部最后一集于 1967 年 11 月 16 日播出。在剧中没有提离婚这个字眼，但情节还是不顾克利弗的抗议，拍成了吉姆主动离开家。

"我跟你们讲，在剧中我们是有孩子的，如果这么演，"在第一遍集体对台词时克利弗不满地说，"那些上了岁数的老太婆在大街上会用雨伞打我的脑袋。我后半辈子就彻底完了。既然芭芭拉这么不开心，为什么不能写成她主动离开家？"

"女人不会主动离开她们的孩子。"丹尼斯说。但话一出口，他就想起苏菲母亲抛弃苏菲的事来，于是只好又加一句："通常情况下是

---

① 伦敦的一条街道，时尚灵感的迸发地，英国"摇摆的六十年代"的地标。

311

这样。"

尽管如此,克利弗依然设法达成了一份荧屏下的分手协议,作为他即将到来的羞耻的补偿。他让比尔和托尼为芭芭拉在剧中设计一个明白无误的告白,在告白中,芭芭拉强调所有的一切都不是吉姆的错。同时在托尼和比尔负责监制的下一部连续剧中,他还确保了一个位置,报酬也还可观。

在最后一次排练的结尾,要由克利弗来说:"事情就这样了吧?你不介意我现在撤了吧?"但苏菲觉得自己有必要对这一幕呼应一下。

"谢谢你,"她说,"谢谢你们所有人。"

"没事。"克利弗说着朝门口走去。

"快坐下来,你这个没心没肺的家伙,"比尔道,"苏菲下面要说几句。"

克利弗不情愿地坐了下来。

"不,我不准备说什么,"苏菲说,"我只是……我不想就这么人们还没注意,就结束了。"

"我们都注意到了,"克利弗说,"但我们想结束得有尊严。"

他站了起来。

"这些日子是我一生中最美好的时光。"苏菲突然说道。克利弗叹了口气,又坐下来。"我希望这也是你们人生中最美好的时光。"

"平静一下。"比尔说。

"你这辈子最美好的时光是什么时候?"托尼问,"在服役期间还是替阿尔伯特·布里奇斯写笑话那段时间?"

"是给布里奇斯写笑话的时候。"比尔说。他的话引来一阵大笑,但比尔觉得有些尴尬,又补充道:"这是玩笑话。"结果又招来一阵大笑。

"我一生中，从未像在这间房子，这个片场这样幸福过，"苏菲说，"我从来没这么笑过，从来没学到过这么多东西。我工作上的知识，全是你们教我的，甚至包括你，克利弗。我担心我今后的职业生涯，很难再找到这种工作体验。一切都那么合拍，大家都在推着你发挥出最佳状态，发挥出超出你对自己预期的状态。"

大家都若有所思又满含钦佩地听着。现场一片静默。

"没事了吧？"克利弗说，"那我可以走了吧。"

这次没有人阻拦他。

最后一集的剧本要求芭芭拉和吉姆相拥而泣。克利弗第一次看到剧本中这个舞台指示时吓坏了。不过他的眼泪倒是能说来就来。事后也没有人拿这件事调侃他。最后一集的最后一句台词是"保重，宝贝"，是芭芭拉用兰开夏郡口音说出来的。她的这个口音只在第一部第一集出现过，此后再也没用这口音说过话。她在拥抱吉姆时说的这句台词。他俩必须拥抱的时间长一些，因为电视剧的片尾就在他们的拥抱中结束。他们要等一长串字幕放完。苏菲发现自己哭得很投入，以至于不得不把脸埋在克利弗的外套里。她想努力说服自己，是因为和克利弗分手才这么难过的，但事实并非如此。是演戏这份工作让她如此激动。她从未真正爱过克利弗，却从第一天起就真正爱上了自己主演的这部电视剧。

现场观众离场时，苏菲回到录影棚，坐在芭芭拉家客厅的沙发上。剧组人员正忙着收拾拆除道具。苏菲心里有点难为情，感觉自己正刻意地装作一个临近剧终的女演员，想做点煽情的事来证明这部剧对自己有意义。不过她确实要做点与众不同的事。她不能就这

313

```
*************************************************************
```

BARBARA (AND JIM)
****

Last...Ever...Episode

"THE GOODBYE"

Sophie Straw   <u>Starring</u>   *Clive Richardson* -
                                   Thanks, as ever.!

SOPHIE STRAW   Barbara
⟨CLIBE⟩ RICHARDSON   Jim

Written by:

<u>TONY HOLMES AND   ILL GARDINER</u>

Tony Holmes   <u>STUDIO: LIME GROVE 2</u>   *Bill Gardiner*

SUNDAY 12th NOVEMBER 1967 7pm - 7.30pm

<u>TRANSMISSION</u>

THURSDAY NOVEMBER 16th 8pm - 8.30pm

<u>PRODUCED AND DIRECTED BY</u>

DENNIS MAXWELL-BISHOP

Dennis Maxwell-Bishop

```
*************************************************************
```

314

么简单地换衣服,卸妆,然后径直去中餐馆。

丹尼斯过来找她。

"想去吃点东西吗?"

"好的,稍等一会。我想先坐一会儿。"

录影棚里除了沙发,其他东西都撤得差不多了。苏菲能看出来,丹尼斯有些不好意思,因为他们把这里清理得空荡荡的,除了这个沙发。但苏菲觉得剧组人员对她够好的了。她这人从不给别人添麻烦。

"我忍不住在想,这部剧我们到底还是委屈了芭芭拉。"

"为什么这么说?"

"芭芭拉要求的一点都不多,对吧? 是我们夺走了她的一切。离婚对全国观众都是遗憾。"

"平静点,丹尼斯。"苏菲大笑着说。但丹尼斯好像不是在开玩笑。

电视剧评:
《芭芭拉(和吉姆)》

尽管两位主演表现出彩,剧本内容也颇有锋芒,但观众可能已有一两年之久没看《芭芭拉(和吉姆)》这部电视剧了。很遗憾,因为从定义上说,新鲜就是难以保鲜。剧中曾经的那些合情合理,或不那么合情合理却颇值得称道的情节,对观众来说都已经落入俗套。和当今那些最好的喜剧电视剧相比,这部剧有点过于拘谨守旧,里面总是各种卫生间戏,难免最后让人觉得情节也像灌了水一样。和《至死方休》的更为大胆、更为粗粝、敢于冲突相比,它的竞争对手们,包括《芭芭拉(和吉姆)》在内,就有点过于保守。

　　但昨天晚上,《芭芭拉(和吉姆)》的大结局,却唤起了人们当初对这部电视剧的热爱。当然,如果考虑最后主人公的归宿,这种热爱未免显得有些讽刺。芭芭拉和吉姆不再了。他俩决定分道扬镳,令人黯然神伤。两人的分手成熟、感人、负责。他们一致认为彼此不再爱对方,应当分手,不必为了孩子强留在一个屋檐下。大家都知道,这种情节没有多少发挥幽默的空间。虽然在局部有笑点的地方,现场观众例行公事地大笑一番,但这最后一集不能算是喜剧。它是对一段现代婚姻关系的刻画,而且刻画得出奇感人,发人深省。那些道貌岸然的神职人员和自命不凡的政客或许会不满,因为这种伤心的结局对本已灾难般的离婚率无疑是雪上加霜。把离婚戏拍得这么温情,会让人觉得分手也是美好的事。不过编剧们倒是应该迎难而上,正视这个问题,为将来许多可能会劳燕分飞的情侣,提供解决之道。

　　我们会想念芭芭拉和吉姆,尤其是芭芭拉小姐的扮演者苏菲·斯卓。她在荧屏上招人喜爱。虽然作为母亲她很失败,但她表现得不失风度。希望今后能有电视制片人赏识她,用好她。我们也要向这部电视连续剧致敬。从大多数观众出于娱乐这个角度来说,这部剧略显冗长。但如果没有它,BBC乃至整个国家都会显得更无趣。这段时间,这部电视剧还揭示了我们时下的生活方式。电视剧的烛光昨晚已经熄灭,但余音袅袅。

《泰晤士报》1967 年 11 月 17 日

人人爱苏菲

21

离婚和分手并不是结束。

《芭芭拉(和吉姆)》最后一集播出一周后,丹尼斯约托尼和比尔来 BBC 见面。他俩在丹尼斯的办公室落座,闲聊几句过往的美好时光。当咖啡送上来时,苏菲走了进来,满脸惶恐歉疚。

"对不起,我来晚了。不过这不是因为我漫不经心,"苏菲说,"恰恰相反,我很重视,真的很重视。"

"我什么话也没说。"丹尼斯说。

"哦,"苏菲说,"那我就先坐下,闭上嘴吧。"

丹尼斯宽容地对苏菲笑着。

"《就是芭芭拉》。"丹尼斯边说边用期待的眼神望着托尼和比尔。

托尼和比尔不知道丹尼斯是什么意思,都望着他。

"我觉得他俩没听懂你在说什么。"苏菲说。

"我觉得这不是个理解的问题,"比尔说,"这更像是一个沟通的问题。丹尼斯说了上一部剧女主人公的名字,在前面加上'就是'这个词。这种说话方式,就是伯特兰·罗素也听不懂。"

"对不起,"丹尼斯说,"苏菲和我想请你们二位写一个新剧本,名字叫《就是芭芭拉》。剧情就写一个离异女人的生活。"

"哦,"托尼说,"听起来很有意思。"

"你真这么认为吗?"比尔问。

"真的。"托尼说。

现在只要有新的工作机会,托尼都会觉得有意思。他和比尔写《床下的激进分子》写得很痛苦。安东尼·纽利拍片子完全不靠谱。他最近还通知他们,要把这部剧拍成成人级的音乐剧。而比尔每周都在推却新的片约,显然丝毫不顾及托尼的感受。

"比尔,你说说有什么问题吗?"丹尼斯说,"我们可以先动手试试。我相信问题会解决的。"

"呃,"比尔说,"首先,这是一个糟糕的主意。"

"哦,"丹尼斯道,"我和苏菲倒觉得这个主意不错。哪儿有问题?"

"这个主意行不通。"

"只要你想走,去哪儿都行得通。"

"没有腿,或者没有轮子,连车库都出不去。"

"为什么?"

"首先,有一个孩子就很麻烦。每拍一集,都要交代一下孩子在哪儿。"

"可以让孩子和吉姆生活。吉姆说过愿意帮忙。"

"吉姆说的帮忙,是指可以有时带孩子出去散散步。他不会陪孩子过周末。再说,芭芭拉需不需要上班? 还是在家里无所事事? 在一部喜剧里,带一个孩子的离婚妈妈有多少男朋友才能让邻居不打电话报警？反正这部片子不适合我。"

"真不适合?"

"真不适合。"比尔说道,而且好像真是这么回事。

"你真可以,伙计。"两人出来后托尼对比尔说道。显然托尼有些恼怒了。

"你真想给《就是芭芭拉》写剧本?"比尔问。

"我真想,"托尼说,"我是个编剧,我要维持生计。"

"就指望芭芭拉?"比尔不满地讥讽道。

"你要是用这种语气说话,那什么听起来都可笑,《汉考克的半小时》《愤怒回眸》《圣马修的福音》。芭芭拉不过是一个角色,一个女人罢了。"

"关键问题是,在过去几年里,我们已经把这个女人性格的方方面面都梳理十五遍了。你想一辈子都干这种事吗?"比尔说,"对吧?难道你不想尝试一点新鲜的、更有趣的事情吗?"

"话虽这么说,但是……"

"没有那么多'但是',"比尔说,"对一个编剧来说,就是要勇于尝试新鲜不同的题材。如果总是被那么多'但是'羁绊,我还不如去'但是'工厂,当一名工人。"

"你真厉害。我的生活中就充斥着大量的'但是'。"

"那是因为你没活明白。"

"哦,那我看来得改变一下,对吧?"

托尼这个回答是违心的。他其实并不想改变生活。他生活中的那些"但是",是琼和罗杰。他和他们母子在一起感到很幸福。

"这一切是不是都是因为那本该死的书?"托尼问比尔。

这本书还没出版,但已经改变了比尔的生活。布莱恩·布莱恩出版社已经约他写下一本了。文学编辑们正向他索要书评、专栏文章以及其他一切能塞进书里的东西。

"是的,"比尔痛快地承认了,"那是当然。这本书表明,我这个人还是可以做点别的事情的。我不必再为那些穿着麦尔登①的老奶奶写连续剧看了。"

"你终于成了那种人。"托尼说。

"哪种人?"

"维隆·威特菲尔德那种人。你们觉得要写就得写那种给聪明人看的书。"

"哦,他那人一向爱唱高调。不过你写'新卫生间'时那股激情哪去了?"

两人说着走到了地铁站口。

"你还想去喝一杯吗?"比尔问。

"琼马上要出门,"托尼说,"我要回家看孩子。明天醒来我还要养活他们母子。"

比尔伸手在口袋里摸零钱,又像是竭力在回忆什么事情。

"……编剧们倒是应该迎难而上,正视这个问题,为将来许多可能会劳燕分飞的情侣,提供解决之道。"比尔最后说道。

"这听起来像是敲警钟,"托尼说,"哦,我想起来了,这是《泰晤士报》评论里的一句话。编剧指的就是我们。"

"是的,听起来很讽刺,对不对?"

---

① 一种品质较高的粗仿毛织物,因首先在英国的麦尔登莫布雷生产而得名。

322

"为什么?"

"人们建议我们给那些要分手的夫妻想一些解决之道,好让他们不打架,可我们却在这里先打起来了。"

"哦,真该死,可不是嘛。"托尼说。

托尼奇特的情感经历,说明他不愿意和任何一个男孩或女孩绝交。他从不为难别人,自己也没被别人为难过。但他现在却切实感受到了绝交的滋味:胃部一阵痉挛,能清楚地感知时间、空间和温度,明白木已成舟,不可更改,无法挽回。

"一道走吗?"

"我去买一份报纸。"托尼说。

"那我在这儿等你吧。"

"不,不,你先走吧。"

托尼感到自己整个世界在崩塌,所以没有心思和这位交情最长的朋友在地铁上继续闲聊。

第二天下午,托尼又回来找丹尼斯。

"我为昨天的事感到抱歉,"托尼说,"你知道,比尔就是那样的人。"

"我希望你给我带来了他回心转意的消息。"

"这个恐怕没有。"托尼说。

"哎呀。"丹尼斯懊恼地说。

托尼在和比尔一起合作写剧本时,就常常是弱势的一方,所以他不喜欢丹尼斯发出这种声音。

"我这次来的目的是,你能不能让我自己单独试试。"托尼说。

"哦,"丹尼斯说,"原来是这样啊。"

323

"今后一段时间,我和比尔会各自做不同的事情。比尔这本书出版后,他还想写另一本……"

托尼感到脸发烫。丹尼斯迟疑不决的态度,无异于在杀他。其实丹尼斯并不知道托尼和比尔在合作时是如何分工的。但在托尼看来,丹尼斯没有马上做出感激涕零的答应,就已经出乎他的意料。其实托尼心里也不知道丹尼斯迟疑不决到底是什么意思。比尔确实很聪明,但聪明就一定重要吗? 聪明有时说不定会起反作用呢? 或许比尔在智识上未必高他一等,或许两人现在的角色定位是多年来无意识形成的。比尔读的书比托尼多,这点毋庸置疑。但话又说回来,托尼读书少是因为把时间都陪琼看电视了。这么做也是有收获的,让托尼喜欢上媒体,并且在创作情景喜剧剧本时,对所写的语言更有把握,能够将人物、情节和相应的语言统一起来,能让穿麦尔登的老奶奶们都看得懂。

"天呐,"丹尼斯说,"你们的事,可以上新闻头条。"

话虽这么说,但丹尼斯还是没有答应托尼的工作请求。

"如果有需要的话,我也可以另找一个搭档来合作。"托尼说,这句话是托尼脱口而出。他事先完全没这个想法。"如果你觉得我和别人搭档会更好一些的话。"

"啊!"丹尼斯咕哝道,"这听起来有点意思。"

托尼心中感到的第一阵刺痛来自自怜,第二阵刺痛来自有种背叛的感觉,而自尊心受到伤害,又使他的心感到第三阵刺痛。

"不过我也坚信我一个人完全能够干好这个工作,"托尼说,"其实我更想一个人做。"

"那你干吗刚才说要找个搭档?"丹尼斯问,"这话是你自己说的。"

"那是因为我觉得你认为我一个人做不了。"

"不是，"丹尼斯说，"我完全不是这个意思。"

"那你是什么意思？"

"苏菲和我觉得，应该让一个女人加入进来。"

"哦，"托尼沮丧地说，"一个女人，这个我恐怕帮不上什么忙。"

"我们的意思，不是让你变成女人，"丹尼斯说，"但是你可以和一个女编剧合作。怎么样？"

"你有认识的吗？女编剧可不太好找。反正我不认识。"

"苏菲脑海里有个人选。一个叫黛安的女孩。"

"她是做什么的？"

"她不是广播电视圈子里的人。目前在一家杂志工作，但急切地想跳槽。她一直在写剧本，还给我看过，和你们的风格不一样。但我认为她会干得不错。"

托尼内心一时五味杂陈。他觉得自己一下子老了许多，觉得自己行事太死板，觉得比尔的离去令他有种丧偶之感，觉得心里有块沉甸甸的石头压着。一想到要带一个没有剧本写作经验的新手，托尼就焦虑万分。但是——但是！这些想法他都藏在心里，没有表露出来。

黛安衣着入时，长得漂亮，态度友好，谦恭好学。

他们在托尼和比尔租的办公室见面。比尔现在不用这间办公室，因为他一个人在家也能写。在黛安看来，这个办公室宛如托尼和比尔成立的一家欣欣向荣的剧本写作公司，雇有办公人员希泽尔，各式沙发和办公桌，录音机，还有好几台电话……比尔甚至还买了一台意式咖啡机，是从意大利进口的，和索霍区"意大利酒吧"里那台咖啡机一模一样。托尼突然觉得,这间办公室本身就是个非常成功的成年劳动力的作品。

黛安四下张望,有些心虚。

"我用这玩意需要付钱吗?"她指着咖啡机问。

"等你的名字打在片尾字幕上的时候再付钱吧。"托尼调侃道。

"能实现吗?"黛安问。

"应该没问题,"托尼说,"不然我也不会租这间办公室。"

托尼和黛安聊了一个上午。丹尼斯希望《就是芭芭拉》这部新电视剧和老的《芭芭拉(和吉姆)》尽可能地减少关联。他想把这部剧拍成多人剧,而不是双人剧。他还希望取景和情节中有摇摆伦敦的元素。他希望这部新电视剧青春有趣,充满活力。托尼对这些东西一无所知,而黛安却对女孩子购物、吃喝、跳舞、约会等事情样样精通。假如当初托尼说服丹尼斯让他一个人挑大梁,那很可能剧本只写了一半,他就被解雇了。

不过托尼也有他的优势。他对拍摄预算、剧本结构和时间控制非常在行。所以他可以告诉黛安这儿不能取景,那儿不能取景。他还对芭芭拉这个人物了如指掌,所以他告诉黛安不能这样构思,不能那样措辞。托尼还有育婴经验,所以他指出芭芭拉什么事都不能做。换句话说,他的存在简直让剧本没法完成。看来比尔当初的预计是对的,这部新剧几乎无可救药。

"芭芭拉必须要有这个孩子吗?"

"关键问题是,她已经有了这个孩子。"

"不,我的意思是……我们能不能忘掉这个孩子?"

"伟大的英国人民的一大优点就是记忆力好,什么也不会忘记。不过……"

一个想法从托尼脑子里冒出来,他感到一股熟悉的兴奋劲。

"快说,不过什么?"

"不过,如果主角不叫芭芭拉,那一切就好办了。"托尼说。

"如果她不是芭芭拉,那这部电视剧就不能叫《就是芭芭拉》,对吧?"

"那当然。到时肯定要改剧名。改成什么好呢?叫《就是苏菲》?那剧情中就没有离婚,没有吉姆,也没有婴儿蒂米。光写一个年轻女孩子在大城市闯荡,晚上出去玩。"

"我们可以这样写吗?"

"我们是编剧,"托尼说,"编剧有权力想怎么写就怎么写。"

至少这一点,托尼心里明白。

22

比尔的新书庆祝酒会在索霍区一家俱乐部二楼酒吧举行。出于多种原因，托尼心中发怵，不太敢去。最后他还是偕夫人琼一起去了。他俩缩在一个角落里，注视着每一个人。比尔的这本书看起来大获成功，成功到伦敦有一半书店都不进货，大多数报纸都不愿评论。比如《每日快报》的文学编辑打电话给迈克尔·布莱恩，表示《每日快报》不仅不关注这本书，而且今后将不关注布莱恩出版的一切书籍。不过《新政治家》却称赞比尔是"出类拔萃、炽热似火的情色天才"。连《旁观者》杂志也声称"开明的读者会在此书中发现许多

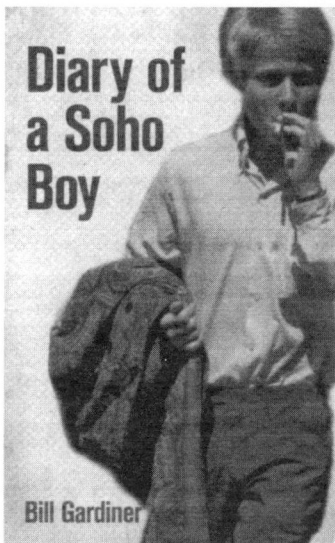

值得称道的地方"。托尼对这本书感到既亲切又陌生;他心里还有一丝内疚,觉得耽误比尔太多时间写那些卫生间剧的剧本,仿佛使唤阿瑟·米勒①为宠物食品广告写广告词。

"你现在是什么心情?"琼问托尼。

"我为他感到高兴。"托尼看着比尔,他正和一位画着眼影、披着羽毛长披肩的年轻男子接吻。

"真的吗?"

"当然是真的。"

"许多人见不得自己朋友混得风生水起。"

"我不是那样的人。"

"你是好人,"琼说,"不过你对这一切没有不舒服的感觉吗?"

"你是指什么?"

琼示意这一屋子男人。

"我想这些家伙应该不会都有老派岳母替他们照看孩子。"

"没有不舒服的感觉。"

"真的?"

"真的,一点都不。什么岳母,什么照看孩子,我觉得都无所谓。如果我给你造成这种印象,我感到抱歉。"

"或许是我该说对不起。"

"为什么?"

"因为生活就这样从你身边悄无声息地溜走了。"

"我是作家,我在观察生活的时候,生活肯定从我身边溜走。"

"这难道不说明至少你应该待在一个更加有趣的地方观察生

---

① 美国著名剧作家,代表作是《推销员之死》。

活吗?"

"那就不是生活了。"

这时一个穿土耳其长袍的光头女人走进来。她找到比尔,和他接吻。托尼不知道,她是证明还是推翻刚才自己那个说法。

比尔终于来到托尼和琼面前。两人热情地握手。此前他俩在一起吃过几次饭。托尼向比尔抱怨他和黛安写新剧本时遇到的麻烦。比尔表现出适度的同情,但对这个话题并不感兴趣。他已经进入一个更高的领域。他的第二本书即将完成,合同也签了。他还准备为皇家剧院写个剧本。

比尔亲吻了托尼和琼的面颊。托尼竭力假装对这一套波希米亚做派很适应。但他心里清楚,自己穿西装打领带还带着妻子。

"谢谢你们两位光临这个腐朽的兽穴。"

"我要是向平纳母亲联盟①告发,她们一定会感兴趣的。"琼开玩笑说。

"她不是平纳母亲联盟的会员。"托尼画蛇添足地解释道。

琼和比尔都大笑起来。他们笑的是托尼,而不是他说的话。

"你不能总这么不开窍。"比尔说完就被迈克尔·布莱恩拉走,去见其他人了。

托尼的目光在房间里游荡,最后落在一个年轻漂亮的有色女孩身上。这个女孩穿着一件银光闪闪的衬衫,头上别致地系着一个头巾。他怎么就不认识什么年轻的有色女人呢?他怎么就不认识那些别致地系着头巾的家伙?托尼对比尔的成功并不耿耿于怀。他喜欢比尔取得成功,觉得他很棒。他也不担心自己是否错过机会。托尼

---

① 此处是琼杜撰的一个妇女组织,平纳是托尼和琼居住的小镇名称。

想要的是,能走进一个让他心安自在的房间。

多年以后,托尼悟出一个道理,作家从不觉得自己属于某个地方。这也是他们能成为作家的原因之一。不过像托尼这样,在一个全是陌生人的派对上还感到融不进去,也是够奇怪的。

"这样下去可不行。"在回平纳的路上,托尼突然对琼说。

"什么不行?"见琼有些惊恐,托尼按了按她的手安慰她。

"哦,对不起,我是在说工作。黛安,那些事情。现在完全看不到希望。黛安这个新手居然认为去迪斯科舞厅穿错鞋能成为喜剧素材。"

"我不觉得这个不能成为素材。"琼说。

"问题是,她现在想把这个笑料拉长为一个黄金时间段播放的三十分钟电视剧。"

"嗯,那你就别让她这么做,"琼说,"在你俩的搭档中,你更有经验。"

"我阻止过她,"托尼说,"但我也不知道该用什么内容来代替。我对年轻女孩、时尚杂志、男朋友这些事一无所知。"

"那你就写点别的。"

"写什么呢?难不成写英国种族关系这种敏感题材?"托尼脑海中还在想比尔派对上那个有色女孩,并感到愤愤不平,"比尔怎么会认识有色女孩?"

"难道那女孩不漂亮吗?"

"但他俩到底是怎么认识的?"

"让我来告诉你吧。"琼说。

"你知道情况?"

"我是猜的。"

"那你说说。"

"在派对上，这个女孩走进来。比尔迎上去打招呼：'你好，我是比尔。'"

"那人家是怎么被邀请去的？"

"你不是开玩笑吧？"琼诧异地问道。

"不是开玩笑。"

"你明明知道，就像今晚这样被邀请去的。"

"你是说像今晚这样？"

"是的，就像今晚这样。"

托尼努力想找个理由，说明今晚这个不算，但是找不到。

丹尼斯告诉苏菲、托尼和黛安，他这次想拍一部和以往不同的电视剧。《喜剧剧场》还在 BBC 播放，播放的还是那些三十分钟的单集情景喜剧。这些单集剧都眼巴巴地盼着能被拍成连续剧。但丹尼斯向他们解释，他这次想雄心勃勃地大干一场。苏菲现在是极富人气的电视女明星。丹尼斯不希望她像别人那样，低三下四地找拍戏机会。他直接垫付十二集连续剧的剧本稿费。如果剧本写得好，大家都满意，他就去找汤姆·斯隆，把剧本扔到他的办公桌上，整个十二集的剧本一股脑儿全扔给他。假如斯隆不想拍，他也必须装模作样地逐页翻一遍，解释剧本哪儿不好。丹尼斯不想再像以往那样，斯隆连剧本都不看，就断然拒绝，而丹尼斯还要忙不迭地赔不是，假装说浪费他的时间了。这个想法仅仅是丹尼斯的幻想，不过也表明了他的决心和热忱。

丹尼斯也知道，他选的这个路径耗时最长，也最绕弯路。但他这样做,有私心在作祟。在这迂回曲折的过程中,他可以和苏菲一直在一起,会有无数理由让两人一起喝咖啡,吃午餐,或者共进晚餐。如果按照在《喜剧剧场》播出的模式来拍,那就只有一周集中接触的时间。虽说这对丹尼斯也不无吸引力,但如果剧集反响不佳,后面苏菲就可能放弃演下去,改拍别的戏了,今后就和他没有交集了。丹尼斯不想冒这个风险,也不确定能否承受这个后果。他告诉托尼和黛安,慢一点稳一点就会赢得最后的胜利。但他没有对苏菲说同样的话。他觉得即使不介绍这种乌龟策略,他在她面前自我标榜得也够多了。

等待托尼和黛安把剧本弄出来的这几周时间很难熬。这期间丹尼斯还为 BBC 制作了两部喜剧,但无一让他觉得满意。其中一部叫《继承与恩惠》,讲的是一对落魄的贵族夫妇在失去豪宅后,想在海滨开一家寄膳旅馆。丹尼斯·普莱斯[①]和菲利斯·卡沃特[②]早就迅速坚决地将这个剧本拒绝了。丹尼斯现在连编剧的电话都不接。但这个编剧不知天高地厚,宣称劳伦斯·奥利弗适合剧中阿尔弗雷德勋爵一角。另一部叫《投石器与骨髓》,这是在《喜剧剧场》播放的一部单集喜剧,讲的是一个乡间盛宴背后的勾心斗角。BBC 里有些人认为,这部剧很有潜力。但丹尼斯打定主意,如果这部剧要拍成连续剧,那他就辞职,回诺福克乡下种精品蔬菜,参加园艺大赛。由于现在无事可做,丹尼斯又开始担心起来。他害怕苏菲翻看其他剧本,联系其他制片人,遇见未来丈夫。就在他准备考虑要不要找一个像他母亲那样的矮胖型才女时,他和苏菲的关系出现三大重要进展。

第一大进展是苏菲主动邀请他一起去看戏。苏菲搞到几张音乐

① 丹尼斯·普莱斯(1915—1973),英国男演员。
② 菲利斯·卡沃特(1915—2002),英国女演员。

333

剧《毛发》①在沙夫茨伯里首演的门票。她想找个人陪她去看。

"什么时候演?"丹尼斯问。

其实丹尼斯根本不在乎什么时间,因为别说他现在不忙,就是忙的话,他也可以把手头的工作推掉。但由于苏菲是打电话给他,所以看不到在电话那头,丹尼斯其实连那本空白日程本都懒得去找。

"今天晚上。"苏菲说。

"啊,"丹尼斯说,"看了你会失望的。"

丹尼斯心想,如果乌龟会开口讲话,那它们的语言一定和自己一样,老气横秋,意气消沉。

"不,"苏菲说,"我就猜到你会这么说。"

丹尼斯眉头一皱。看来他的乌龟性格早就被苏菲看在眼里。

"我刚拿到票,"苏菲说,"就刚才。你是我第一个打电话的人。要不是昨天那件事,人们甚至都不知道这部剧今晚会上演。"

"昨天什么事?"

"我要是一说,你就明白。但我不多说了,其实我也不知道具体细节。"

幸运的是,丹尼斯想起来苏菲说的是什么事了。昨天《剧场法》刚刚在议会通过。在伦敦西区剧场演出时,可以露点,英国观众想看都能看到。

"我知道你会明白的,"苏菲说,"我就喜欢你这一点。"

这句话代表第二大进展。这第二大进展来得如此迅疾,差点和刚才第一大进展撞车。丹尼斯半天才回过神来。丹尼斯知道苏菲这

---

① 美国摇滚音乐剧《毛发》,以反越战为主题,嬉皮士为主角,剧中有裸体等争议场景,成为 1960 年代反主流文化的一个符号。

句话不是什么正式的爱情宣言。她说这话仅仅是因为丹尼斯迟钝地从他那老朽的剑桥高材生的大脑回路中，找到某个关于政府立法知识的片段。但这已经让丹尼斯很满足了。他恨不得把苏菲刚才电话里说的这句话录下来，做成一盒磁带，这样他就可以整天听苏菲说喜欢他。

"哈哈！"过了良久，丹尼斯终于开口笑了两声。可是他的笑声似乎让苏菲摸不着头脑。于是丹尼斯继续说："就要一不做，二不休。"这句话和笑声还是不匹配。两人刚才的聊天没有和"一不做，二不休"能联系起来的内容。

"你是说裸体的事吗？"苏菲说。

"是的。"丹尼斯说。

"你的意思是，既然看了裸体，就要好好享受？"

这句话如果哪个编剧写进剧本里，丹尼斯会把这个编剧直接拖出去毙了。但现在他不但不觉得这话俗气，反而觉得细腻、妩媚、真切。一个漂亮姑娘在聊天中把"裸体"和"享受"连在一起跟你说，其效果堪比最伟大的爱情诗。

"你享受，我就享受。"丹尼斯说。

令人惊讶的是，来观看《毛发》的是典型的首演观众群体：西装笔挺的男士和他们神情紧张的妻子。丹尼斯既失望又释然。他原本想得意地告诉他妈妈，自己坐在长发袒胸的男人和描黑色眼影、露乳的女人当中。在场的许多男性观众像是刚从市里下班直接赶过来，而他们的妻子则是坐 5: 20 的火车从戈达尔明镇过来。这些男人眼里闪耀着光芒。如果他们接下来要看的是三小时的《樱桃园》，估计眼睛里就没有这种光芒了。大幕拉启时，观众中爆发出期待已久、自鸣得意的低沉声。丹尼斯感到放松的是,自己坐在观众中,没有违和感。甚至可以说,和剧场里许多人比起来,他显得更年轻,更有波希米亚味。这要归功于他来之前的最后一刻决定——同时也算是对世风世情的妥协——穿一件开领衬衣和条纹休闲西服。苏菲穿一件亮黄色超短裙,脚蹬一双白色靴子。在剧场门厅里,摄影记者围着她一阵猛拍。她好像故意想把丹尼斯拉入镜头,对丹尼斯做手势。要不是照相机的一阵快门声,丹尼斯会觉得这是苏菲和他关系的又一大进展。

他俩的座位在剧场正中央,挨着走道,大概在第十五排。刚一坐下,丹尼斯就后悔应该坐到二层的后排。这部剧的演员们满剧场跑,抛洒花朵并献吻。苏菲名气大,又平易近人,所以最受欢迎。好几位怯生生的年轻男演员都亲了苏菲。他们的亲吻不过表达出一个崇尚和平、友爱和理解的新时代的热情。但丹尼斯却觉得有些不合时宜。

"平静一下。"丹尼斯对走上前来的第二位演员说。此人故意把舌头伸进苏菲嘴里,想撩拨她。

这个男演员显然被丹尼斯古板的劝诫逗乐了,蹦蹦跳跳地走开了。可没等他走多久,又过来一个年轻女演员。她探着身子,越过苏菲,将一朵向日葵插在丹尼斯头发上。最后灯光暗下来,演出开始,一切才安静下来。演出时虽然偶尔还是有演员从舞台下来和观众互动,但丹尼斯和苏菲只需要低头看脚下,就能避开进一步的麻烦。

让丹尼斯感到吃惊的是,他还挺喜欢这个戏。虽然局部有点乱,但整体演得热闹有趣,配乐好听又有气势。台上的年轻演员们活力四射,像通了电一样。丹尼斯一半时间在看戏,另一半时间忙着观察其他观众的反应。他发现观众席到处洋溢着真心的快乐。唯一的例外,是距他十几个座位开外有张阴沉的脸。那人是维隆·威特菲尔德。估计回去后,他又要炮制出一篇枯燥无趣、敌意十足又拘谨可笑的评论,发表在《听众》杂志上。当然在文章里,他肯定故意漏掉提及周围观众如痴如醉的反应。

剧中裸露的场面只出现一次,就在幕间休息之前。丹尼斯试图显得没有不适,却做不到。哪个傻瓜会在第一次约会时来看《毛发》?他自己是个抽烟斗、喝啤酒、年届中年的喜剧制片人;怎么会觉得这是个好主意:和心目中最漂亮的、比他小好几岁的女孩子坐在一起,而她还注视着舞台上年轻男演员、歌手的裸体。这几秒钟的戏,丹尼斯觉得演了数小时。他想在台上,透过朦胧的光影,找阴茎尺寸和他差不多的男演员。结果还真发现两个,可惜都不是主角。这两个演员脸部都遮挡着,大概是要回避观众的失望和嘲笑。演到这些场景时,苏菲试着和丹尼斯进行目光接触。她好像感觉到丹尼斯的紧张

《毛发》角色

心情,想帮他缓解一下。可丹尼斯却死死盯着舞台。苏菲故意嘲讽丹尼斯,说他色眯眯地欣赏异性身体,丹尼斯做了个鬼脸,顺水推舟地表示,这下被她当场发现了。丹尼斯觉得这样说,比坦承自己由于紧张和自卑,都不敢看台上那些乳房和屁股要强一些。

《毛发》演出结束后,全场掌声雷动。有些观众还走到台上,和演员一起跳起舞来。苏菲也被刚才和她舌吻的男演员拽上台。她上台时,向后伸手,示意丹尼斯也一起上来。一开始丹尼斯假装没看见。但望着苏菲沿着过道,跑上舞台时,丹尼斯意识到如果不跟上去,他今后再也没有今晚这样的机会。苏菲从舞台上会被迅速带到某个地方,某个派对,某个迪斯科舞厅,或某个单身男人的公寓。如果那样的话,一切都怪他的懦弱、笨拙和尴尬。于是他起身跟在苏菲后面,追上她。两人一起顺着台阶登上舞台。

丹尼斯在舞台上跳得不算最差。他把自己看成穿条纹西服的胖男人,正迎接宝瓶纪元①的到来。他在台上手舞足蹈,活像一个终于摆脱银行工作羁绊的上班族。他用力甩着胳膊和双腿,仿佛它们不是长在他身上似的。他边跳边声嘶力竭地跟着大家一起唱一首不知道歌词是什么的曲子。丹尼斯觉得就算自己加入到苏菲竞争者的行列,也没胜算,那就索性放开自己。

苏菲被人拉到舞台前方,好让观众都看到她。但她自己侧着身子往后又退回到丹尼斯身旁。她拉起丹尼斯的手,在他耳边大声说话。

"嘿!"她说,"真疯狂!"

"谢谢你叫我来。我还想着带你去什么刺激的地方玩呢。"

---

① 和平自由天下大同的时代,源自古玛雅人预言的新纪元。

338

"我愿意去。"

丹尼斯一直跟着乐曲舞动着,生怕苏菲觉得他不想来台上。他惊讶地发现,自己其实很想上台跳舞。只要苏菲去哪儿,他都愿意跟着去,不管会不会遇到尴尬。现在在对他来说,只要和苏菲在一起,就算有尴尬,他也不再像过去那样,视若洪水猛兽。也许第二天一早醒来,他发现自己变成一头蠢驴。但那又如何?比驴更蠢的动物有的是。在伦敦,你到处都能见到蠢驴。没人对此感到在意。丹尼斯过去就是花太多时间不想让自己变成蠢驴,结果什么表现都没有。

继前两大进展之后,第三大进展又接踵而至:丹尼斯和苏菲居然共度良宵了。也就是说,丹尼斯睡到苏菲床上,躺在苏菲身边,第二天早晨和她一道起床。这显然比前两大进展更加重大。假如在睡着和醒来之间,再发生点什么,那丹尼斯简直可以将第三大进展描绘成比人类进步史上所有进展加起来都更为重大的事件。可惜什么事也没发生。没有发生的原因是,和其他大多数重大进步没发生的原因一样:神经崩溃,力不胜任,头脑发蒙,整个人犯傻。

离开剧场时,两人都情绪激昂。接着他们又转战一个派对。这个派对是苏菲刚才在舞台上跳舞时,有人邀请她参加的。苏菲想不起来是谁邀请的,也不知道派对是谁举办的,但不管怎么说,派对地点就在皮卡迪利广场的西比拉歌厅,和他们看戏的剧场就隔一个街角。歌厅进去要排队。吧台边上闹哄哄的,舞池四周的条状光束别具匠心地射向上方,这样那些坐在桌旁喝酒的客人都可以免费享受舞池里穿超短裙女孩的舞姿。丹尼斯本想待一会儿就走,但他不想做乌龟,于是把头探出来,直到苏菲朝他做了个鬼脸,竖起拇指,示意他朝出口走去。

"你送我回家,然后进来吃个煎鸡蛋,喝一杯。"苏菲说。于是他俩找了辆出租车,前往肯辛顿教堂街。

当然丹尼斯没想到自己能睡到苏菲的床上。即使在公寓门厅,当他关上前门,苏菲主动亲吻他时,他也不敢妄断这有什么特殊意味。他上一次认真吻女孩子,还是好几年前吻伊迪丝。(接吻并不是一件总是需要认真对待的事。他和伊迪丝接吻,基本上都没什么意思。)自那以后,世道似乎发生了许多可怕的变化:对他而言,似乎仅仅是身边性泛滥。他们今晚看的戏,如果用他母亲的话来说,就是一部裸体音乐剧。而裸体音乐剧这种东西,在他婚前和婚后,是不可能在正规的剧场上演的。如今丹尼斯对女人和性了解多少? 他怀疑自己所知甚少。或许现在的晚上约会,最后都是这样的结局,女人将男人向后压在门上。丹尼斯犹豫了片刻,回吻了苏菲。他犹豫的原因,不是因为压抑这多年,一下子搞不清楚自己心里到底怎么想的;而是他想在吻苏菲前先确定一下,自己有没有搞错或反应过度。他怕亲吻苏菲时,她会突然挣脱拥抱,礼节性地问他要不要脱下外套,然后便再也没下文了。或许看完一部裸体音乐剧后,发生这种小插曲也是正常的。

苏菲抽升身子,看着丹尼斯。

"天哪。"丹尼斯说。

"对不起。"

"不要说对不起。"

"你确定?"

"我确定。"

"煎鸡蛋我明天早晨给你做怎么样?"

"没问题,那我……先回家,明天早晨再过来?"

丹尼斯基本确定自己听懂了苏菲的暗示。但他的应对却不够好。一直以来,他都是那个表现最差的人,面对混沌暧昧局面,他总是做出最安全、最呆板、最缺乏想象力的解读。像他这种人,大概率会单身到老。

"噢,你要走吗?"

"不,我根本不是这个意思。"

"刚才是我第一次尝试说性感台词,可你却毁了它。"

"我真不知道,一句包含煎鸡蛋的台词会怎么性感。"

苏菲大笑,又吻了丹尼斯一下。他总算过关了。几个小时后,他又希望自己当时还是先走,再回来更好一些。

苏菲怎么能最后不爱上丹尼斯?他单身,善良,易感,还能令她开怀大笑。虽说不是每次都是有意逗苏菲,但多数情况下是如此。苏菲每次见到丹尼斯,都觉得他比以往更帅了。丹尼斯很聪明。这种聪明不仅体现在他知识丰富,更令苏菲欣赏的是,他善解人意,能看出别人的心思。虽说苏菲看出丹尼斯这个优点,花了一些时间,但苏菲一直就渴望随时得到这种智慧,而不仅仅在剧本碰头会上。丹尼斯从不掩饰他对苏菲的喜爱和尊敬。对此苏菲早就知道了,而且并没有因为时间一长感到麻木。也就是说,她对丹尼斯的坚持和付出并不感到厌倦,反而整个人焕发出更大活力。丹尼斯令她更加自信,让她觉得自己既聪明又美丽。她渴望这种肯定。对苏菲来说,自我怀疑就像水一样,哪怕只有微小的缝隙,都会渗进来。当年那个把选美小姐不放在眼里的小姑娘早已不见了,那个一天表演经验都没有就敢上台试演的小姑娘也不见了。

这四年来苏菲名利双收,但也产生不少困惑。她到底是凭实力干得出色,还是运气使然。当初试演时,如果房间里坐的不是比尔、托尼、克利弗和丹尼斯，会发生什么？她会不会还在挤眉弄眼地向已婚男人兜售香水？或许她已经不再挤眉弄眼了，因为放眼望去，到处都是比她更年轻、更漂亮、身材更好的女孩子。和苏菲不同，她们真的还是女孩子。这些女孩子很可能想不通，为什么聪明机智的编剧会为苏菲量身打造一部剧。丹尼斯对她的付出，是她的定心丸，像北极星一样，每当她迷失在幽深黑暗的焦虑丛林时，帮助她找到回家的路。

长久以来苏菲一直认真地观察丹尼斯，有时还暗自期待他那帅气坚硬的外表，随着《芭芭拉（和吉姆）》的拍摄，会逐渐融化。可是一直到这部剧拍完，丹尼斯外表的坚硬都一如既往。如果非要说有什么变化的话，那就是丹尼斯通过这部剧的拍摄，向苏菲证明他真的很在乎她。也许有的女人对这种成年累月的付出和关心油盐不进。她们的心肠一定比苏菲硬得多。苏菲觉得自己在恰当的时间，遇见恰当的人。这个人让她感到幸福，为她驱散孤独，如果这都不是爱情，那她真不知道什么是爱情。

苏菲打定主意，如果她希望什么事情发生，她必须迈出第一步。因为丹尼斯太善良，太彬彬有礼，又在和那个坏女人的婚姻中受伤害太深，所以他不会采取主动。苏菲相信，丹尼斯经过离婚和职业上的磨难，会给她一个倚靠的肩膀和聆听的耳朵。不过虽然肩膀和耳朵很不错，但随着两人关系的发展，她还想要更多。她将丹尼斯引入卧室，两人在床上又亲吻一番。苏菲基本确信，丹尼斯接下来将要目睹一幕大戏，所以她觉得自己先描述一番不会吓着他。反正她也要对他把真话全说出来。

"我发现，"苏菲说，"和我正式上床的人中，你会是第一个职业不是演员的人。是不是挺糟糕？"

"是的。"丹尼斯说,语气中的肯定意味比苏菲预料的更强烈。

"噢,我只是开个玩笑。"

"那你和演员之外的人也睡过?"

"没有,"苏菲说,"我是说很糟糕,是开玩笑。"

"那你的意思是,这并不糟糕。"

"我也不是那个意思。"

"那我就听不懂你这个笑话了。"

"我的意思是说,我早应该和来自其他行业的人同床共枕。"

"其他什么行业?"

看得出来,丹尼斯被苏菲的话吓着了,苏菲知道谈话偏离正常轨道了。

"其实我脑子里没那么多职业,"苏菲说,"制片人。我和制片人睡得不多。"

可惜这话现在于事无补。

丹尼斯突然明白自己要说什么了。他其实并不喜欢这种涌到嘴边的话。他原本想找另一种看待事物的方式,可惜没有。他对存在主义所知不多,但他觉得自己的决定是存在主义产物——一系列阴郁的思想通向同一个晦暗的结论。如果他不做这个决定,那他会变成什么人?他会什么都不是。

"我不想和你睡觉。"丹尼斯说。

"为什么不想?"

"我有我的理由。"

"那你能说说吗?"

"说了也没什么用。"

"我觉得你真要好好报答我。是我带你去剧院看戏,还要给你做

343

煎鸡蛋……对一个女孩子来说,求一个床笫之欢不过分吧。"

丹尼斯重重地叹口气。

"我不知道你和多少个演员睡过……"

一共四个——法国人约翰尼,克利弗,还有两个是逢场作戏,其中一个苏菲都不敢确定那人是否是演员。他自称是演员,但苏菲并不认识他,他对自己演过什么片子也含糊其辞。所以苏菲决定不把这个人算在内。

"三个。"

"嗯,三个,不过我不是演员。"

"谢天谢地。"

"我也不想被拿来和他们做比较。"

"我干吗要把你和他们比较?"

"因为你不是只想找演员吗?"

"你不想和我睡觉吗?"

"问题不是这个。不是想不想的事。"

"那你是说性不重要? 天呐,那什么重要?"

丹尼斯没吭声,但这时苏菲明白他的意思了。

"噢,丹尼斯。"

"怎么了?"

"听着,丹尼斯。首先,我觉得你长得很帅,你不是男演员那种乏味的帅,我不喜欢那样的。你眼睛性感有神,每次你看我,我都激动得战栗不止。你知道吗?"

丹尼斯摇摇头,被苏菲的话惊呆了。苏菲大笑起来。她看出来丹尼斯并没有明白她的意思。

"这么说吧,一个人如果只是像男演员那样长得帅,并不说明他样样都厉害。"

"我知道你对我很好，"丹尼斯说，"不过我希望我能在你生活中起到……我不知道该怎样描述，反正是别的作用。"

"那你不想起刚才我说的那种作用？"

"我对自己身体某个单独部位做不了主。"

看到丹尼斯这样一本正经地说话，苏菲不禁又笑起来。

"我不是吹牛，"丹尼斯说，"不过我一般在长相上很少受责难。"

"和伊迪丝分手后，你和其他人好过吗？"

"没有，"丹尼斯说，"真刀真枪是没有。"

"这话是什么意思？我问一问你不介意吧？"

"我说的真刀真枪，只是想幽默一下。"

"那么……是因为相处的时间不长？"

"不是，是因为大家都觉得你最有吸引力。"

"就算大家都喜欢我，但只有你来到这儿。"

"那我们睡觉吧？"

"你愿意就好。"

两人宽衣解带上床。苏菲躺在丹尼斯怀里。虽然刚才两人的交流让她有些沮丧，但她还是愿意做。这时天已经很晚，苏菲又喝了很多香槟，等她恢复清醒时，已经是第二天早晨五点。她是被尿憋醒的。她发现丹尼斯一宿未眠。

"这可不好。"她从卫生间回来后对丹尼斯说。

"这种事不应该再发生，"丹尼斯说，"朋友可不能经常睡在一张床上过夜。"

"那如果我想嫁给你呢？"

"那也要分房睡。"

345

丹尼斯开始觉得自己是否在偏离存在主义路径。

"这么说，无论我怎么做，都没法令你相信我了。"

可就在昨天，当苏菲问丹尼斯是否喜欢裸体，他当时简直心花怒放。不过当时苏菲说的只是一起在剧场看一场戏而已。他怎么也想不到，一切进展得这么快。苏菲现在居然同他谈婚论嫁了。他当然没法向她解释这么多。

"我倒不这么认为。"

这就很荒谬了。无论那些存在主义者是干什么的，丹尼斯觉得他们都是些乏味的家伙。他现在开始明白是什么原因了。

"我觉得应该有吧。"丹尼斯说。

苏菲没有拉卧室窗帘。现在外面经过的汽车车灯偶尔将他俩的脸照亮。借着灯光，丹尼斯能看出苏菲脸上有些许的惊慌。

"这没有什么……特别的，"丹尼斯说，"我只想这个事情发生后，还能再发生，而不是仅仅发生一次，希望多几次。我不想别人根据某一次孤立事件来判断我。"

听到这里，苏菲又笑了，丹尼斯看上去有些受伤。

"对不起，"苏菲说，"不过你说得很好玩。"

"为什么？"

"因为……呃，那你想要多少次？"

"我不知道。三次？五十次？很难讲，对不对？"

"你想要五十次？"

"你是说五十次保证不了？"

"我其实宁愿……不设限。"苏菲说。

这正是丹尼斯想要的承诺。让苏菲有些吃惊的是，两人的关系虽然现在处于试探阶段，但她发现丹尼斯凡事都不需要试第二次就已经非常好了,更不用说五十次。

"我以前居然没有发现,"苏菲后来对丹尼斯说,"不过你确实比克利弗更像吉姆。"

"这是好事吗?"

"或许我们可以从他们身上汲取教训。"

"他们最大的错误,是在电视连续剧中,太把自己当演员来演了,"丹尼斯说,"从来没有人告诉他们,可以试五十次。他们总是在所有事情上都过度卖力地表演,生怕观众不再看他们。"

"你可以不需要像演员那样去演戏。"苏菲说。

她又在想克利弗。克利弗凡事都卖力地去表演。他最怕不被人观看。而苏菲怕的是房间里来一个更漂亮、更年轻的女孩。

"我想是吧。"丹尼斯说。他此时脑海里在想伊迪丝。她随时想解除和丹尼斯的婚约。她每次只签几份写稿合同,还很不情愿。如果丹尼斯认真听,她就说总有一天这一切都会结束。

"只要你愿意,你想让我拍多少戏,我就拍多少。"苏菲说。想到自己可以让丹尼斯高兴,苏菲内心就一阵狂喜。

她突然想起一件事。

"是不是……我要……"苏菲一下子不知道该怎么说才好,"我们是不是忘了什么东西?"

"什么东西?"丹尼斯紧张地问,"是我该留意的吗?"

苏菲又笑了。

"不,不,不是某个具体的东西。我只是说……我也不知道该怎么讲。"

她本不该提这个话茬,但她永远忘不了和克利弗关于南茜魅力的那番谈话。

"你还想要……别的什么东西吗?"

"天呐,我已经很满足了。还要什么? 还有什么是我需要的?"

"不,不,只是……"

丹尼斯和苏菲又相互试探了几次,搞得双方都很痛苦,最后总算让对方相信目前的情况是最好的,最正确的,也是最和谐的。

两人又小睡了一会儿,然后苏菲起床做煎鸡蛋。他俩都感到非常幸福,非常安心。他们希望这种状态能永远持续下去。

23

苏菲·西蒙兹(在剧中叫西蒙兹,以免和苏菲的真名相混淆)在一家名为《桃》的年轻女性杂志上班。《碾压》杂志的员工很可能会发现,她们的办公室和剧中办公室颇为相似,因为黛安在确信自己有能力写好喜剧后,选自己的老东家作为这部新电视剧的背景原型。在这部电视剧里,西蒙兹采访娱乐明星,当众试新唇膏,倾囊购买最新时装,还和一众男友搞出各种破事,就是那种让 BBC 各个年龄段、各个阶层的观众都捧腹大笑的破事。她从不担心会怀孕,也从不和有妇之夫睡觉,没有特殊变态的性癖好,并且从未有不忠的行为。在第一集,她无意中误把两次约会安排在同一天晚上。按照情景喜剧屡试不爽的套路,她想尽力把这两次约会都应付过去,尽管她的两个约会对象距离只有公交车一站地。第二集讲的是,她在电话里答应去见一个名叫尼格尔的人。此人是个满脸粉刺雀斑的怪才。她之所以同意赴约,是误以为尼格尔是当红乐队"青年人思想"的那位帅气主唱。

托尼和黛安花了几天时间写完第一集,又花了几周时间才写完第二集。到第三集,他们用来讨论的时间,长到托尼都懒得去算了。花了这么长时间,他们却并没有想好故事情节,片段也没想好,甚至连一句台词都没写出来。黛安坚信西蒙兹的爱情戏(里面很多细节其实全部打包来自她自己的亲身经历)是这部情景喜剧的金矿,而托尼却愁得连上吊的心都有了。

　　"问题出在哪里呢?"一次当托尼和黛安费了一整天时间,才写了半页西蒙兹养的那只猫的戏后,托尼发问道。这只猫是他俩新编出来的角色,其实也是无奈之举。

　　这半页剧本皱巴巴地扔在地上,正好紧挨着垃圾桶。

　　"你是什么意思?"黛安问。

　　"在所有这些连续剧中,每一部都有一个矛盾,"托尼说,"斯泰普托一家人相互讨厌,他们生活贫穷,哈罗德觉得他应该过一种完全不同的生活。《至死方休》里的阿尔夫·加内特,是一个被时代淘汰的人。没有他,世界依旧运转良好。而芭芭拉和吉姆处处格格不入,但他俩深爱对方,都想让婚姻维持运转……"

　　"是倒是,但这些人物都太压抑了,这些电视剧也令人压抑,"黛安说,"我的朋友都不爱看。"

　　托尼望着黛安。

　　"压抑?"

　　"整天演这些没新意的家伙有什么意思? 要不就是老头、老太太喋喋不休地谈论丘吉尔和女王陛下。还有芭芭拉和吉姆……对不起,我无意冒犯,不过演了四年,他们俩一直在讨论读书和政治,最后还离婚了! 没人爱看这种剧,冗长乏味。"

　　"你说什么,没人爱看? 人人都爱看。"

"是有人看，"黛安说，"但都是我父母那辈人。还有我奶奶。把我在德文郡的表兄弟们也可以算上。都是这类人。和我关系好的人，没人爱看这种剧。"

托尼一下子感到自己变老了。多年以来，他、别人还有其他平辈的编剧一直在争取获得描述他们身处的这个世界的权利。可是有朝一日等他们实现这个目标后，却突然发现他们现在身处一个崭新的英格兰。书籍、电影和电视的内容都是关于真人真事。这些内容让这个国家显得更加光明、更有锋芒、更加有趣，也更为年轻。托尼发现，黛安刚才的话表明，她只对能带来光明和年轻的事物感兴趣，比如时装、风尚和金钱。

"那苏菲的问题到底是什么？"托尼问。

托尼希望自己说话的语气在黛安听起来不像自己感觉的那样老气横秋，但他怀疑黛安压根没在意。

"苏菲没任何问题，"黛安说，"这正是她的伟大之处。人人都爱苏菲。"

"那好吧，"托尼说，"那这部电视剧就叫《人人爱苏菲》，我们需要做的，就是围绕这个来写。"

第二天一上班，黛安就激动地央求托尼把西蒙兹养的那只猫重新放回剧情中。

"这只猫可以作为她的倾诉对象。"黛安说。

"你养猫吗？"托尼没话找话地问。

"我有一只名叫林格的小猫咪。"黛安说。

"你对林格说话吗？"

"我刚才说的就是这个。"黛安说。

其实托尼也料到她要说这个。

"你一般对它说什么?"

"哦,就是一些……其实我也不知道。我问它饿不饿;它要是调皮,我就责备它。"

"哦。"托尼说。

"我还用它来练习面试。"

"有用吗?"

"它肯定不能回答我。但它能让我明白,哪些问题比较有趣。"

"用身体语言吗?"

黛安望着托尼,仿佛他在说疯话。

"不,它就是只猫。我说的话,它一个字也听不懂。但我只要把这些话大声说出来,就能知道这些话听起来傻不傻。"

"你这招很妙。"

"我室友认为我是疯子。所以后来她搬出去,不和我一起住了。"

托尼涌起一股冲动,想用头去撞写字台。他确实不应该受雇当一名编剧,这一点现在已经很清楚了。但现在他还开始怀疑,自己这个脑子可能做什么都不行。

"你有过室友?"

"是的。她的名字叫曼蒂。不过我俩关系并不怎么样。"

"呃,我想西蒙兹也可以有个室友。"

"用来代替那只猫吗?"

托尼脑子里某个沉重、上锈的部分开始缓慢运转起来。他很惊讶黛安居然没听见他头脑上锈这部分启动时,发出的难听的呼哧当啷声。

"我觉得她室友应该是有色人种。"

"有色人种?"

"是的。"

"你认识有色人种吗?"

"只认识一两个。说实话,还是通过比尔认识的。不过现在还有联系。"

"可是我们怎么让一个女演员演有色人种?"

"我想我们应该直接找个有色女演员。"

"哦,上帝! 对,那是当然。"

"你是怎么想的?"

"这样会不会使人压抑?"

"为什么会让人压抑?"

"因为找有色演员是个很严肃的事情。"

"是很严肃,但她不一定要演得严肃。她只是个正常人而已。"

"以前没有人提过这事吗?"

"他们以前提起过几次。但不管怎样,这部剧还是以西蒙兹为主。给她增加个室友,只是为了增加一点剧情。我们去和苏菲、丹尼斯谈谈吧。"

托尼都料到谈话会是什么样子:他俩会先是好奇,继而觉得刺激,最后感到鼓舞。但托尼更希望某天午餐能和比尔聊聊。他会装作不经意地告诉比尔,他认识有色女孩,甚至还和某个有色女孩正在合作。归根结底,托尼还是虚荣心在作怪,他以这份工作为荣。

苏菲现在和各种电视公司的人员喝喝咖啡,和制片人共进午餐。但她大多数时间用来逛街购物,或者晚上和丹尼斯躺在床上看电视,聊《人人爱苏菲》这部剧。他俩喜欢以两口子身份一起工作。他们也觉得托尼和黛安关于有色女孩的主意不错。但这个情节需要等到新剧审批通过后,才能付诸实施。苏菲和丹尼斯虽然没有交流过,但他俩都想重温 1965 年的盛况。现在距离他们当年的巅峰,只有一步之遥,往上一跃就能达到。但是要想实现这一跃,不知要付出多大的艰辛。这就好比俯身攀爬陡坡,需要一英里一英里地前进。

苏菲推迟去见大夫,因为她不想知道大夫将要告诉她的结果。就这么简单。她把丹尼斯完全蒙在鼓里,想干呕的时候,就躺在床上,闭上眼睛,硬挺着,一直捱到丹尼斯离开家去上班。可一坐立起来,恶心感就会涌上来,接下来她就只能跳出浴缸,跪在马桶边吐了。

最后她明白这种事是瞒不住的。在对丹尼斯守口如瓶四十八小时后,当大夫最终告诉她怀孕的消息,苏菲一点也不感到吃惊。她竭力压制内心的恐惧感,因为她知道有上百万妇女和她一样害怕这种事。

"假如苏菲·西蒙兹怀孕了怎么办?"这天晚上当丹尼斯回到家后,苏菲对他说。

丹尼斯大笑起来。

"那就有意思了。"丹尼斯说。苏菲一时间以为丹尼斯的意思是指,这件事蕴含着喜剧元素,这部电视剧可以拿这件倒霉事作为桥段。

"我们开创了一个崭新的剧情,因为我们不想让苏菲当妈妈,结果她却怀孕了。"

听到这话,苏菲顿时哭了。

"她确实怀孕了。"苏菲最后坦白道。

丹尼斯正要和她讨论,但他很快就明白是怎么回事了。

苏菲能看出来，丹尼斯得知这个消息后，起初十分惊喜，但为了考虑苏菲的感受，他故意装作焦虑阴郁的样子。这让苏菲心中产生一股别样的心酸。

"其实你不必难过，"苏菲说，"怀孕是件好事。"

"对不起，"他说，"但是我爱你。从我第一次见到你的那刻起，我就爱上你。我想和你生个孩子。我知道现在时机不对，但我能让你幸福。我们都能让你幸福。我是说我和宝宝。"

"我知道。"

苏菲抱紧丹尼斯。

"我们还可以拍戏，"丹尼斯说，"只是……暂时不行。就这样。"

其实现在没什么可想的了。但苏菲又不能不想。当她实在想不出什么头绪时，她坐上火车，去找她母亲谈谈。

格洛里亚请了一天假。母女俩约好在黑池百货公司内的餐厅见面。因为坐火车去莫克姆更麻烦，格洛里亚提议在黑池见面。听到这个地名，苏菲心中涌起一股莫名的激动。突然间黑池百货公司仿佛成了世上唯一能使苏菲回忆起这些年所走历程的地方。这里是她的起点。苏菲坐下来，又闻到百货公司那混杂着烟斗、香水、皮革、茶叶的熟悉而独特的气味。苏菲不禁想，只有回到黑池百货公司这个她曾经工作的地方，她才能想起自己这些年走了多远的路。格洛里亚还没到，苏菲先点了下午茶——三明治和糕点餐车上的各种小食。她四下张望一番，想看看有没有认识的人。她本来在金色头发上系了一块头巾，但过了一会儿又决定摘下来。因为她乐意被人认出来。邻桌的一对夫妇望着她。等母亲赶到时，苏菲已经在忙着给大家签名了。

格洛里亚自豪地笑着坐下来。但过了十五分钟，母女俩也没能连续完整地讲上几分钟的话。这是星期二的下午，所以人并没有多到排成队。但过来寒暄的人也都不急着马上离开。其中一个妇女兴奋异常、唠唠叨叨地跟苏菲说，当年苏菲在化妆品柜台时，她姐姐就在楼上的玩具柜台。另一个妇女执意认定她女儿和苏菲曾是同班同学，虽然苏菲并没有想起来。

"是辛西娅·约翰斯顿吗？"

"她现在叫辛西娅·帕奎斯，"这个女人说，"不过这没什么关系。"

苏菲故意表现出惊喜的表情，好像她刚刚拾起关于辛西娅·约翰斯顿的美好回忆。

"你现在都是和首相这样的大人物喝茶，肯定不记得以前的同学了。"

其实苏菲对同班同学记得滚瓜烂熟，里面并没有叫约翰斯顿的。辛西娅母亲的话完全不对。她们班同学的名字根本不难记。苏菲在去伦敦前，认识的人不多。不外乎就是学校同学、商场同事和交的几个男朋友。反而是来伦敦后认识的人，她不大能记得住。长长的一串面孔在她眼前放大浮现。大家都声称见过她，在某次派对上，某次聚会上，或某次录制现场。

"噢，"格洛里亚插话道，"辛西娅·约翰斯顿，很可爱的一个小女孩。尤其擅长针线活。"

这个女人脸上闪过一丝狐疑的神色。当她明白这是格洛里亚给她台阶下，她马上顺水推舟地改口。

"就是她。"她说。

"那就对了，"苏菲道，"请代我向她问好。"

"我会的。"这个女人说。不过本次谈话的要点,首先还是辛西娅·约翰斯顿从未忘记过苏菲。

苏菲和母亲迅速用完下午茶,然后起身离开,免得再有人过来坐到辛西娅母亲刚才的位子上。

"谢谢。"苏菲出门时对母亲说。这时她又把头巾系上了。

"我们要是不让一步,她是不会走的,"格洛里亚说,"不过这种多嘴多舌也不算什么大事。"

苏菲这次要是不回家乡,她不会理解为什么人们对她有权问东问西。但现在她明白了。她取得的一切,都必须和他们分享。

她们沿着南码头走了一会儿,途经海水浴场。这里曾经是苏菲出道的地方。天气虽然很热,但风很大。苏菲还记得那天她的胳膊晒得发红。

"我获得过黑池小姐桂冠,"她对母亲说,"1964 年。"

"不可能吧。"

"真的。不过我当时对他们说,我不想当黑池小姐。"

这话听起来很荒谬,像是一个胡思乱想者臆造出来的。不过苏菲很高兴自己后来取得了成功。

"为什么?"

"因为我不想在黑池待一年。我觉得我会被困住的。"

"我当时要是在场,一定会为你感到骄傲。"格洛里亚说。

"我正要说到这呢。其实没什么可看的。我都没有上台领奖。"

"我正是为此感到骄傲,"她母亲说,"我不希望你待在黑池这个小地方,照顾你父亲。我希望你出去闯闯。"

谈话进行到这里,勾起了苏菲当年的失望和囚禁感,也让她想起今天为什么回到家乡,并选择母亲作为谈话对象。

"妈妈,我要生孩子了。"

"噢,苏菲,你还没结婚呢。"

苏菲忘了这点。她忘了未婚先孕对母亲意味着什么。

"这个不重要。"

"但对很多人来说是重要的。对你父亲来说就很重要。你今天也要和你父亲说这事吗?"

"我今天不准备去见父亲。我只想和你聊聊。"

"我可以知道孩子父亲是谁吗?"

"你大概能猜到,你以前见过他。"

"就是那个招人喜爱的丹尼斯?"

"是的。"苏菲面露微笑,因为看来母亲对他印象不错。

"但他做事可不像他长相那样招人喜欢。"

"他人很好。"苏菲说。

"他会娶你吗?"

"是的,他会和我结婚。可是你会忘记事情的另一面吗?"

"你希望我说什么?"

"我不知道。我以为你懂的。"

"懂什么?"

"你当年怀孕时,想要我吗?你发现自己怀孕时,感到惊慌失措吗?"

"惊慌失措?我为什么要惊慌失措?我和你爸爸都试两年了。"

"因为你也不想困在黑池。"

"我是不想和你爸爸绑在一起。那时候他把我折磨得要死。后来我又爱上别人。我没有你得到的那些东西。"

"我得到了什么?"

母亲大笑起来——不是苦涩的笑，而是笑苏菲装糊涂。

苏菲已经很长时间没见布莱恩了。她不需要经纪人，因为她的职业生涯一直顺风顺水。布莱恩坐在桌旁，逐页翻着厚厚一摞年轻漂亮、朝气蓬勃的女孩照片。照片尺寸全是 8 英寸×10 英寸。

"这个女孩不错。"苏菲指着布莱恩刚刚丢弃的一张照片说。

"我可是幸福的已婚男人。"布莱恩怀着戒心说。

"我知道，"苏菲说，"我不是那个意思。我是说这个女孩能让你挣到钱。"

布莱恩又拿起照片，审视一番，皱起了鼻子。

"有什么问题吗？"

"她看上去太机灵了。"

听了这话，苏菲笑了。对布莱恩这样不加掩饰、公开暴露自己自私性的经纪人，你是永远不会生气的。布莱恩不喜欢聪明的女孩子，因为她们不想靠做花瓶来发财。她们都想演戏，而演戏是有风险的。

"说到聪明。"布莱恩说。

"你想说什么？"

"你拍的电视连续剧怎么样了？他们写好剧本了吗？"

"我不知道，"苏菲说，"我怀孕了。"

"哈哈，"布莱恩叫道，"你总算来对地方了。"

"来对地方？"

"你能想象有多少女孩子来这儿说这种事？不过我提前申明，这些都不关我的事。一个都和我没关系。"

"我知道你又要说我是个幸福的已婚男人了。"

"要是不信我的话，你可以去问帕特西。"

"我信你的话。不过她们来这儿,跟你说她们怀孕了。你又能做些什么呢?"

"我会给她们推荐哈利街一位医术高明的大夫。他收费不便宜,但能确保安全,没风险。"

"哦,"苏菲说,"我不打算那样做。"

"呃,"布莱恩说,"我虽然不是大夫,但我觉得除此之外好像没其他什么好办法。"

"你不要想当然嘛。"

布莱恩有些听不懂苏菲的话。

"我没有想当然。"

"有些人怀孕后,会生下宝宝。"苏菲说。

"谁?"

"人,所有人。"

"哦,我明白你的意思了。不过我想干我们这一行的恐怕不行。"

"我想或许可以。"

布莱恩将拿在手上的女孩照片放下,准备聚精会神地听苏菲接下来说什么。

"你从头说一遍,"他说,"我有点——没明白。"

"我想要一个宝宝。"

苏菲现在明白了,对布莱恩说她想要一个宝宝,和对他说自己怀孕了,是两回事。后者只是一时的小痛,前者则是让他设想将来苏菲成为一个孩子的母亲。

"那你的连续剧怎么办?"

苏菲注意到,布莱恩根本不关心孩子父亲或她的婚姻状态。他和苏菲母亲真是绝配,合在一起正好是个完整的人。

"拍戏的事可以等。"

"你真这么想?"布莱恩被苏菲的话逗乐了。

"反正剧名就叫《人人爱苏菲》,我就是苏菲。"

布莱恩从这摞照片中间抽出一张出来。

"如果把剧名改为《人人爱弗雷达》怎么样?这个女孩叫弗雷达。"

"弗雷达是个难听的名字。"

"我们可以改。《人人爱苏茜》听起来怎么样?"

布莱恩的话既是恐吓,又很合情合理,一度令苏菲想,嗯,好吧,这次争辩他赢了。但接着她又意识到,刚才的谈话压根不是争辩,因为她原本就不想去找哈利街的那个大夫。她知道她也可以那样做,虽然争辩不存在,但这个选择是有存在可能的。大夫可以把孩子拿走,让它消失,就像电视里让芭芭拉的孩子消失一样。整个事情也不需要托尼和黛安知道。她可以像自己主演的电视剧里那个苏菲一样,做个无忧无虑的都市女孩,没有孩子的羁绊。可是一旦流产后,再去演一个没孩子、无忧无虑的都市女孩,会有多大乐趣?做完流产再去演一个没有孩子、无忧无虑的虚构角色,她内心会有什么感受?流产后,孩子的父亲丹尼斯在制作这部剧时,还会从中获得多少乐趣?他看无忧无虑的苏菲在剧中面临的麻烦和困境时,还会觉得滑稽吗?

对她母亲来说,苏菲仿佛没有做不成的事。她可以全国到处跑,随便改名字,自己养活自己,想和谁睡觉就和谁睡觉还不用结婚,在里茨豪华酒店喝下午茶,一夜间能把宝宝变没,当然想要的话,也可以再变回来。没错,要不要宝宝,苏菲可以自己说了算。可是如果什么机会都利用的话,她就把自己身体里的一个开关合上了。为了能过上想过的生活,她必须装作一切都无所谓。不知为什么,她开始考虑六个月或者五年后,《人人爱苏菲》或《人人爱苏茜》的结局会是什么样子:苏菲或苏茜最终要遇见一个男人,和他生孩子。而托尼和黛安也将再无东西可写。这世界上有一半故事都是这样结尾。她不知道这是否是最好的结局,却是人们对她这样的女孩子所能想到的唯一结局。在现实生活中,苏菲遇见了生命中的那个人,怀孕了,他能让她幸福。你不能总是把剧本的草稿揉皱,扔到垃圾桶去,尤其是里面的内容合情合理的时候。

"好吧,"布莱恩终于明白苏菲的意思后说道,"你如果想找我,随时可以回来。"

"谢谢。"苏菲说。

布莱恩送给丹尼斯那些苏茜、弗雷达之类女孩的照片,丹尼斯都没有兴趣。有一天晚上他在看独立电视台播放的《鱼子酱和薯条》时却眼前一亮。这部剧讲的是一个上班族家庭中了足球彩票的故事。丹尼斯看中了里面演十几岁女儿的那个演员。这个年轻可爱的女演员叫杰基·张伯伦。丹尼斯告诉她,有一部电视连续剧想请她来演。然后他和独立电视台打招呼,和托尼和黛安也打了招呼。几个月后,一部名叫《人人爱杰基》的电视剧在周四晚间档播出。剧情是关于一个无忧无虑、年轻的单身女孩和她男朋友以及他们养的一只猫的故事。这部剧持续的时间不长,布莱恩发现这正是年轻人的问题:他们终归要老去。

从今往后

人物小传

比尔·戈迪纳，和托尼·霍尔姆斯合作编剧《芭芭拉（和吉姆）》，后又创作了小说《一个索霍男孩的日记》《奈杰尔和克劳特的福音书》。目前他正在集中精力将《一个索霍男孩的日记》改编为电影剧本。同名舞台剧 1969 年在皇家剧场上演。

托尼·霍尔姆斯，迄今已撰写二十余部广播剧和电视剧剧本。继《芭芭拉（和吉姆）》后，他又创作了《人人爱杰基》（和黛安·斯塔福德合作）。此后他还为独立电视台创作了《盐与醋》《绿》《绿草如茵的家园》《相见恨晚》。他还是广播剧《对不起，我没有线索》和《请稍等》的特约编剧。

克利弗·理查德森，英国和美国电视界的常青树。他在《实习大夫》中扮演尼基尔·费什大夫，并且在经久不衰的电视连续剧《陪审团》中扮演首席检察官。这部剧由玛塔·格里姆斯的小说改编。他

365

现在和第三任妻子,美国女演员凯莉·库特奈生活在好莱坞。

苏菲·斯卓,英国舞台剧和电视界红星。凭借《芭芭拉(和吉姆)》一炮走红。她主演的电视剧有《他和灵车》《盐与醋》《绿》《绿草如茵的家园》《相见恨晚》《迷你出租车》等。她最令人难忘的角色可能是经久不衰的肥皂剧《查特顿大街》。她在剧中扮演里茨·斯茂伍德,时间跨度从1982年到1996年。她的舞台剧有巡回演出剧《不可儿戏》《蜜味》以及阿兰·埃科伯恩的几部戏剧,如《不和谐的合唱》《诺曼征服》。她和《芭芭拉(和吉姆)》的制片人丹尼斯·麦克斯韦尔-毕肖普结婚,直到后者2011年谢世。她有两个孩子,其中女儿乔治娅·麦克斯韦尔-毕肖普凭借在BBC改编制作的《印度之行》中扮演阿黛拉·奎斯蒂德获英国电影电视艺术学院奖提名。

以上摘自2014年10月英国电影电视艺术学院对《芭芭拉(和吉姆)》金婚纪念颁奖词

24

苏菲竭力回想此前有没有在大银幕上目睹过自己的形象,得出的结论是从没有过。除了大约四五年前和伊万·麦克格雷格合作,在影片中客串他精神错乱的前妻的母亲。苏菲确信自己当时参加了首映式,还被哄着和伊万、罗斯、布劳德本特等人一起上台亮相。难道她没留下来观看影片的放映吗?她觉得她当时留下来看了。不过这次在大银幕上重温《芭芭拉(和吉姆)》,她还记得《芭芭拉(和吉姆)》里的大段情节,还能跟着将一些台词背出来。可惜如今有一半时间,她已经记不起头一天晚餐吃的是什么。她觉得无所谓。毕竟许多晚餐也并不值得记忆。但记忆力衰退是件讨厌的事,尤其当她想记住一些事情的时候。

现在她终于记起来了:她从未在银幕上见过这一版的自己,二十一岁的自己。她只在上面见过老年的自己,看到自己老朽的模样,她震惊不已,把头扭过去,竭力想忘却自己脸上的皱纹和臃肿的体形。她对影片《铁路》的公映已经释怀,虽说当年这部在威尔士山区和法国流行歌手合拍的影片是她的一大败笔。(几年前她一晚上能在电视上看很多这样的片子,因为丹尼斯执意订购了成百上千个不知名的频道。要是没有丹尼斯,她不可能有机会重看自己演的这些片子。)不过据她所知,这次是《芭芭拉(和吉姆)》第一次在银幕上放映。

显而易见,这对苏菲来说并非偶尔小事。她原本希望纪念晚会是一段美好的经历,和故友见面,抚今追昔,沐浴在赞美和爱意中。她甚至还想着可以在台上心情平静地听大家追忆丹尼斯。她没想到自己内心会产生一种异样的、不那么体面的悲凉感。也许曾经一度拥有过美丽,比从未美丽过,还是要好一些。但当年她的美丽优势如今已经荡然无存。她总是禁不住想,自己现在这副尊容,人人看了都会烦——无论是台上和她站一起的人,观众席上的每个人,还是那些觉得衰老总是有药可救的年轻人。大家都来看看!岁月已经让我枯萎!习俗旧规扼杀了我无限的多样性。

片断放映结束,灯亮,观众的问题像潮水般不间断地涌来。“在《新卫生间》那一集里,你的表演尺度有多大?”“如果可以再来一次的话,吉姆,你会选择和芭芭拉在一起吗?”“你能告诉我在创作剧本过程中的一些事情吗,托尼?”“我想问问你们每个人各自最喜欢哪一集?”“你最钦佩的当代女喜剧明星是谁?”“为什么现在电视上再也没有像《芭芭拉(和吉姆)》这样的喜剧了?”(掌声)“你是什么时候知道你要出演一部经典情景喜剧的?”这些问问题的人,是真想知道问题的答案,还是只想《芭芭拉(和吉姆)》剧组的人看他们一眼?

那些爆笑的观众——如果不友善地说,也可以说他们在做作地笑——有些人年纪比苏菲小。这些人当年看《芭芭拉(和吉姆)》时肯定还是孩子。有些是年轻演员,主要是年轻女演员。这些女孩的笑声似乎告诉苏菲,她曾是她们的灵感之源;如果没有苏菲,就不会有她们的喜剧生涯。但当苏菲看她们的表演,听她们的录音,读她们的故事和剧本,苏菲不知道自己对她们究竟产生过什么影响。如今,她们在喜剧里靠抖性和妇女卫生之类的笑料,自己是否对此要负一定责任,她觉得有点对不起英国观众。

现场观众只观看了《芭芭拉(和吉姆)》的试播片和《新卫生间》这一集,因为当年这部电视连续剧如今只有这些留存下来。BBC 将这部分内容制成了录像带。苏菲当然懊恼,自己这部代表作大部分都不在了,但她也明白一时冲动之想。这部作品再好,也不过是五十年前拍摄的喜剧连续剧。它的观众,如今非老即死。况且这些录像带要是不回收循环使用(虽然一度人们避讳用"循环使用"这个字眼),那整个地球还不被淹没在塑料垃圾的海洋里?但是这部原先六十集的连续剧,毕竟还保留下来十几集,也可以说是被人无意中发现:譬如某个技师或编导无意中在阁楼或库房看到它们。这些集数虽然不多,但兴许也就够了。

"可以再问一个问题。"纪念仪式主持人说道。这个办事严肃认真的小伙子来自英国电影协会,看上去好像这辈子从来没有笑过,当然更不会为一部英国情景喜剧发笑。

另一个胡子需要刮一刮的小伙子高高地举起手发问。主持人指着他,话筒传向他时,大家在一旁等候着。

"你们有没有考虑过重拍这部电视剧?"他问道,"如果有合适的剧本,有合适的创意?"

苏菲大笑起来。想发出什么样的声音,苏菲自己心里一直有数。但现在她的声音沙哑、带痰且漏风。可怕的是,人们总认为这一切——沙哑、漏风的声音、各种病痛、失眠——都是暂时的。过去这些东西确实是暂时的,一切都会好转。但现在不行了。

"你觉得呢,克利弗?"苏菲问道。

话一出口,她突然意识到今晚另一件让她感到难为情的事:从她的口音已经辨不出她是当年那个来自黑池的芭芭拉了。她觉得自己现在的嗓音,像舞台上的贵妇人。《芭芭拉(和吉姆)》拍摄于五十年前,意味着她在伦敦也生活了五十年。而她在北部老家生活的时间不过只占到人生的三分之一。

克利弗还没从瞌睡中醒过来,于是苏菲转向观众。

"人们当真想看老年人哼唧抱怨吗?"

有人笑了,还有人起哄道:"是的!""我们想!"接着还有鼓掌声。

"你们不必非要发牢骚。"那个胡子拉碴的年轻人说。

"你说得对,"苏菲说,"我要记住你的话。我的意思是,在生活中不要牢骚满腹。"

"现在老年人也很有市场,"那个年轻人继续说道,"不是有一部电影演的是老年人唱歌剧,还有那部《涉外大饭店》①……灰镑②现在也值钱。"

"嗯,"苏菲说,"不过现在没人请我们。"

"对不起,"克利弗现在醒过来了,"你刚才问我问题了吗?"

苏菲无奈地扬了扬眉,笑了一声。

"我说的是,"那个胡子拉碴的年轻人道,"我是个制片人,我也能拉到投资方,他们……"

---

① 英国影片,上映于 2012 年,讲述了一群英国老人去印度度假,逐渐寻回生命真谛的故事。
② 指老年人可支配的钱,老年人的消费能力。

"啊,"来自电影协会的主持人打断他,"你讲的内容更像是营销宣传,而不是提问。或许你可以和苏菲在活动结束后私下再聊。"

主持人感谢大家的光临,现场观众起立,鼓掌致敬。接下来人们排长队请苏菲他们在收藏版 DVD 上签名。这套冠以首日封系列的《英国伟大情景喜剧》套装 DVD,大小采用老版的 10 英寸×8 英寸,由英国邮政部在年轻人所谓的世纪之交发行。(当年苏菲得知这个消息时,内心五味杂陈,忍不住想哭。那种心情就好比你得知自己老了,你的世纪已经过去。)她觉得自己年老体衰,但奇怪的是,她签名越多,越感到自己年轻了。

那位胡子拉碴的年轻人在队尾等苏菲。他已经盯上苏菲,苏菲摆脱不掉他。于是剧组的老人们请他去剧场演员休息室喝一杯。苏菲心里也不清楚自己是否真想摆脱他。现在偶尔也有人邀请她出来做点事,譬如在纪录片里出镜谈谈上世纪六十年代的情况,在 BBC 四套节目中读个小故事,内容不外乎是身为祖母要强迫自己不要干涉女儿育儿之类的问题。但麦克斯,这个胡子拉碴的年轻人却正儿八经地和苏菲讨论在一部戏中担任主角的事。

"我不会向你吹嘘这部戏将会在伦敦西区引起轰动,"麦克斯道,"因为那不符合事实。"

"请有些人演就会引起轰动。"托尼说。

"要请年轻人。"比尔道。

"怎么和你们说呢?"麦克斯无奈地张开双臂,"你们确实不再年轻,但你们绝不知道,只要把情节设计好,能让观众发笑,你们在某些地区性剧院会做得很棒。比如贝克斯希尔、伊斯特伯恩这种地方……"

"反正都是些要死的老家伙待的地方。"克利弗说。

他现在完全清醒过来了。他专程从加利福尼亚飞过来参加这次庆典,所以今天晚上的糟糕表现也就可以原谅了。不过这也表明他这次长途旅行完全是浪费时间。银幕上播放《芭芭拉(和吉姆)》时,他一直在睡觉。剧场灯亮的时候,他短暂醒来一会儿。但到了提问环节,他又打起瞌睡。

　　"这点我绝不苟同,"麦克斯激动地说,"我已经把这部戏的名字都想好了,叫《从今往后》,从结婚誓言开始。老年人也想有盼头。难道不是吗?老年不应该只是灰暗和濒死。"

　　"说得有道理。"比尔说。

　　"所以你的任务就是挖掘出这方面的素材。"麦克斯说。

　　"你们会喜欢这个工作的。"琼说。她刚才一直和儿子罗杰以及儿媳坐在观众席上。

　　"严格意义上讲,这不应该算是一个工作,对吧?"托尼说,"工作应该是有人付薪水给你。"

　　"我会付给你们剧本稿费的,"麦克斯说,"我不会让你们白写的。"

　　"我同意了。"比尔说。

　　托尼看着他。

　　"怎么啦?"比尔道,"我现在穷得要命。"

　　他们这几个人上次共处一室,还是在参加丹尼斯的葬礼之后。但那次算不上是一次聚会,因为有很多外人在场。在拍完《芭芭拉(和吉姆)》后,苏菲和丹尼斯一起生活了很多年,所以葬礼上有他们的儿孙、朋友、教子以及在其他剧中和他们合作过的同事。苏菲把《芭芭拉(和吉姆)》看作是她和丹尼斯的定情之作,可惜参与拍摄这部剧的老人只占据客厅的一个角落。在聚会上，苏菲看见克利弗、托尼和比尔在一起开心地笑着聊天，当时她恨不得其他人都回避半小时，包括她自己的孩子，好让她有机会和这几位当年曾目睹她和丹尼斯坠入爱河的人再聊聊丹尼斯。但她也明白，自己这份心情没人能体察，而且她自己也讲不清这是一种什么心情。所以当天晚上的聚会，在乔治娅、克里斯汀陪伴下，饮完丹尼斯留存下来的一大瓶香槟后，就正常地结束了。这瓶香槟是丹尼斯当年专门为重要场合预备的。至于后来他是忘记了，还是预见会有这样的聚会，那就见仁见智了。

如果让苏菲来下注，赌他们参加的下一个葬礼会是谁的，她会押比尔，但赔率不会太高，因为比尔看上去太糟糕了。他那黄白的长胡子看着令人心酸，助行的手杖更使他平添老态。不过单凭胡子和手杖还不足以要命，烟酒却能。当然，就算不考虑这些因素，从年龄上讲，他也比苏菲大。假如他明天突然离世，没人会认为是这些不良嗜好提前缩短他的生命。他这辈子活得值了。他们这几个人活得都很值。人生剩余的日子，对他们来说都是赚的，如果赚这个词用在这里合适的话。噢，当然是合适的。苏菲希望她和她的朋友们不要再谈这种话题了。她相信，他们开这种苦涩的玩笑是一种掩饰，掩饰他们对长寿可悲而徒劳的渴望。

"你准备付给我们多少钱？"比尔问。

"你真的想现在就谈这个事情？"麦克斯问，"在大庭广众之下？"

"他会付你十英镑，比尔，"克利弗说，"对吧？"

"噢，肯定比十英镑要多。"麦克斯说这话时的语气和音量好像在表明十五英镑会更靠谱一些。

"我认为克利弗的意思是，现在是买方市场，"托尼道，"其实你给我们多少钱并不重要,反正我们现在也没其他事可做。"

"托尼,能不能把你的嘴闭上?"比尔说,"你这是在断我们的财路。"

"这件事我可以和你们的经纪人谈谈,怎么样?"麦克斯道。

"可以,"比尔说,"我们可以借给你一个灵应盘。①"

"哈。"麦克斯道。

"我倒是有个经纪人,"托尼说,"你可以和她谈。"

"你请我们拍戏,是心血来潮还是专门来讹诈我们这些老家伙?"克利弗问。

"不,"麦克斯说,"我就是想请你们。"

"我打赌你对所有小姑娘也是说同样的话。"苏菲道。

"我只是对《芭芭拉(和吉姆)》有点着迷。"

"我也打赌,你对所有情景喜剧演员都会说同样的话。"克利弗说。

"这话倒没错,"麦克斯说,"我可以证实。"

"你还没弄出来分集大纲吧?"比尔说,"今晚我们可看了不少内容。"

"你们一共拍了六十四集,对吧?"麦克斯说。

"只有十二集保存下来。"琼说。

"我搞到了二十二集。"麦克斯说。

他这句话吸引了所有人的注意力。

"你是怎么搞到的?"

"噢,你们肯定不乐意知道。我只花了几个英镑就买到了。"

---

① 意指子虚乌有,表示无经纪人。

374

比尔用手杖狠狠地击打麦克斯。他显然是想敲碎他的脑袋。但麦克斯及时用胳膊一拦,结果手杖打在他的胳膊肘上。

"你他妈想干吗?"麦克斯怒骂道。

琼为了陪孙子们度假,专门自修了急救课程。所以她一度怀疑麦克斯被比尔打骨折了。但麦克斯只是绕着房间走了一会儿,伸伸胳膊,嘴里骂骂咧咧。琼觉得看来问题不大,不用去医院。

"你干吗要打我?"麦克斯说。

"那是我们的钱,"比尔说,"十集就是两张 DVD 了。"

"现在已经没有人买 DVD 了。"

"重播费,"比尔说,"下载费,各种名目。你欠我们上万镑了。"

"我们只有将它搬上舞台才能换来钱,"麦克斯说,"前提是我真下定决心和这个老疯子合作。"

"请原谅我这位朋友,"托尼打圆场,"他只是最近运气不佳罢了。"

"上万镑。"比尔又嚷道。

"你们是白费力气。"克利弗道。

"这剧本是专属我的。"比尔说。

总算有事情发生了,苏菲想。是什么事其实不重要,哪怕根源来自一种可悲的绝望。反正明天早上她给乔治娅打电话时,有内容可聊了。她会告诉乔治娅,比尔叔叔用手杖痛击一个年轻人。乔治娅一定会放声大笑,表示难以置信。通常苏菲和女儿乔治娅打电话,都是听女儿唠叨,话题无外乎就是她没用的前夫和孩子们。苏菲能聊的,只是从图书馆看到 1975 年在马洛卡度假时克里斯汀的一张图片新闻,或 1987 年拍摄的《查特顿大街》。这些内容乔治娅都听过很多遍了。(乔治娅从不会在母亲面前假装是第一次听到这些旧闻,她不是那种女儿)可惜苏菲的世界里没有新鲜事。所以麦克斯请他们演戏，不管给多少报酬，对她来说都是赚了。她想演这部戏的迫切心情，这么多年来还没有哪件事比得了，那些明显不可能实现的事情除外。

25

托尼和比尔在街角一家波兰咖啡馆会面。这家咖啡馆离比尔在肯第什镇的小房子不远。比尔现在不能出远门。他显然又不想让托尼去他家。做保洁的女工病了,已经好几周没上门打扫卫生了,比尔这样对托尼说。如果换成其他朋友,托尼会说他不在乎,家里乱一点没关系。但是比尔多年以来一直雇用保洁女工,托尼能料到蜘蛛网、酒瓶、大堆的旧报纸、外卖纸盒等遍布房间会是什么样的景象。

两人点了咖啡。一阵尴尬的沉默后,托尼从公文包里拿出笔记本电脑,放到桌子上。

"什么意思?"比尔问。

"我不用打字机已经很多年了。"

"我又没让你带大块头科罗娜①过来。纸!笔!咖啡馆是写字的地方,不懂吗?"

"是写字的地方,但那是很多年前的事情了。以前是,现在就一定还是吗?"

"早就没有一定还是的东西了，"比尔道，"都被时间淘汰了。"

"真该死，比尔。"

"事情就是这样，不是吗？"

"如果我们想写别人愿意看的东西，就不要那样思考问题。麦克斯是对的。"

"他那种人怎么可能会对？"

"他要雇我们。"

"你把这当差事？"

"我们不要再争执了，"托尼道，"我还是回家边看《大富翁红娘》边吃午餐吧。"

很长一段时间以来，比尔和托尼每两个月就聚一次。但近十年来，他们聚会愈加稀少。在两人关系中，托尼小心翼翼地选取一条稳妥的路径，尽力避开可能会令两人脆弱漏水的友谊小舟倾覆的种种危险：托尼从不谈工作（因为比尔没有任何工作），也不谈琼（因为比尔的人生伴侣，一个比他年轻、名叫克里斯托弗的人，结果发现没这回事，已经离他而去），也几乎不谈能产生幸福满足之类联想的任何事情。托尼倒不介意两人冗长沉闷地谈论 BBC 的现状或晦暗野蛮的现代喜剧，他对这些话题也感到困惑不解。但最后这种聊天总是重复，以致比尔自己也兴味索然，不再给托尼打电话怪他不联系自己。

比尔困顿落魄并不是单纯由于追求艺术所致。他只是对工作不那么投入，而且他写的东西有些不合时宜。他的第一本书《一个索霍男孩的日记》反响很好，但第二本书耗费过长时间，而且写完之后，几

---

① 美国古董打字机。

378

乎是第一本书的翻版。他曾经一度靠版税维生,小说的电影改编权也卖了,还让人给他预支剧本稿费。可惜据托尼所知,那个剧本拖到最后也没完成。在那次英国电影电视艺术学院为他们举办的纪念仪式上,这个剧本还标记为"创作中"。实际情况是,比尔早就不写了,也没有人会将它拍成电影。《一个索霍男孩的日记》也成了老黄历。这部小说虽然还在版,但如今只有研究同志史的学生还读它。在二十一世纪的英国,同性恋已经有了自己的文学,有着不同的生活方式,也面临各种新的问题。对同性恋者来说,担心被抓已经不是问题。现在的同性恋就像小儿麻痹症一样了。

在过去十五年里,一直是克里斯托弗养活比尔。托尼虽然和他不熟,但知道克里斯托弗是个好人。在两人没分手之前,克里斯托弗已经对两人关系感到厌倦,不满比尔无可救药的依赖性。托尼过去也"借"钱给比尔。但他发现,两人今后即使再有机会共事,比尔还会开口向他借钱的。

咖啡送来了。比尔用双手端起杯子,手指直发抖。

"要是往里面再加一滴提神的玩意就好了。"

托尼没理他。

"能让我们工作就行。"

托尼把笔记本电脑放回公文包,翻出一个笔记本和一支圆珠笔。

"我们不喝酒,"托尼说,"白天不能喝。"

克利弗和苏菲在肯辛顿教堂街一家意大利餐厅约好见面。这家餐厅离特拉图酒店仅隔几户人家。选这家餐厅是克利弗建议的,这其中隐含的怀旧意味让苏菲有些不安。她发现,人老了一大麻烦就是想通过简单廉价的方式重燃友谊,谈论以往的工作,会见老朋友,光顾旧餐馆等。不过克利弗对如今的伦敦确实不熟，而苏菲也想不出更合适的地方。

“我能否以赞美你的美丽作为开场白？”克利弗说，“我当然不会说你一点儿也不见老，但你的确是以非常优雅的方式变老。”

“你说我一点也不老，不会闪了你的舌头，”苏菲调侃道，“你上次见我是三年前在丹尼斯的葬礼上。那时我简直是行尸走肉。”

“我说上次见你，应该是那天晚上，在英国电影电视艺术学院举行的纪念会上。”

“和那时比，我只老了四天。”

“你知道我是什么意思。”

“我对恭维话已经听不出来了。”苏菲说。

“你看上去身体不错。”

“噢，归根结底到最后，就是这个意思？”苏菲噘起嘴露出失望的表情。克利弗大笑起来。

“你喜欢重看这部剧吗？”

“心情复杂，你呢？”

“你知道，我这个人真的不喜欢整个午餐都在谈论过去。”克利弗道。

“你这么说话真讨厌。”

“为什么？”

“因为没人请你聊过去的事。是你刚才主动问我那天晚上的事。所以出于礼貌，我也问你同样的问题。再说了，要不是因为过去，因为人们想聊过去，我们今天都不会坐在这儿。”

“如果能让你感到好受一点，我愿意为一切事情道歉，”克利弗说，“我一直都是如此。”

"你说你为一切事情道歉……"

"和《芭芭拉(和吉姆)》有关的一切事情,以及这部片子最后因为我而散伙。"

"我真想拿这根长面包戳你的鼻子。"苏菲道。

"我哪儿错了?"

"为什么你的道歉对我就是安慰?"苏菲说。

"我以为会是这样。"

"不。"

"你一点儿也不感到满意?"

"不。"

"那你没生我的气?"

"不。"

"那我明白了。你说的不是真话。你肯定非常生我的气。"

"我觉得我们应该是在谈论那部剧。我只想和你谈那部电视剧。在演戏上,我没生你的气。我生你的气,是我们还处于订婚期,你却和那个疯女人睡觉。"

苏菲到现在也还能理解自己当初为什么会被克利弗迷住,因为克利弗现在依旧很帅。这些年来他也老了。如果他留小胡子的话,看上去很像约翰·米尔斯①、大卫·尼文②或某个神采奕奕的老演员。当年孩子们还小的时候,她和丹尼斯每晚看电视,当时的访谈节目经常请这些老演员。后来她查维基百科词条,发现大卫·尼文去

---

① 约翰·米尔斯(1908—2005),英国电影演员,出演过上百部影片,曾获奥斯卡最佳男配角奖(1970)。
② 大卫·尼文(1910—1983),英国电影演员,曾获第 31 届奥斯卡最佳男主角奖(1959)。

世时,比克利弗还年轻。而他七十年代初坐在迈克尔·帕金森的沙发①上,聊山姆·戈德温②故事时,比她和丹尼斯还要年轻十岁。这一发现让苏菲唏嘘感叹。

"所以后来就全乱套了。"

苏菲本来想纠正他在年代顺序上的一些琐碎零星的细节——让他想起托尼和比尔,两人想起决定分开,以及当年那部电视连续剧的情节构思——但接着她又意识到自己不想做这样的争论。

"没有乱套。"苏菲说。

她能看出来克利弗不相信她的话。

"没有乱套,"她又说一遍,"我和丹尼斯结婚。他是我所能期盼到的最好的丈夫。我们有两个可爱的孩子。"

"你说得对,"克利弗说,"这是最重要的。"

"不,不是,我还没说完呢,"苏菲说,"在工作上也没乱套。我享受我职业生涯的每一秒钟。只要是我想的,我都做成了。"

克利弗举起双手,做成投降的姿势。

"没错,一切都很棒。"

"这些事情都不是我事前预知的。"

"不,这都是你预期内的,"克利弗温柔地说,"你想到了你会取得这些成功。当年你是我见过的最自信的女孩。你知道自己将成为电视明星。"

"噢,天呐,"苏菲说,"我是那样的人吗?"

"你绝对是。"

---

① 指上世纪七十、八十年代,英国著名电视人迈克尔·帕金森主持的 BBC 的一档晚间谈话节目。
② 指美国电影制作人、电影工业的先驱塞缪尔·戈德温(1879—1974)。

"真的吗？"

"反正一切都很好就行了。"

"你希望我说些什么，克利弗？这次聊天的意义何在？你好像要听我说，自从拍完《芭芭拉（和吉姆）》，一切都糟透了。但我不会那么说的。这对你来说是不是很失望？"

这时一瓶香槟适时端上来了。

"我午餐时不能喝酒，"苏菲道，"因为会让我感到很难受。"

"噢，得了，"克利弗说，"不要这么脆弱。"

苏菲朝侍者摇摇头，用手盖住酒杯。

侍者一副为难的样子，看着克利弗有没有进一步的指示。

"给她来一点尝尝，"克利弗说，"让我们可以干一下杯。"

其实一点点酒并不会让苏菲难受，但如果她现在喝了，她会感到生气怨恨。她让侍者倒一丁点酒到杯子里，然后用矿泉水稀释。

"噢，你这样做又是何必呢？"克利弗说。

"干杯！"苏菲晃动杯子道。

"你从未破过例？从没有为任何人破过例？"

"对你的缺陷心知肚明呗。我们刚才正谈论这个问题。"

"是吗？"

"我刚才问你，你是否感到失望？"

"什么方面？工作？婚姻？人生？"

"你想选哪个都可以。"

"我不知道算不算得上是失望。反正我把它们搞得很乱。和你不一样，对吧？"

当年苏菲告诉克利弗不想和他结婚，克利弗不知道为什么回到了汉普郡老家，向他的第一个未婚妻凯茜求婚。两人结婚后，事情变得更糟。这场婚姻他坚持了一年。主要是想让凯茜怀孕。离婚后，克利弗有一段时间没再结婚。到了八十年代初当他再婚，结果差不多：一年的婚姻，生了一个孩子，这次是在加州。最近十年他和凯莉在一起，他的第三任妻子。不过苏菲不知道凯莉现在在哪里，为什么这次没和克利弗一起过来。

"我看出来，你的婚姻不是很理想，当然对于现在的妻子除外。"

"噢，你不必将她除外，"克利弗说，"她是个可怕的女人。"

"我很抱歉听到这些。"苏菲说。

"这不是什么新闻了，"克利弗说，"她一贯如此。"

对克利弗的这个说辞，苏菲有几个明显的质疑。但她还是决定不问了。但接着她又改变了主意。

"你为什么总是和可怕的女人结婚？"

"我只和两个可怕的女人结过婚，"克利弗说，"凯茜人很好，她只是有点乏味无趣。没错。但她并不可怕。"

"那你干吗要和两个可怕的女人结婚？"

"我这个人比较软弱，这个大家都知道。"

"可是人们说意志力薄弱，通常是和酗酒、吸毒、性之类的事情相关。它们能给人带来'愉悦'。但无论从哪个角度来说，和可怕的女人结婚，都不会有愉悦可言。"

"我觉得在某种程度上，乐趣还是有的。"

"这个话题我们还是先不谈吧。"

"这样最好。反正我的婚姻都是一团糟。我和孩子们的关系也不好。工作也不理想。"

"工作怎么了？"

"我觉得和你情况差不多。我们本应该非常出名，苏菲。"

苏菲本想说,我们是很出名,接着又觉得这话确实没什么说不出口的。

"我们是很出名啊。"

"噢,那只是作为肥皂剧或侦探剧明星有点名气。我们本应该比现在名气更大。"

"是吗?我们配得上那么大的名气吗?"

克利弗望着苏菲。苏菲觉得克利弗听出她话中的讽刺意味。但他还是耐着性子讲下去。

"你看看我们的同辈人,麦克莱恩,冈邦,本·金斯利……他们现在还是干得很棒,基本上不用考虑年龄变大,手头剧本应接不暇。我知道你因为生孩子这类的事情花了不少时间,但不全是这方面的原因。我们有点儿……小打小闹。"

哦,讲到这儿,苏菲想和克利弗好好理论一番。她恨不得揪住他的领带——没错,他确实系着一条领带——使劲前后摇晃他的脑袋,或者把他的脑袋往桌子上撞一两次。到底什么才配得上他们?当然不是他们已经得到的,现在她明白多了,虽然她明白这个道理也用了一段时间。他们应该每天跪下,感谢上帝让他们得到如此丰厚的回报。苏菲也曾年轻漂亮,可以逗观众笑。后来进入中年,她也能让人们信服——无论如何是让老板信服——她也可以演中年女人,历经丧亲之痛,或是接手深陷牢狱之灾的丈夫留下的出租车公司。而这些对苏菲来说,不过是手到擒来。因为除了演戏之外,她还可以养活一大家人,如果需要的话,买上几处房产,送孩子进私立学校。她还被授予各种奖项,在各种杂志上露脸,收获了爱情。除此之外,出版社还出资让她写自传,写她光鲜亮丽、收获满满的一生。这本名为《芭芭拉(和我)》的自传出版后热销,为她挣了更多稿费。而这本书

385

居然不用她亲自写！她的朋友黛安为她捉刀。她想把这一切大声地、轻蔑地告诉克利弗。没有人请克利弗写书，没有人给克利弗授奖，而且据苏菲所知，也没有人上门给克利弗拍照，将照片刊登在女性杂志上。克利弗还有其他不如意的事，苏菲想。他觉得他算来算去，最后的收获与付出不匹配。克利弗的问题在于，他把这些账全算错了。但苏菲不想告诉克利弗这些。

"反正，"克利弗说，"这次是个好机会，可以重返正轨。"

"什么好机会？"

苏菲觉得自己一定漏听了什么。

"我是说这部戏。"

"噢，克利弗，没人会关注这部戏。"

克利弗望着苏菲，想琢磨苏菲的话是否有揶揄的意味。

"那这个麦克斯干吗还要忙活？"

"他觉得能从伊斯特伯恩的老年人身上赚到钱。还可以分一点给我们。"

"就这么简单？"

"我是这么想的。"

"那你现在需要钱吗？"

"不需要。你呢？"

"我现在的钱也够花。那你干吗还要接这个活？"

"我喜欢工作，更喜欢和认识的人一起工作。"

"说到点子上了，"克利弗说，"我在美国也没有喜欢的人。"

"两亿人当中都没有喜欢的人？"

"我想共事的人一个都没有。"

"啊。"

听了克利弗的话,苏菲不禁想起他曾经说讨厌所有食物,接着又解释说,他指的不过是冰箱里吃剩的三明治罢了。

"问题是,我想叶落归根。"

"有谁阻止你吗?"

"洛杉矶是个很有趣的地方,问题是……"

"你不会对我说是气候不好吧? 或者说洛杉矶没有市中心?"

"我以为你也许会感兴趣。"克利弗有些愠怒。

"1968 年左右,我认识的某个人第一次从加州回来。当时倒还有趣。但自那以后不再有趣了。"

"随你怎么说吧。"

"反正这不是你想回来的理由。没有人想从一个终日阳光明媚的地方回来。他们总是说要回来,但一个回来的都没有。"

"那你说我为什么想回来?"

"我不知道。凯莉离开你了吗?"

"我不知道。"

"换一种好听的问法:她还住在你房子里吗?"

"不。"

"哦。"

"她还经常在工作时消失,诸如此类的事情。"

"在工作时消失? 你给她经纪人打电话了吗?"

"打了。他说没消失。交谈很尴尬。"

"我觉得,我们应该认定她已经离开你了。"

"我也开始这么认为了。不过我不想在那边待着,一大把岁数,没有工作,无亲无友。"

"你宁愿这些惨状都发生在这边。"

387

克利弗看着苏菲,感到很受伤。苏菲不得不做个鬼脸,表示她在开玩笑。苏菲相信,这种话要是在过去一定会逗得克利弗哈哈大笑。她不知道到底是岁月还是好莱坞,抹去了克利弗的锋芒。她觉得还是应该怪好莱坞。

"你的朋友多吗?"克利弗问苏菲,"如果这问题听起来让你伤心,我感到抱歉。但我不得不说……在构建新的生活中,你总是核心。"

"我只愿当一块支撑板。"

"你这是承诺还是澄清?"

"我只是在澄清。"

"哦。"

"我觉得我们还是讨论一下排练的事吧,"苏菲说,"不过如果一切都顺利,我会把澄清变成坚硬的承诺。"

"你的话让我想起一个能逗大家乐的黄色笑话。"

"是我刚才说的那个坚硬的承诺吗?"

"是的。"

"那我觉得你还是沿澄清的路径走更好一些。"

"你是说那种甜言蜜语型的?"

"如果你觉得有必要。"

"过去那种甜言蜜语型的电影非常多,对吧?在《巴黎最后的探戈》的年代。"

"没错,那年头就甜腻的笑话最受欢迎。"苏菲说。

"可不是嘛。"

一想到他们都已经老了,苏菲就觉得既荒谬又错愕。一般老年人的记忆都是黑白的,有关战争、音乐厅、可怕的疾病、烛光,而苏菲的记忆却是彩色的，里面都是喧嚣的音乐、迪斯科、彼芭、哈比达①、马龙·白兰度和奶油小生。她和丹尼斯第一次约会居然是观看一场裸体音乐剧。两人结婚四十多年，然后丹尼斯去世了，不是死于年老，而是死于一种老年人更容易罹患的疾病。她举起杯子，喝下一口香槟味矿泉水。

"请给我来一杯香槟。"

她也想醉一场，体验醉酒的滋味是否还和记忆中一样难受。

---

① Habitat，创立于 1964 年的英国家居品牌。

26

　　托尼和比尔用三个星期就写完了剧本。演起来需九十分钟,约三集的长度。麦克斯曾告诉他们,老年人不愿意一连几个小时坐在剧场里。这也正合他们的心意,他们也不愿意在波兰咖啡馆坐上几个月。麦克斯甚至还给他俩搭了个框架,让他们根据这个框架构思剧情:举办一对婚礼。芭芭拉和吉姆各自失去伴侣,处于单身状态。他们在谈论儿子的婚礼时,又燃起火花;在第二幕,他们准备再次结合。

　　"他俩不可能都失去配偶,对不对?"第二天在聊完其他能想起来的事情,没法再拖延工作时,托尼这样对比尔说,"没有人去世。至少他俩在八十岁前没有人去世。"托尼这句话隐含着潜台词,但不想挑明了讲。这句潜台词就是,如果比尔经过这么多年酗酒、滥交和滥用药物都没事,该活多大就多大,那其他人就更能活了。"滥用?"几十年前当托尼向比尔表示忧虑时,比尔这样鄙夷地反驳道,"我怎么滥用了? 它们制造出来不就是让人用的吗?"

"丹尼斯死了，"比尔说，"他还没到八十岁。"

"他是倒霉。"托尼说。

丹尼斯是在医院做一个普通的髋部手术后不幸感染而去世。

"一个离婚，一个丧夫？"

"请继续。"托尼说话的语气好像别人刚给他一块蛋糕。

"继续什么？"

"我们不能让苏菲演一个寡妇，对吧？尤其是她在生活中还确实是个寡妇。"

"谁说演员就不能演一个她有所了解的角色？"

"难道这不会让她感到伤心吗？"

"老天作证，我们可不是故意让她本色出演。"

"那吉姆又离婚了。"托尼说。

"应该是，"比尔说，"但这并不意味着他经历了两段伤心欲绝的婚姻。我觉得他不是那种人。"

"如果把他写成一直没有再婚呢？"托尼问。

"你是说，他这些年来一直在苦守着芭芭拉？"

"这有什么可笑的吗？"

"真有人会等那么久吗？"

"我们都会为自己犯下的错误后悔，对不对？"

"后悔五十年？"

"当然可以。我不是说吉姆非要一直关在一间黑屋子里啜泣。他只是希望事情不要按当初那样发生。"

"嗯，可是现在太晚了。"

"为什么太晚了？"托尼问。

"大局已定。"

"什么大局已定?"

"就是已经结束了。"

"为什么结束了?"

"芭芭拉没有什么好写的了,也可以说她还有太多可写,两者取决于你看待这个问题的角度。她已经不再是当年那个芭芭拉了,对吧?"

"你是故意挑衅吗?"

"她现在功成名就。"

"就只剩功成名就了吗?"

"别担心,托尼。我会和你合写这个该死的剧本,把他俩写复合。我不介意。但我刚才说的话是真的。我俩的关系其实也是如此。"

"真该死,比尔。你这人真是极品。"

"什么意思?"

"你整天一个人坐在堆满尊尼获加空瓶的公寓里,像个可怜的罪人。你不懂知己伴侣的价值。"

比尔叹口气,像个泄气的皮球。

"我怎么会不懂?"比尔说,"因为得不到,所以我才不去想。我想要你一直拥有的那些东西。"

吉姆一直未婚。

突破发生在第二天。

"先别挂电话,"比尔说,"那个婴儿多大了?"

"你是说剧中芭芭拉生的宝宝吗? 他不可能还是婴儿。从年龄上算,他应该快五十了。他是在第三部第一集出生的——1966 年,对吧? 还是 1967 年?"

"上帝,"比尔说,"1966年出生的都快五十岁了? 我知道这部剧拍了有五十年,但仿佛就发生在昨天一样。人的年岁概念真是太不相同了。我还以为蒂姆①才二十五六岁呢。"

"我对年岁的感知和你不一样,"托尼说,"罗杰差不多是同样年纪。"

"蒂姆和罗杰,"比尔道,"我们能不能用这两个名字做点文章?"

"他俩有什么问题吗?"

"没什么问题。但你和琼是确确实实看着宝宝罗杰一步一步长大的,对吧?"

"那是当然。"

比尔惊叹地摇着头。

"反正这么说吧,剧中那个宝宝蒂姆不可能五十岁才第一次结婚。他以为他是谁,加里·格兰特还是别的大明星? 他一定以前结过婚。"比尔说。

"就算他以前和某个管她叫什么名字的女人在一起生活,又能怎么样?"

"那他们不会再搞那种婚礼,对吧? 什么伴娘、牧师、带遮篷的婚庆入口之类。这是二婚,对吧?"比尔道,"你参加过的二婚婚礼多吗?"

"我不记得参加过。人们二婚一般都很低调,不是吗? 你呢?"

"过去六周里,我参加过三场头婚婚礼。"比尔说。

"是侄子、侄女之类的亲戚吗?"

"不是,"比尔说,"你没看报纸吗?"

---

① 蒂姆西的昵称。

393

"你都认识哪些达官显贵?"

"都是男同,"比尔说,"男同很出名。同性恋婚姻合法化把他们搞出名了。合法化是什么时候的事——三月还是四月?"

"他妈的,真是太绝了。"托尼说。

"我也这么觉得,"比尔说,"拍起来还简单,一张纸再加一个聚会就行了。"

"那就在剧本中写成同志婚礼。"

托尼和比尔都感到一阵兴奋。他们好久没有这种感觉了,所以需要定一定神,体味一下。

正式排练安排在贝维克街一家名字就叫"索霍俱乐部"的索霍风格的俱乐部里。俱乐部在二楼,楼下就是市场。在见导演前,托尼和比尔有一个小时的时间讨论剧本。剧组其他三人本周晚些时候再来,麦克斯将成员数量限定不超过五人。

托尼和比尔谁也没听过这个"索霍俱乐部"。在这儿一整天也没见过年龄在四十岁以上的人。一个涂着黑色唇膏、穿超短裙、美艳不可方物的斯拉夫女孩招手让他们进来,带他们来到楼上一个隐藏在楼道尽头的房间。室内有桌子、椅子、稿纸、水果和矿泉水。比尔不喜欢这里。

"我们不属于这里,"比尔说,"再说,那些楼梯对我也不适合。"

"对不起,"麦克斯说,"不过我是这儿的创办人之一,可以免费使用这个房间。"

"楼下都是些什么人?"克利弗问,"上午十点钟他们都没什么事情做吗?"

"他们都是媒体从业人员,"麦克斯说,"制片人、编剧、导演……"

"他们是货真价实的制片人、编剧和导演吗?"

"他们不容易,"麦克斯说,"如果你的意思是指,他们拿工资吗? ……他们都在闯,要想赌一把,就不得不下注,对吧?"

如今的世道和以往不一样了,苏菲想。但一转念,她又劝自己不要去想这些事。世界肯定变了。不要这么多愁善感。1980 年肯定和 1930 年不同。1965 年和 1915 年也不同。可以一直这样类推下去。噢,不过上帝啊……对如今一个二十二岁的姑娘来说,1965 年遥远得就好比自己刚出道时看待 1915 年一样。不过还是有些不同,不是吗? 现在她还是到处能看到披头士和崔姬①的图片。但在六十年代,没人会去想 1915 年,对吧? 苏菲又想起过去满大街的基奇纳勋爵②的海报。一切都是那么令人困惑。

"你是哪一年出生的,麦克斯?"

麦克斯好像正在和比尔与托尼聊别的事。不过苏菲也走神了。

"我是 1975 年出生。"

"谢谢。"

如今确实是个不同的世界。他们刚出道时,电视、流行音乐和电影还在为博得人们一丁点的青睐,争得头破血流。当年她还在《午夜烟斗》节目中看丹尼斯和那个叫维隆·威特菲尔德还是什么其他名字的家伙激辩电视喜剧呢。如今她想知道那个威特菲尔德是否有这样的观点:娱乐已经接管一切,她不敢确定如今的世界是否更适合娱乐。有时似乎人人都想写电视剧本,唱歌,或在电视上露脸。没人

---

① 上世纪六七十年代风靡大西洋两岸的英国模特、歌手、演员,以没有曲线的形象彻底颠覆了人们对女性美的定义。
② 基奇纳勋爵(1850—1916),第一次世界大战期间任英国陆军元帅、战争大臣。

愿意拿起画笔,设计发动机或攻克癌症。

苏菲从她七十多岁老人的遐想中回过神来,发现克利弗正在用圆珠笔敲着他的剧本。让苏菲感到惊喜的是,她在克利弗脸上又找到了久违的那个表情。他想表达一番观点,但知道说出来会犯众怒;他的眼睛很特别地眨着,眉毛明白无误地上挑,下巴特意向外伸。

"我觉得蒂姆不是个男同。"克利弗说。

苏菲想的没错,这话既荒唐又不招人待见。

"你认识蒂姆,对吗?"托尼说。

"我是他父亲。"

"可你从 1967 年起,就再也没见过他了,"比尔说,"你抛弃了他。所以在他的性取向上,你没有发言权。"

"我只是觉得这部剧的粉丝根本不相信这个情节,"克利弗说,"蒂姆过去可是阳刚的小伙儿。"

整个桌子四周响起愤怒的咆哮声。

"我想他一直在哄骗你。"麦克斯说。

"恐怕也不一定。"苏菲说。

"一朝是傻子,终生是傻子。"比尔道。

"你觉得这是在影射你吗?"托尼说,"你是这么想的吗?"

"别说这种荒唐话。"克利弗说。

"你就是这么想的,"苏菲说,"你这人一贯如此。"

"我们还是遵循事实,"克利弗说,"没必要带着个人情绪。"

"那到底什么是事实?"苏菲问。

"事实就是,"克利弗说道,"我自己有两个孩子,没有一个是……"

这次大伙愤怒的咆哮声直接令他无法再说下去。

"你为什么要这样?"比尔说,"你在好莱坞肯定和很多同性恋共事过,你说不定还有同性恋朋友。"

"我当然有,"克利弗说,"我爱同性恋者。我爱你,比尔。我甚至觉得都不需要单独将同性恋者归为一类。"

"你怎么将他们单独归类?"托尼问。

"我不打算那么做,我也不觉得有这必要。"

"如果不得不做,你怎么归类?"

"呃,很多人会说,'我喜欢你,但那方面不喜欢',对吧? 当然这不是说我自己。"

"反正你已经说了。"比尔说。

"那是你们逼我的。"克利弗愤愤不平道。

"这些话都是我们从你嘴里挖出来的。难怪你说不需要对同性恋归类。你曾想给他们归类。"托尼说。

"不过这一点很严肃。"麦克斯说。

"哪一点?"

"就是老一辈人能理解同性恋吗? 他们想看一场关于同性恋婚礼的剧吗?"

"我们就是老一辈人,"苏菲说,"问我们就行。"

"那你们想看一部关于同性恋的剧吗?"麦克斯说。

"没错。"苏菲语气坚定地说。

"我不是真想看。"克利弗说。

"为什么不想看?"托尼说。

"我担心那样显得过于政治正确。"克利弗说。

"你看过剧本,"比尔说,"你觉得剧本真的过于政治正确吗?"

"反正不是政治不正确,对吧?"克利弗说。

"那怎么办呢?"托尼说,"你想在里面加入大量上世纪七十年代讽刺同性恋娘娘腔的那些笑话吗?"

"不需要大量加入,"克利弗说,"一两个就行。照顾一下现实嘛。"

"这话讲得合情合理。"比尔说。

"别听他的。"苏菲被比尔的让步吓了一跳。

"不,我觉得克利弗讲得有道理,"比尔说,"吉姆是老资格的工党,对不对? 他混到现在应该成了老顽固。有点讨厌同性恋,智力有些迟钝,喜欢谈论有色人种,对现代世界有心无力。"

"你说得对,"托尼道,"我们可以围绕这个来写。"

克利弗表情有些慌张。

"我觉得吉姆不应该是这样的。"

"你不觉得?"

"我不觉得。我觉得他应该聪明,阅读面广,对待新事物能与时俱进,比如反对性别歧视和种族歧视……"

"那样就不算那么政治不正确了?"

"我不认为吉姆是个政治不正确的人。"

"你觉得芭芭拉是?"苏菲问。

"我觉得芭芭拉是更合理一些,"克利弗说,"他俩性格总是相反。"

"我们就直说吧,"比尔道,"因为你不喜欢政治正确,所以想在里面放几个丑化同性恋的笑话。但另一方面,你又想招人喜欢,所以你不想演说笑话的人。"

克利弗张嘴想说什么,但又合上了。

"分析得精辟,"苏菲说,"麦克斯,我们都不老,没有那么老。记住我们和鲍勃·迪伦、达斯汀·霍夫曼一样大。"

"所以你们会跑去买票看一场关于同性恋婚礼的戏。"

"是的,"苏菲肯定地说,"我们都想去看。"

"噢,上帝,这部戏不是关于同性恋婚礼的,"比尔说,"你们这些人读过剧本吗?这是关于一个男人和一个女人与他们过去和解的故事,以及他们试图谋划两人的未来。"

克利弗看着苏菲,把手放在苏菲膝盖上,就搁那儿了。苏菲本想把克利弗的手移开,转念又觉得她喜欢克利弗这个动作:在过去一两年里,她一直渴望这种接触,一直在想还能不能重温这种感觉。当麦克斯说他们这个年纪的人和其他人一样也想着未来,苏菲明白麦克斯的意思。但他们这个年龄的人最希望的是生活在当下,而不是沉浸在过去中。苏菲并不担心克利弗扮演的搭档是什么类型,不担心他们的关系能否恢复,甚至不担心要不要演她和克利弗同床共枕。这些剧情都是给年轻人看的,他们爱看这些内容。

吃完午餐后,他们和导演见面。导演名叫贝基,是个阳光友善的女孩。她先让大家各自做自我介绍,谈谈对自己重要的人或事。轮到介绍她自己时,她谈了她的妻子。所有人这时都看着克利弗,不料克利弗却用鼓励的眼神笑着看贝基。

这部戏首演夜之前,在伊斯特伯恩有两场预演。不过首演和预演的界限不是很清晰:如果没有酒会和到场的评论家,预演和沿着海滨张贴的海报上写着的"世界首演"又有什么区别呢?

"票价。"麦克斯说。

"就这点吗?"苏菲道。

"这点很重要。"麦克斯说。

大家在卡文迪许酒店的大堂喝茶。令人惊喜的是，苏菲已经被人认出来了。当然要说她被人簇拥着也有点夸张。住宿在这家酒店的斯堪的纳维亚和日耳曼家庭出奇地多，而苏菲的名声过去肯定还到不了那些地区。不过有两三对退休夫妇——至少有一两对吧——朝这边望过来，然后把头凑到一起，降低声音窃窃私语。

"戏票销售情况如何？"比尔问。

"才刚刚开始，"麦克斯说，"我们估计会有很多未预约观众直接购票进场来看。"

"那就是说，销量很差。"克利弗说。

"不能那样说。"麦克斯言之凿凿地说。

"那你准备怎么说？"托尼问。

他们都在等麦克斯解释或澄清。但麦克斯什么也不再往下说。

"如果设置一个失望指数，"比尔说，"分十个等级，最大值是悲惨，我们现在处在什么位置？"

"我不设置什么失望指数。"麦克斯说。

"我是说假设。"

"没有就是没有，"麦克斯说，"我从不做那些玩意，一点用都没有。我就是见到了，也不知道那是什么东西。"

"那不是一个实物，"比尔说，"不是那种往投币口塞一便士，屏幕上就显示数字。这是个抽象概念。"

"那也不是我能理解的抽象概念。"

"照你这么说，你一辈子从未失望过？"

"没有失望过，"麦克斯说，"失望的代价我承受不起，尤其是工作上。"

"我到现在也不知道你的工作是什么。"克利弗说。

"我是个独立制片人，"麦克斯说，"制作片子的。"

"什么片子？"

"在线的电视节目。电影。各种演出。"

"我们可以看看你制作的电影吗？"

"还不行。"

"那些演出呢？"

"你们可以在在线电视节目中看到。"麦克斯说。

"我们没看到过，"托尼说，"我相信这话对他们几个人也适用。"

剧组里的两个年轻人，汤姆（四十六岁）和詹姆斯（四十四岁）也许对在线电视这个领域很了解，可惜他们现在在海滩上。

"所以……这将是你的第一部？"

托尼、克利弗、比尔他们从未想过麦克斯居然是个外行。此前他表现出的能力、专业知识都让人觉得他是个老手。还有，他要募集资金给他们报酬。可惜这老一套的评估标准现在不管用了。

"的确如此，"麦克斯说，"所以你说的那个失望指数对我没用。你应该问我兴奋指数、成就感指数或自我满足指数。"

"估计那些指数你都是很高的。"比尔说。

"在这些指数上，如果我不得十分，没有人能得。"

苏菲注意到，刚才认出她的那对老年夫妻好像打定主意，绕过桌子朝他们走来，想和她说话。苏菲对这对夫妇报以欢迎的微笑。但他俩却没有看苏菲，而是径直朝克利弗走去。

"你是杰瑞警长，对吧？"这个男的说，"我的意思是，我们知道你不是真的杰瑞，但……"

"克利弗·理查德森，"克利弗说，"是我扮演理查德·杰瑞。谢谢你们还记得我，很高兴遇见你们。"

克利弗站起来,和他们握手。虽然他强忍着内心的得意,没有对着苏菲在空中挥舞胜利的拳头,也没有用两个手指比划出胜利的手势,但苏菲知道他现在确实是这个心情。

"我们也喜欢你在《芭芭拉(和吉姆)》里的表演,"那个女的说,"你和芭芭拉最后分手,我们都很难过。"

"他们现在一起回来了,"麦克斯说,"就在今晚!"

这对老夫妻一脸困惑。

"这位就是芭芭拉。"克利弗介绍说。

芭芭拉朝他们挥挥手。

"噢,"那个女的惊呼道,"太神奇了!"

"今晚他俩就将登台表演。名字叫《从今往后》,在剧院里演。"麦克斯说。

"噢,我们还从未去过伦敦西区的剧场呢。"那个男的说。现在是下午四点四十五分。

"在伊斯特伯恩。"麦克斯耐心地向他俩解释。

"哦,"那个男的说,"那我们去看看。"

"你们哪儿都不用去,"麦克斯说,"就在这里演。"

"给他俩两张赠票吧?"克利弗说。

这对老夫妻听了这话,感到有些不好意思。

"这部戏是讲什么的?"女的问。

"讲芭芭拉和吉姆。从电视连续剧改编过来的。这么多年后,原班人马再次聚首。"

"太妙了,剧名叫什么?"

"见鬼。"麦克斯骂了一句。

一瞬间,这个男的看上去像在考虑是否要飞身挡在妻子身前保护她免受污言秽语的进攻。但他随后只是用胳膊安慰性地压了压他妻子。

"对不起，"克利弗说，"他是个年轻人。这个剧名叫《从今往后》。"

"他妈的，"麦克斯又骂了一句。这回这对夫妻吓得拔腿就走，"我们把这部戏的名字起砸了。"

"我喜欢这个名字，"比尔说，"我觉得这个名字很好。"

"是很好，"麦克斯说，"但问题也就出在这里。他妈的这部戏的关键就是，芭芭拉和吉姆是从电视连续剧《芭芭拉(和吉姆)》引出来的。而我们却没有告诉那些来看戏的老太婆这一点。这部戏的名字要改为《芭芭拉(和吉姆)——重逢!》一定要带感叹号。我要用这个感叹号来号召人们。宣传这部戏。做一个新海报。妈的。"

离开大堂前，麦克斯已经给人打电话交代这件事了。

"嗯，"苏菲说，"这回又冒出来感叹号。"

"这下算是有始有终。"克利弗说。

"这并不好玩。"比尔说。

"反正我喜欢，"托尼说，"丹尼斯也和我们在一起，我是说他的在天之灵。"

"那也不好玩。"比尔说。

有时苏菲也会和丹尼斯说说话，告诉他发生的事情。这种谈话和祷告差不多。苏菲知道丹尼斯总是喜欢听关于儿孙的一切事情，虽然大多数时候这些都属于家长里短，不是国家大事。丹尼斯从来不是那种没有感情、温吞水性格的男人，让妻子不要聊婆婆妈妈的事，或者和爱人打电话时要对方长话短说。他一般都是主动打电话，

403

所以苏菲觉得自己至少可以做到事无巨细地把一切都告诉丹尼斯。从前她不用和他聊工作，而在他去世后又没机会再聊工作，所以现在告诉他工作的事，他一定爱听。

我现在是在伊斯特伯恩的一个化妆间里，苏菲对丹尼斯说。（苏菲的声音不大。声音太大，别人会认为她是疯子。但她确实是在聊天，不是在写作或思考。）托尼和比尔在外面的剧场里。他俩又写了一部关于芭芭拉和吉姆的戏。那位年轻的制片人走来走去，厉声怒骂那些上了年纪但还记得我们的人，因为剧场今晚只能坐个半满。这部戏比我想的要好得多，既有趣又苦涩，就像生活一样。克利弗还是一直想和我套近乎。不过我……说到这里，苏菲停下来。丹尼斯一定不想听她和克利弗的事。她也不想对他说这方面的事，也不知道该说什么好。反正我们大家都在这儿，苏菲接着说。明天晚上我们还会来演，还有后天晚上。如果我不能在家陪你，我就想和他们在一起。

苏菲知道，这不是真心话。她不想在家陪丹尼斯。她还是想在这儿，在伊斯特伯恩，和丹尼斯以及其他人在一起，或者最好还在BBC的摄影棚，克利弗在隔壁，丹尼斯在外面走来走去四处查看。她并不想回到1964年。她并不怀旧。她只是想工作。她又拿起剧本。在开场第一幕，她就要拿着茶壶登台。她信心满满。她可以在不经意间引起观众哄堂大笑，为这部戏开个好头。

Nick Hornby
Funny Girl
Copyright © Nick Hornby 2014
This edition arranged with ROGER, COLERIDGE & WHITE LTD（RCW）
Through Big Apple Agency, Inc., Labuan, Malaysia.
Simplified Chinese edition copyright © 2021
SHANGHAI TRANSLATION PUBLISHING HOUSE（STPH）
All rights reserved.

图字：09-2018-1256号

图书在版编目（CIP）数据

妙女郎／（英）尼克·霍恩比（Nick Hornby）著；
赵挺译. —上海：上海译文出版社,2021.5
（尼克·霍恩比作品）
书名原文：Funny Girl
ISBN 978-7-5327-8606-0

Ⅰ.①妙… Ⅱ.①尼… ②赵… Ⅲ.①长篇小说—英
国-现代 Ⅳ.①I561.45

中国版本图书馆 CIP 数据核字（2021）第 074803 号

妙女郎
〔英〕尼克·霍恩比 著 赵挺 译
责任编辑/管舒宁 装帧设计/人马艺术设计·储平

上海译文出版社有限公司出版、发行
网址：www.yiwen.com.cn
200001 上海福建中路 193 号
上海市崇明县裕安印刷厂印刷

开本 890×1240 1/32 印张 12.75 插页 2 字数 191,000
2021 年 8 月第 1 版 2021 年 8 月第 1 次印刷
印数：0,001—5,000 册

ISBN 978-7-5327-8606-0/I·5307
定价：76.00 元